湖南文艺出版社 · 长沙
HUNAN LITERATURE AND ART PUBLISHING HOUSE

图书在版编目（CIP）数据

寄生之子. 1，我是外星人 / 群星观测著. -- 长沙：湖南文艺出版社，2024. 8（2024. 9重印）.

ISBN 978-7-5726-1990-8

Ⅰ. I247.5

中国国家版本馆CIP数据核字第2024RC6339号

寄生之子1我是外星人

JISHENG ZHI ZI 1 WO SHI WAIXINGREN

作　　者：群星观测
出 版 人：陈新文
责任编辑：李阔
出版统筹：邓理
选题策划：谌俊
装帧设计：罗静颖
封面绘制：伊豆
插图绘制：伊豆
出版发行：湖南文艺出版社
　　　　（长沙市雨花区东二环一段508号 邮编：410014）
网　　址：www.hnwy.net
印　　刷：湖南天闻新华印务有限公司
经　　销：新华书店
开　　本：880 mm × 1230 mm 1/32
字　　数：237千字
印　　张：9.25
版　　次：2024年8月第1版
印　　次：2024年9月第2次印刷
书　　号：ISBN 978-7-5726-1990-8
定　　价：39.80元

怪奇
图鉴

黏土小人

智能黏土是银河非常常见的家用辅助工具，可以被捏成任意形状。银河公民可以根据自己种族的外形将智能黏土捏成自己种族的迷你版——黏土小人。

输入程序后，黏土小人可以按照指示进行各种辅助工作，包括收纳归类家用物品、维护景观植物、清洁房间等事务。

备注

一旦有一个黏土小人损毁，其他黏土小人就会变得非常萎靡，为了黏土小人的安全，不要让家中宠物（尤其是猫）靠近它们！

福气根

福气根是一种真菌，它们有意识，会自己寻找适宜的地方居住，但常常搬家跑路。人们一般会把福气根晒干磨成粉，然后做成饼。它的味道很像阿卡玛苔藓，有点儿酸，但能填饱肚子。

是热爱自由的搬家菌！因为热衷搬家，所以住过的地方都要做好记号。

备注

及时下手。

漂流瓶

不知道从何处来的玻璃瓶。

每隔一段时间瓶子里会凭空出现一封信。

备注

和你书信往来的密友可能是一个智慧屎壳郎或者白蛆，请谨慎交友。

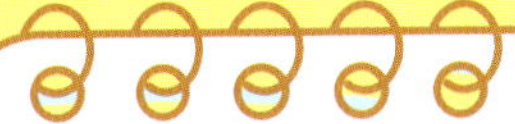

尖嘴蜥

尖嘴的蜥蜴怪兽。
都市议会为了清理生活在下城城寨阴暗处的危险生物而引进的基因改造生物。它们有着极为坚硬的鳞甲，超出寻常蜥蜴的身长和尖锐的锯齿。它们有极为高超的捕猎技巧和暴虐的嗜杀性情。议会本意是想利用它们消灭一部分下城里的危险生物，可就结果来看，它们已经成了比原来那些危险生物更麻烦的存在。

备注

愚蠢的都市议会必须为他们的行为负责！

复制箱

看起来是随处可见的普通快递纸箱，如果放着不管，一不注意就会有猫猫钻进去睡觉。（监督之眼一级机密备注：该物品系银河非法组织黑盒会的违禁产物。）
如果放入无生命的物体，会在短时间内复制出一个原物体的劣化副本，副本与原物体的外观略有不同，会平摊原物体的重量、质量等属性。如果放入的是生物，生成的劣化副本会平分原生物的寿命。

备注

不要让生物（尤其是猫）进入复制箱！

小蒲泥怪

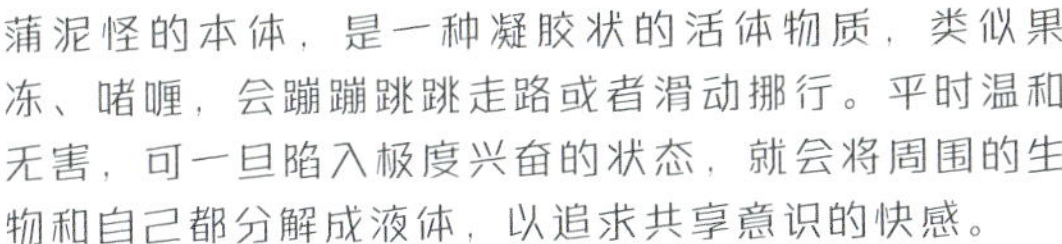

别名：蒲蒲。
蒲泥怪的本体，是一种凝胶状的活体物质，类似果冻、啫喱，会蹦蹦跳跳走路或者滑动挪行。平时温和无害，可一旦陷入极度兴奋的状态，就会将周围的生物和自己都分解成液体，以追求共享意识的快感。

备注

只有收了钱的蠢货才会让它们入境。

植物生长剂

能让植物短时间内加速生长的药剂。使用之前，请开启说明引导系统，系统会自动检测当地环境并给出最佳的药剂稀释配比建议。

备注

请务必按照系统的指示进行稀释。如果药剂稀释度不够，很可能会造成植物生长失控甚至导致生态危机。如果你是个不看使用说明的蠢材，在植物暴长后，请不要采用“食物链”的方式处理，这很有可能造成第二轮生物泛滥危机。

塔司球

塔司球是如今银河文明星区大力推广繁殖的一种常见的卵生动物。它们的外表看起来是个毛茸茸的白球，在毛下藏有两条腿，喜欢蹦蹦跳跳，食草，无攻击性，肉质鲜美，很受广大银河公民的欢迎。

备注

好吃。

赤眼猎螂

外观类似萝拉螳螂的巨型虫族，复眼赤红，成虫身高根据宿主体形大小而变化。这是一种被银河公民深恶痛绝的生物。它们一般会将卵产于活水之中，未孵化的卵极为细小，很难被肉眼发觉。一旦被大型生物摄入体内，卵便会被孵化成幼虫，吸食宿主的养分。幼虫的成长期长达几个星历年，其间宿主的食欲会异常旺盛，同时行动模式趋向保守，避免一切意外和危险。待时机成熟，幼虫会直接咬破宿主的身体破壳而出，羽化为成虫。几乎所有宿主都会在赤眼猎脱体后死亡。

备注

请好孩子养成不喝生水的好习惯。

目录

Contents

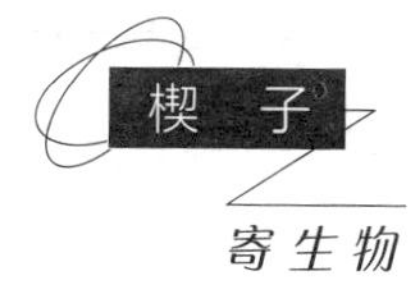

楔子

寄生物

诸位，我不是寄生物。

现在，我的确寄居在一个人类男孩身上，而他的身体目前完全属于我。究竟为何会如此，我很乐意解释一下。

我们这个种族都是如此。简单来说，我们“寄居”在其他生物身上以维系自己的存在，它们的身体即是我们的居住场所。

其实，我们这一种族和寄生物还是有本质区别的。我们有智慧且尽力避免危害到宿主，毕竟谁想老是搬家折腾呢？宿主寿命长大家都会开心。本族的某位前辈认为把我们的生活方式称为“共生”更为恰当，但是那些高级智慧生命体对此却暴跳如雷。

自我们的存在被发现后，他们就一直厌恶我们。原因是他们怀疑我们会夺取并操控宿主的身体，有个古老的文明星球将此称为“夺舍”。他们质疑我们的生活方式，并曾在数千年内将我们列为顶级危险种族，并予以大规模捕杀。直到近百年来平权思潮盛行，我们一族的生存权利才得以被勉强承认。

如今我们的一切活动都必须遵守法律。

法律严禁我们栖身在智慧生命体上。至于何谓智慧生命体，法律有明文规定。所以在长时间内，我们很知趣地栖身在一些普通动物身上。可近年来动物保护协会的抗议声越来越响，他们认为本族合理的生活方式侵犯了那些可爱的动物的权利，虽然这些动物整日思考的事情便是吃和繁殖。

在这种情势下，本族想要活得正大光明可谓非常艰难。先前我和我的一些同族在某星区被当地智人压迫，当局甚至禁止我们生活在动物身上。我们当然想走，可我们没有足够的钱购买移民的船票。

不能是动物，不能是智慧生命体，于是我们不得不寄生在失去生命的智人身上。

虽然智人失去了生命，但本族能利用智人身体原有的组织勉强提供能量并寄居一段时间。必须承认，生活质量会非常糟糕，我们无法阻止身体的腐烂。

几十个日夜后，我们成功地激起了当地居民的怒火，顺带成功摧毁了当地的旅游业。

一个同族朋友说它只是想去商店购物，当它推开门的那一刻，所有客人都像是抽风了般哭爹喊娘地撞墙跳窗而逃，它觉得智人生命体实在是没礼貌。

等居民们总算弄清我们是什么东西后，当地的游客已经全部被吓跑了。是的，每天都遇到丧尸的确够糟心的。哪怕我们再三声明我们对他们的脑子毫无兴趣。于是当地旅游业一蹶不振，房价一落千丈，毕竟谁也不想和四处游荡的丧尸生活在一个地方。当权者的耐心终于被我们磨光了。

于是我们被彻底驱逐了。

我感到很高兴，我也受够了住在死人身体里的日子，他们能够免费将我们送到其他适宜生活的地方真的再好不过了。

但当权者驱赶我们的方法实在称不上友好，他们把柔弱可怜的我强行抽出身体，塞在一个特制的瓶子里。我只得在瓶子里不舒服地调整着自己半透明的触手，期待着能够早点儿到达目的地。

希望新的地方不要这么歧视我们，我也能尽快与健康的生命体结合。

啊，放心，我发誓我真的不会伤害我的宿主，因为搬家实在是太烦了。

不幸的是，飞船在航行途中出事了。

我不知道究竟出了什么问题，船员们惊慌失措地尖声喊叫，幸好他们记得在逃入救生舱前将我们弹射出去。

之后我只记得激烈的旋转与碰撞，大家发出不安的脑波进行交流，基本就是“怎么办”“怎么办”“要死啦”之类毫无意义的感叹。舱壳在空中爆炸了，我被弹了出去。

我推开了培养瓶盖，让自己的触手缠绕膨胀成伞状，跟随着气流旋转。

无数道光从我身旁飞速闪过，我似乎被卷入了一个旋涡中，绚烂的光在身后炸开，而我在不断地旋转。

不知过了多久，最后我总算控制住了身体的移动速度。这时，我发现自己身处一颗全新的星球之上，那苍翠之色美得让我停止了思考。

我喜爱这个星球。在那一瞬间，我就爱上了它。

诸君，我愿意解释一下现状。

没错，我此刻是寄生，哦不，是寄居在一个人类男孩身上。但我可以对着星灵发誓，这绝对是个意外。

我发誓我绝对没有故意侵占这个鲜嫩的智慧生命体。

等我恢复意识时，我已跑进了这男孩的身体里，而这具身体也已脑死亡了。

他的身体仍在运转，只是脑内毫无波动。然后，我发现我离开不了这具身体了。

没错，离开不了。

所以我寄生，不，寄居这个身体只是个意外。

当时男孩的身体正被一个女人抱着，那女人哭得死去活来。她是“我”的母亲，在我用男孩的身体睁开眼睛的那一刻，她泪眼婆娑地说：

“太好了……小真，你终于醒了。”

语言是一种很奇妙的事物。读取男孩大脑的那一刻，我通晓了这里的语言，通过这短短几个字，我便感受到了女人对男孩纯粹的爱。这是智慧文明生物所具有的最美妙的情感。一个男人在女人身后欣喜地望着我，他是“我”的父亲。

他们爱着这个孩子，男孩也爱着他们。就算脑已经死亡，“我”的身体也仍旧为了父母的拥抱而欣喜。

如果我离开这个孩子的身体，他们眼中的孩子就会彻底死去吧。所以这具身体才会自发阻挠我离去。

我们这种寄生种族并没有父母，也不太理解父母之爱，可现在，我，或者说我的身体对此感到伤感。

这是我寄居在这具身体的原因之一。

到了下午，另外一个原因让我决定正式寄居在这具身体里，因为这个星球的文明尚未发展到可以进行星际交流。好吧，说白了就是没人能管我。

这是一颗独立的星球，居民是智人种，与银河文明基本没来往，没有那些银河动物保护协会，没有平权组织，也没有该死的安全委员会，没有让人窒息的监督之眼，外星生物也很少到访。我为这个发现而大大松了口气。

我站在镜子前看着自己，这个身体年约十四岁，柔软的头发，白嫩的脸，以人类的审美来说，无疑是可爱的。

我对镜子中的孩子说道：**“你好，小真。”**

于是，我作为人类颜真的旅程就此开始了。

第1章 成为人类

颜家有两个孩子，颜真是长子。

颜真下面有一个妹妹，名唤颜珠。这一家父母恩爱，家人关系非常和睦。而它，在入侵颜真的身体后，自然地接受了他的一切。

家人都喊颜真为小真。

小真发生的意外让一家鸡飞狗跳了一阵。在最初的几日，无论是妹妹还是父母，都明显对他关心过度。

外星寄生生物能探查人类的情感，但这种热情的智人家庭的温情还是让它有些不适应。作为旁观者探查与作为体验对象亲历完全是两种概念。对于它来说，最近一次体验过的智慧生命的最激烈的情感，就是先前它和一个同族用腐烂的身体对居民们打招呼后，居民们尖叫着逃窜。

无论如何，死人的身体都比不上活着的身体。它忍不住摸了摸这具身体，柔软、富有弹性、年轻。这美好的感受让它将对安全保障委员会与监督之眼的忧虑压缩至近乎为零。

从现在开始，它就是一个名为颜真的年轻人类了。

小真，小真，它操纵身体的发声器官，念出了这个呢称。它喜欢这个发音，也喜欢别人这么叫它。

没错，它就是他，他是小真。

带小真数次检查身体确认无大碍后，他的家庭终于回归了正常生活。

这个人类社会认为外星人只是遥不可及的存在，外星人只是科幻小说与娱乐影视剧的幻想产物。经过几番观察，小真相信，就算他大声宣称自己是一个外星寄生生物，也没人会信。这只会让家人把他送进精神病院。人类有一种通病，那就是一旦有了固定认知，便很难再去颠覆它。

小真对目前这个社会对外星人的认知心满意足，这意味着他只要不干得太过分，基本不会有人发现他的秘密。

小真本人是正在念书的中学生，正是活泼好动的年龄。眼下正值暑假，没多久他就迎来了伪装成人类的第一个挑战。

那就是接待自己的同龄好友。

来访者是小真的同龄人，名叫刘星泉。他是颜父前司机的儿子，也是小真从小的玩伴，一个学校的同班同学。他皮肤白皙，眉目端秀，睫毛浓密纤长，留着柔顺黑亮的刘海，是一个标准的人类美少年。

从刘星泉走入颜家的第一天开始，小真就意识到了某些不同寻常。

小真并不能把控人类亲朋好友之间的距离，但他已经观察到了家人与亲缘之外的人的不同。颜父、颜母和颜珠，是颜真的家人。李婶、张司机、王阿姨是外人。刘星泉本应归属于外人这一类。

但刘星泉进门的那一刻，颜母的喜悦就难以言表。触手怪小真的种族技能之一是感知人类的浅层情感。当时他正在颜母身侧，只见颜母微笑地看着那个男孩——刘星泉。那温暖而喜悦的情感如潮水一般涌入了他的意识之中。这情感在小真的眼中形成了暖色的光晕，润泽而柔和，就像是昏暗房间内的烛火。

这温暖的情感与颜母对小真和颜珠的有着微妙的差异，小真细细地品味着，尝到了某种近似于怜惜的味道——我宿主的母亲，应该是非常喜欢刘星泉吧。

刘星泉与小真概念中的青少年完全不一样。

他进门后没多久就进了小真的书房，除了开头几句日常寒暄问候，他就没说过其他话。男孩摊开书本，拿出作业簿后，头就没抬过，一路噌噌噌地写。刘星泉的用功态度让颜母赞不绝口，小真则开始怀疑眼前这位到底是不是属于青少年时期的人类。

以触手怪小真对其他星球文明种族的了解，几乎所有智慧生物从幼年期到青少年期都具备旺盛的好奇心，时刻聒噪且有让人头痛的破坏性。

可眼前这个刘星泉，他已经安安静静地待在书桌前两个小时了。他低头书写着作业，紧紧抿着双唇，细长的眉毛微蹙，将所有杂音与杂事都挡在了他的世界外。

小真暗自咂舌，眼前这位同龄人如此，他也不得不跟着沉默地写作业。经过这几天对这个文明的熟悉，这些作业对小真而言其实非常简单。但小真写作业有一个障碍，那就是他对身体的操控并不得心应手。虽然日常生活没有问题，但在写字这种精细的事情上，他的手非常不听使唤。

要达到精准操控的程度，还需要更多的时间去协调这具身体。此刻，他强行操控手去写字的结果，就是只能写出一个个惨不忍睹的鬼画符。

小真瞄了一眼对面刘星泉的作业簿，对方的字就如刘星泉这个少年一样，端正秀美，赏心悦目。

感觉到小真的视线，刘星泉抬眼看向小真的作业簿，他的目光扫过对方不堪入目的字，很明显愣住了。

“我还没完全恢复，手抖。”小真坦然道，反正在所有人眼中他是出了意外大难不死，短时间内有点儿后遗症很正常。

刘星泉点点头，对他说了两句“好好休养，早日康复”的安抚之语，又低头专心致志地写作业。

真是一个糟糕的沟通对象，小真暗想。

人类这种生物，如果是一起长大的同龄人，他们之间理应有叽叽喳喳说不完的话。可眼前这位青少年人类，注意力只集中在手中的作业上。小真试着抛了几个话题，只得到了对方几个轻飘飘的“嗯”“哦”，仿佛石子在水上打了个水漂，翻出一点儿水波随即沉没不见。

小真对刘星泉和颜真的关系一无所知。也许，这才是他们日常的相处？他放弃了沟通的打算，继续与自己的手奋战。

颜母笑眯眯地端着水果盘走进房间。原本埋头写字的刘星泉立刻抬起头，脆生生地喊道：“谢谢阿姨。”

“累了吧，休息休息。”颜母把水果盘放在刘星泉身边，催促他快吃。

她拿起刘星泉的作业簿，扬起眉毛称赞道：“这字写得真漂亮。小真，你看看星泉的作业，老师的评价全都是优秀，你要好好向人家学学。”

刘星泉垂下眼睛，耳根微微发红。

对于颜母的话语小真并不是太在意。这种话无非只有一个用途，那就是激发孩子的好胜心。他还没有幼稚到去和一个人类青少年争个高低。

颜母又拿起小真的作业本：“这……”她叹气。

“我还没完全恢复呢。”

“别找借口，星泉的学习成绩一直就比你好，你要虚心向别人学学。”颜母盯着小真的作业簿，显然这惨不忍睹的字深深刺伤了她，“要不要妈妈再约李医生明天给你做个检查？”

“我没事！过段时间就好了！”

一旁的刘星泉嘴角微微翘起，原本秀美而淡漠的脸顿时变得生动了几分。颜母眉眼弯弯地和刘星泉说起了话，眼神中充满了疼爱，仿佛眼前这个乖巧的美少年才是她的亲儿子。

不仅仅是颜母，小真的妹妹颜珠也是刘星泉的拥趸。作业写完后，得到允许的颜珠便缠在刘星泉左右，“星泉哥哥”喊个不停。前几天还是重点关爱对象的小真被堂而皇之地丢在一边。

小真拿起遥控器看起了电视，隔壁房间不断传来母女俩与刘星泉的欢声笑语。智人喜欢长得好看的东西，就算是这个位于偏僻角落的遥远星球，这类生物的喜好也还是这样。

刘星泉走后，小真问了颜珠一个问题，那是他刚刚从电视上的狗血家庭剧里看来的台词。

"刘星泉和哥哥我，你更喜欢谁？"

颜珠是个小学生，脸颊粉嫩，眼眸乌亮。她歪着脑袋笑嘻嘻地答道："当然都喜欢！"

标准的敷衍回答。以小真的经验，这是智人种族不想回答问题时的统一答案。本质等于你在我心中可能比不上你的竞争对手。

人类的血脉亲情让人伤感。

小真觉得会问这种弱智问题的自己也是弱智。

之后的数日，来拜访小真的同龄人依然只有刘星泉一人。当然，他过来只是和小真一起写作业。他们一写就能写一个下午，残酷的人类老师给他们布置了足够填满整个暑假大部分时间的作业。小真对此并不反感，写作业正好可以提高他操控身体的熟练度。

只可惜几日下来，小真在写字上仍旧困难重重，就算全神贯注地去微调神经，写出来的字也还是东倒西歪。小真瞧瞧刘星泉写的字，再看看自己写的字，不得不叹气。

颜珠说，刘星泉是颜真从小到大的好朋友。

真是这样吗?

小真觉得刘星泉并不想和他说话，他怀疑这个星球上的智人种可能对"朋友"这个词的定义与银河通用语有很大偏差，又或者是原主颜真和刘星泉发生过什么事情。

在小真面前，刘星泉沉默寡言。在颜父颜母面前，他乖巧而讨人喜欢，有一种用礼貌装裱起来的恭敬。这种态度的割裂让小真觉得奇怪，不过他现在也懒得去研究青少年人类的人际关系问题。

他正在全力调整他的新身体。身体的原主已经脑死亡，既然决定栖身在这个身体里，那就要做好万全的准备。

它们这种生物，本体的战斗力并不强，却能在与宿主的身体融合后对其进行改造。小真的身体目前还在发育成长中，他不打算对肉体做什么大改动，而是在现有基础上逐步进行肉体强化与敏捷度训练。

这个星球尚未与银河星区建立联系，其他敌人或者危险生物却是可能存在的。它们一族的历史就是被智慧生命所憎恶的历史。近百个星灵历以来的法律虽然承认了它们的生存权利，但毫无疑问，至少有七成以上的智慧种族想把它们撕个粉碎。而安全保障委员会和监督之眼那群疯子，更是在暗处寻找一切机会剿灭它们。

“我恨监督之眼。”小真低声咕哝，随手将手中的铅笔投掷了出去。啪！笔直直地插入了墙中。

“你做了什么？”

刘星泉正站在门口。他的眼睛瞪得圆圆的，吃惊地说：“你刚才干了什么？”

只见铅笔几乎一半没入了墙中，就像是切入豆腐的利刃。

当地人发现了外星人会是什么反应？

尤其是像他这种侵入人类身体的“寄生物”，据他看过的电视剧和电影里的情节来看，发觉到这一点的人类只会惊恐万分地尖叫或者直接把他们抓起来送进实验室。

小真思索着这个问题，在零点三秒之内他已经思考了包括改写刘星泉记忆等多种方案。然后他接收到了刘星泉的浅层意识——好奇和吃惊，并没有恐惧。

刘星泉瞪着墙上的笔发问："你做了什么？"

将铅笔直接投掷入墙中的确很离谱，但也没到暴露身份的地步。

于是小真面不改色，用浮夸的语气说道："是时候让你知道我的真面目了。"

"啊？"

"站在你眼前的，正是无数次挽救人民于危难间，暗夜的守护骑士，光明的正义使者，侠盗洛萨！"小真背诵的是现在很流行的动画片里的台词。

"……动画片里的洛萨是一只狐狸。"刘星泉转过头继续瞪着墙，"你把笔插进了墙里？怎么做到的？"

小真继续面不改色地胡扯道："因为我事先在墙上戳了一个洞。"

"啊？"

"先戳了一个洞，再把笔塞进去。"以人类青少年的肌肉力量而言，用投掷的方式把一支铅笔直接插入墙里简直就是天方夜谭。小真不确定刘星泉到底看到了多少，索性先用这种人类可以接受的理由来敷衍一下。

刘星泉半信半疑："是吗？"

他伸手去扯墙上的笔，笔没有挪动半分。他咬牙使劲，笔还是纹丝不动："怎么拔不出来？"

"我练习了好久才塞进去呢。"小真比画了一个姿势，"怎么样，我的表演帅不帅？"

"阿姨会骂你的。"

"没事，我会贴一张海报挡住这个洞。"小真上前轻松地将铅笔拔下来，在手中转了转，"你可别告诉我妈啊。"

"……你费力气打了个洞，就是为了插一支笔在我面前耍帅？"

你想得太多了。小真在心底嘀咕了一句，嘴上却说着："没错。"

刘星泉咧嘴笑了："你可真够无聊的。"

这是这几日来，刘星泉第一次对小真笑。那不再是刻板的礼貌，而是少年特有的洋溢着勃勃生气的笑。两人之间原本微妙的隔阂似乎也在那一瞬间消融了。

那之后的几天平淡无奇，刘星泉照旧来小真家写作业。某日，理应准时到访的刘星泉没有来。

第二天刘星泉也没有来。

第三天刘星泉还是没有来。

小真并不在意，刘星泉不来挺好，他还能有更多自由时间在网上冲浪，去了解这个星球的文明。

颜母可就急坏了。过去的小真从来就不是安安静静坐在书房里看书学习的人，这个暑假自刘星泉来了后，她的小真竟然能规规矩矩地写功课，而且一写就写一个下午，这在以前可从没有过。

这一定就是“近朱者赤”，是好孩子的模范标杆作用导致的。

在颜母眼里，刘星泉是个好榜样是毋庸置疑的。她蹑手蹑脚地走到小真的书房门口，瞧见小真正开着电脑上网，玩得津津有味。

果然还是需要一个学习对象才行。

颜母思来想去，拿起电话给刘家打了个电话。接电话的是刘星泉的母亲罗清溪。寒暄数句后，颜母提出了让刘星泉过来陪小真的请求。

罗清溪答应了。

颜母满意地放下电话，她并没有察觉到罗清溪声音中的犹豫与伤痛。

到了下午，刘星泉准时出现在颜家。

在小真面前，他又变成了那个冷淡的男孩，无声地用自己的抗拒与小真拉开距离，前两天关系变好的场景仿佛只是一种幻觉。

小真自认对人类的情感与微妙的人际关系一窍不通，而眼下这位青少年的心理课题他也并没有什么闲情去研究。于是小真埋头写功课，懒得去

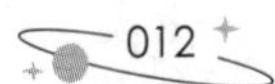

搭理刘星泉。

两人之间的气氛太过沉闷，连颜母都觉得有些奇怪。大概是为了调节气氛，在两人完成当日功课后，颜母让司机送小真和刘星泉去附近的街市玩。

傍晚时分的街市正是最热闹的时刻，又恰逢周末，华灯之下全是摩肩接踵的行人。

降临这里这么多天，小真还是第一次近距离接触如此多的当地人类。眼前的一切都让他大感新奇有趣，还有物理意义上的头痛。

他具有探查人类情绪的能力。但数百人的情感同时往他的脑子里冲，这种滋味实在是不好受。小真觉得自己只是个小水瓶，眼下却有汹涌澎湃的洪水拼命往里灌。他的本体倒无所谓，怕的就是给他的宿主身体造成损伤。小真立刻收回了自己的意识接收触角。

现在他脑内的情绪已经恢复平静，原本汹涌的激流正在消退，他呼出一口气，开始逛街。

他挤入人群，先看着一个大爷转出丝绵般的棉花糖，又眼巴巴地看了一会儿套圈砸奖品。当他转身时，才发现刘星泉不知何时跟丢了。

就在他回头找刘星泉时，他的脑袋里响起了一个声音。

这个声音就像是直接切入大脑的噪音，带着一股模糊的灼烧感。

他的身体因为这种侵入而下意识地不安。但他对这种感觉很熟悉，这是他的同族之间的交流方式。

“嘿，你好！”

他的同族正在向他致意。

它们这一种族本体没有发声器官，但可以在一定距离内向同族发送脑波信息，这是它们种族特有的沟通方式。虽然早就做好了这个星球有外星访客的思想准备，但他还是吃了一惊。

他没想到这么快就能遇到自己的同族。

小真回了信息：“你在哪儿？”

“我只是给你提个醒，你后面跟着几个人类混混。”

“……他们跟着我干吗？”

“不知道，也许是想和你进行一番剧烈的肢体接触。”

“……”

“他们过来了。”

小真在脑内对不知在何处的同族说道：“你不帮帮我吗？”

“这种小事，你一定能搞定的！”脑内的声音显得兴高采烈，仿佛在等着看好戏。

不远处走来几个面色不善的年轻人，看年纪像是高中生。他们径直来到小真身边，拖着他的胳膊把他拽进旁边一条小巷。其中一人将小真狠狠一推，小真后退了几步。

小真问：“我认识你们吗？”

“不要装蒜。”为首的混混冷笑，“老规矩，补贴一下你的大哥们。”

小真眨眨眼，回忆着电视上看到的剧情，问道：“你们是在勒索？”

混混不耐烦道：“少说废话，快点儿。”

“我是不会给你们钱的。”

“哈？你这位少爷平常不是最喜欢仗势欺人吗？现在倒是知道没钱了？”为首的混混扬起了拳头，“看来必须要给你点儿教训。”

小真和善地说：“对青少年动手可不好。”

“少说废话！大哥我只是让你变聪明点儿！”他伸手去拽小真的衣领。

小真微侧身体，躲过了他的手，他的速度比小真想象的更慢。

“你是想伤害我的身体吗？”

混混几度抓向小真，却回回落空：“让你长点儿记性！”

“那我必须保护我的身体。”小真说道。

他猛地抓住混混的右手向下一掰，混混发出了惨叫。而同时小真的脚钩住对方的膝盖狠狠一磕，混混轰然倒地。眨眼间小真旋起左脚踢在另一个混混的后腿上，一把抓住他的胳膊向下反手一拧，混混惨叫着摔倒在地。

转瞬之间，两人被他击倒。

剩下的那人不可置信地瞪着眼睛，一切都发生得太快，而站在那里的只是一个孩子。看着小真对他挥挥手，他又惊又怒，尖叫一声："你，你给我记着！"

之后几个混混一起撒腿逃跑了。

小真转了转胳膊，经过数日的研究，他对颜真身体的操控已经颇有长进。现在这个身体体能太弱，暂时只能在控制精度与准确度上下手，而且战斗的时间不能过长。小真捏着手暗想。

刘星泉在巷口大喊："你没事吧？"他脸色煞白，一脸忧心地冲了过来，"你还好吗？"

此刻，小真脑内又响起了那位同族的声音："他是你朋友？"

"我宿主的朋友。"

"他和那几个混混是一伙的。"

小真吃惊："你说什么？"

"方才那几个混混盯上你之前，和他说过话。我听到了，那几个混混和他是朋友。"

"……"

刘星泉正忧心地打量着小真。少年的鼻子上凝着细细的汗，眼中透着焦虑以及不安。

小真对人类这种生物的情感和行为逻辑真是一窍不通。他好奇地去探查刘星泉的浅层意识，这也是他本身的固有技能之一。

人类的情感就像是细沙，随风流动。羞愧与懊悔此时正在刘星泉的脑内翻滚。对不起，对不起，对不起……刘星泉的歉意凝聚成无形的光晕，当小真想锁定看个究竟时，它又如细沙般被吹走了。

“幸好没什么事，不然阿姨要担心死了——”

小真打断刘星泉的话：“你认识他们？”

“什么？”

“刚才找我麻烦的混混，你认识他们？”

刘星泉僵住了，他的眼神闪烁了几下后便飘向了地上，一动不动地抗拒着小真的问话。

“所以你是认识他们的？”小真继续道，“你和他们是一伙的？”

“我……”

看来是了。这种时候最符合人类逻辑的行为是什么？让我想想电视剧是怎么演的。小真想到这里，说：“所以你是不是要给我道个歉？”

这句话说出后，仿佛瞬间撕裂了捆绑在刘星泉身上的无形桎梏。刘星泉抬起头，脸上是小真从没见过的表情，他清秀的脸因愤怒而变形，漆黑的眼珠不停颤动，似有火花飞溅，他喊道：“应该道歉的人是你！”

“啊？”

“颜真！你是不是以为这个世界就应该围着你打转，所有人都要为你服务？你不过就是仗着你爹妈有钱罢了！”少年咬着牙，“我不是你招之即来，挥之即去的仆人，我不是！”

小真迷惑不解地看着眼前的少年。对方的眼眶里溢出了泪水，原本的愤怒随着怒吼消退了下去，黯淡的眼眸中更多的是哀痛。

他转身跑了。

小真在原地愣了好一会儿，他承认自己完全不懂人类。

刘星泉走后，小真依照那位同族声音的指引，前去找它。

在一家小吃店门口，小真找到了他的同族。这时小真才明白为什么刚才这位同族不愿出手相助。

因为它被关在鸡笼里，正在鸡笼里左蹿右跳，它的宿主是一只鸡。

鸡不满地瞪视着鸡笼外的小真："你这犯罪者！你侵犯了律法，你入侵了智慧生命……"

小真转身就走。

鸡叫道："慢着！你不想带走你的同族吗？"

"不想。"

"我刚才可是提醒了你。"

"没有你我也能搞定。"

"我不觉得刚才那出叫作搞定。你对你的人类朋友干了啥？他哭着跑了。"

"我什么都没干。再见。"

"你对同族没有怜悯之心吗？"

"没有。"

"胡扯！"

"要带走你也不是不可以。"小真摸了摸下巴，肃容道，"你效忠谁？议会还是军团？"

"……在这种偏远角落，你还要搞阵营斗争？"

当晚，颜母骇然地瞪视着颜父，她不敢相信自己的耳朵。

"什么？刘司机出事去世了？"

颜父的表情很哀痛："老刘给我开了快十年的车，没想到一下人就没了。本来以为他不做司机了，这下总算能朝九晚五，照顾家人，真是想不到啊……"

“怎么会……”颜母仍旧无法接受，“我今天还了打电话给罗清溪，她什么都没说啊。”

“听说他这几天都没回来，老刘老婆可能也以为他只是临时有事去外地了。可能在确定前她也不想声张吧。”

“唉……清溪真是……”颜母低声说着，又猛地抬头，“糟了，我今天还把刘星泉叫出来陪小真玩……”

“他家都这样了你还把刘星泉叫出来陪小真玩？”颜父不由得语气有些重。

“我不知道他家出事了啊……刘星泉那孩子也什么都没说。”颜母声音低了下去，“我是不是太过分了？”

颜父叹道：“这不是你的错。我们明天找个时间去看看她，有什么困难就帮帮。”

“嗯，我们一起去。但我知道清溪很要强，怕她……”颜母轻叹了一声。这时，从客厅传来了响动。他们一起走出房间，瞧见儿子颜真正半蹲在地上，手里似乎按着什么东西。

颜母诧异道：“小真，你在干什么？”

小真松手，从他身上跳下来一只鸡。这只鸡啄了啄毛，跳到小真的头顶上，歪着脑袋看着颜父颜母，张开嘴：“喔——”

“鸡？”

“为什么这里会有一只鸡？”

小真伸手按住头顶的鸡，说道：“介绍一下，这是我的新朋友，它叫斑船长。”

几日后，颜家夫妇带着小真兄妹前去参加了刘星泉父亲的葬礼。

葬礼上，刘星泉面无表情，紧紧握着他母亲的手。

小真的父母被一群人围着，不时有人对小真兄妹微笑，那笑容里包含着一模一样的谄媚：“颜总，您家两个孩子长得可真好，看着就聪明。”

“唉，这两个麻烦其实都皮得很，也就是在人前装样子。”颜家父母回应道。

每个人都毕恭毕敬，殷勤地围在颜家四人旁边，颜父颜母俨然成了所有访客恭敬讨好的对象。而葬礼的主角——刘星泉和他的母亲罗清溪远远地站在角落，几乎被人遗忘。

小真偷偷观察着他们。刘星泉的好相貌遗传自他的母亲罗清溪。花圈旁，罗清溪美丽的脸低垂，一动不动地凝视着刘星泉父亲刘瑞国的遗像，外界的嘈杂似乎与她毫无关系。她纤细的手与刘星泉的手相握，仿佛那就是与世界连通的唯一纽带。

刘父就和他的名字刘瑞国一样，从照片来看普普通通。在遗孀罗清溪的对比之下，甚至显得有些过于粗糙。本来这只是一个普通平凡的葬礼，直到颜家夫妇出现。

小真跟着颜父踏入灵堂的那一刻，扑面而来的人类情感蜂拥入他的脑内。被动或者主动接收人类的浅层情绪是他的固有技能，但人太多时，产生的心灵潮汐只会震得小真脑袋发痛。他不得不主动关闭了大部分探查功能。之后他的头痛得到缓解，汹涌的潮汐变成了细细的溪流，那是夹杂着尊敬、羡慕与敬畏的情感——人们都在看他的父亲。

刘星泉与小真四目相对。小真一直觉得人类的脸很奇妙，就算他不去探查，大部分人类也会将细微的表情变化呈现在脸上。此时的刘星泉面无表情，没有泄露出一丝一毫的情绪，然后他转开了视线。

小真集中精神，将无形的透明触手探入刘星泉的脑内。他始终对刘星泉那日突然的情绪失控感到迷惑。但刘星泉的脑内筑起了钢铁般的城墙，坚硬而牢固，将他所有的深层意识牢牢隐藏了起来。小真的意识触手在城墙旁徘徊了一会儿，他不是不能强行侵入刘星泉的深层意识，但这无疑会给刘星泉带来物理意义上的痛楚。小真想了想，撤回了自己的触手。

目前他也只是稍稍有点儿好奇，并不想闹出什么动静。

灵堂里回响着嗡嗡的交谈声。

人们的注意力都在颜父颜母身上，以他们为中心围成了一个圆，甚至有时会从交谈的人群中传出残酷的笑声。每当这时，罗清溪的手便会猛地收紧，显得那手更加瘦骨嶙峋。

他们并没有待太长时间。太多不相干的人的搭讪与套近乎让颜父感到不舒服。在临走前，小真跟着父母向冰棺里的刘瑞国献了一束花。

因为某些情势的缘故，他曾经短暂地寄居在尸体里。它们这种生物会在万不得已的情况下临时栖身于尸体里，只要尸体不腐烂，它们就能制造出死者复生的假象。

如果我能离开颜真的身体，转移到刘父的身体里从冰棺里爬起来，刘星泉母子的反应会如何呢？是狂喜还是害怕？

小真收住自己的狂想，这个假设并不有趣，就算刘星泉母子会狂喜，也不会持续很久。他无法阻止尸体自然腐败，逝去的生命无法挽回，死去的躯壳也必将归入尘土。

在最后，小真听到颜母对罗清溪说："清溪，要不要到公司做事？这样你和刘星泉都有个照应。"颜父在一旁点了点头。

从小真的角度看不见罗清溪的表情，站在她身旁的刘星泉缓缓地将头侧到一边，像是不愿让任何人窥视到他的情绪。少年细长的身体绷得很紧，拉着母亲的手露出了青筋。

罗清溪摇了摇头。

她的拒绝并没有让颜家夫妇感到意外。回去的车上，颜母说罗清溪就是那样的性子，让颜父找机会看能不能暗中帮助这对孤儿寡母。颜父点点头，突然说道：“我总觉得老刘……”

“怎么了？”

“没什么，大概只是我想多了……”颜父看着后视镜中的一双儿女，结束了关于刘家的话题。

斑船长，它的宿主是一只鸡。

它并不是一只成年公鸡，外观看起来是一只刚刚褪去绒毛长出羽毛没多久的小鸡。小真相信正是这一点成功地让颜家人打消了宰了它红烧的念头。

斑船长对它的鸡宿主进行了改造，所以这是一只会飞的鸡。

小真觉得这并不是颜父颜母同意他养一只鸡作为宠物的理由，思来想去，唯一的可能性就是他们想等着这鸡长肥了将其炖汤。因为家里的阿姨没事就会拎起鸡称一称重量。每当鸡的体重增加一点儿，阿姨脸上就会露出奇妙的笑容。

斑船长显然没有什么危机意识。

眼下斑船长在小真的房间里上蹿下跳，叼着毛巾飞来飞去。

“我要给我自己搭一个舒服的床。”斑船长宣布道。

小真说：“你已经折腾了一个晚上了，鸡要什么床！几根干草就能解决的事。”

斑船长停在了书架的最上方，将毛巾铺好，跳了跳，似乎终于满足了。

“让你的妹妹少进你房间！”

“她只是一个无害的幼年体人类。”

“她有过剩的好奇心！让你的妹妹跟我保持三米以上的距离！我讨厌小孩！”

小真不理它，翻开练习簿，开始练字。再过二十来天就要开学了，他查看了一下颜真的后续课业，非常简单，唯一需要花点儿心思的就是写字。经过几日的反复训练，小真写出来的字依旧像狗爬的一般，大概这肉体原本写字熟练度就很低。虽然严格来说，小真可以操控身体写出与字帖一丝不差的漂亮字，但写十个字耗费的精神力大约相当于绕着操场高速跑十圈。小真一点儿都不想在写字这种人类微不足道的小技能上失败，现在只能老老实实练习了。

他铺好纸，对着字帖一个个临摹。在一切都已实现信息化的银河星区，极少使用实体写字，这样用笔慢慢在纸上写出一个个字的感觉着实很奇妙。智慧生命体开始创造文明的最重要的标志就是创造文字，这便是生命的奇迹。

小真轻轻舒了一口气，竖起练习簿，仔细地端详着这一页字。在书写的过程中，他心静如水，气息平稳，笔似乎已与他融为一体，这种文字讲究的是执笔、运笔与点画章法，五指在心，意随笔至，虚实相成。这个国家说字如其人，字随心意，假以时日，他一定能写出——

“丑！啧啧，实在是太丑了！”斑船长停在他的头上怪叫。

“给我滚！”

斑船长与刘星泉不一样，是个时时刻刻都在吵闹的噪音源。对它们这种生物而言，斑船长也绝对属于最啰唆的那种类型。小真耐着性子一笔一画地临摹完一页字帖，然后拿了一卷胶带冲上去对着斑船长的嘴缠绕了几圈，再打了个结。

“这有用吗？我们是可以用脑波交流的！”被“封印”住嘴巴的斑船长跳来跳去，用脑波继续骚扰小真。

“至少在形式上可以让我清净点。”小真回答。他开始整理颜真的书架和抽屉，翻看着颜真过去的笔记本。

对于这位宿主，他了解得太少了。只能不断去搜集颜真过去留下的痕迹来慢慢补充。

颜真原本的字也不是很端正，只达到勉强能看的程度。以宿主颜真原本的笔迹为目标，似乎也不是很难完成。

抽屉里有一本半新不旧的笔记本，里面除了课堂笔记，还有一些小人儿涂鸦。这是颜真过去上课摸鱼的成果。在他看来，颜真画得还颇有趣味。

他从涂鸦中认出了刘星泉，因为那个小人儿脑袋上写着“泉”，画里刘星泉正一本正经地看书。还有一个小人儿脑袋上写着“崔”，这应该是妹妹提起过的崔明智，他是颜真的另一个同龄好友。这几页上，颜真仔细地绘制了崔明智小人儿与刘星泉小人儿进行的一场大战，双方应该是从天上打到了地上，最后是以崔明智将刘星泉痛打一顿并将书撕个粉碎，刘星泉哭着求饶告终。

翻过这页，下一页的正中画着一个长发女孩，颜真并没有标注是谁。从发型来看，她不是颜真的妹妹颜珠。

“好丑的涂鸦。”

“你要是寄居在这个身体上，不见得画得比他更好。”小真合上笔记本。

翻了半天，他只在笔记本上找到了一个QQ号，QQ是这个国家最常用的即时交流软件。从电脑软件中留下的QQ号记录来看，这就是颜真的账号。

目前的问题是，小真不知道密码。

如果能登录颜真的QQ账号，那么就能对他的社交情况了解得更加清楚一些。小真对着弹出的QQ窗口看了一会儿，点击了“找回密码”选项。

屏幕跳出了一个网页，提示他回答密保问题找回密码。

第一个问题：你的母亲叫什么名字？

这个问题很简单。小真飞快地输入了“安媛”两个字。

第二个问题：你最喜欢的食物是什么？

这个问题也不难。小真问过家里的阿姨，他输入了“黄桃”。

第三个问题：你的愿望是什么？

小真：“……”

斑船长蹦到了桌上，歪着脑袋瞧了一会儿说：“我知道这玩意儿，你用手机号验证的方式可以修改密码。”

“但我好奇我宿主的愿望。”小真望着空荡荡的答案框说。

“啊？”

“我很好奇。我想知道他是个什么样的人，并且想帮他完成心愿。”

“看不出你还会这么好心。”

就当是使用这个身体的报酬吧。他很喜欢目前的栖身场所，也喜欢颜真的家庭。人类是有着丰富情感的智慧生物，正是这种微妙而纤细的复杂情感让智人社会显得美妙多彩。

参加刘星泉父亲的葬礼时，看着刘星泉与罗清溪，小真突然意识到颜真脑死亡的事实一旦被揭露，将给颜家带来多大的冲击与伤痛。他无法让颜真的大脑起死回生，就算他扮演着小真维持着这个家庭的平静，也依然无法否认他窃取了颜真的一切，但至少他可以去完成颜真的心愿。

可现在只有天知道颜真的愿望是什么。

小真瞪视着屏幕。一般来说，人类的心愿会是什么？

他输入了“我要长生不死”。

屏幕弹出了错误警告框。

小真：“啧。”

斑船长喊道：“想想也知道不可能！看我的！”它展开翅膀，随着一阵咯吱声，它的左爪扭曲变形，分裂出了数个细长且灵活的脚趾。这是它们这种生物的优势之一，根据需要对宿主的肉体进行改造。

现在斑船长的脚爪就如灵长目生物的手掌一般灵巧。它跳到键盘前，迅速敲击键盘打了一行字：我要有很多老婆。

屏幕弹出了错误警告框。

小真说：“这才是想想也知道不可能的吧！”

斑船长严肃道：“通过这些年阅尽人类各种影视剧的经验，我现在非常了解智人男性这种生物，每一个智人男性其实在潜意识里都有这样一个愿望。”

“请清醒清醒，我的宿主还是个未成年体。”小真推开了键盘。

“这样猜是肯定不行的。”斑船长说，“如果你真的需要，我可以用黑客技术把答案给黑出来。”

小真摇摇头，点击了通过手机验证找回密码。

“你不想知道答案了吗？”

“颜真的心愿到底是什么，我想自己找出答案。”小真回答道。

刚才他突然有一种奇妙的感觉，好像是某种强烈的情感驱动着他去这么做。也许这是颜真脑死亡后的残存意识。当他回头再去探索来源时，颜真的大脑内却空空荡荡，什么都没有。

「  」

男孩低下头，踢飞了一块石子。

还有五分钟。

他的手心有些湿，泛着不安的温热。男孩将手在衣服上蹭了蹭，那是一件宽大的校服，领口洗得发白。他将手伸进口袋，又迅速地拿出来。手放在口袋里很容易在指甲缝处留下黑痕，他的家人看到了又要念叨。

还有三分钟。

他瞪视着自己的球鞋，觉得自己的鞋带系得实在是有点儿丑陋。

还有一分钟。

男孩重新系了鞋带，他依然不满意，这看起来并不好。

一串自行车铃声在背后响起。男孩直起身，骑上了自行车。

他控制着速度，微微压了压刹车。几个女学生骑着车跟上了他，她们穿着与男孩一样的高中校服。

“真巧啊！”一个女学生看到他叫道。

男孩点了点头算是打招呼，他的目光在其中一个女孩身上短暂地停留了一下便立刻移走。

那个女孩落后他半个车位。就算她在男孩身后，男孩也能在脑内描绘出她的每一分形貌。她圆润的脸颊，微翘的嘴唇，杏仁般的眼瞳，以及在阳光下透着光的睫毛。她是罗清溪。

她曾经是个很小的小姑娘，在春夏秋冬中变换着形貌，然后变成了现在和自己同班的高中女生。罗清溪在男孩的身后，她的气息与微风一起拂过男孩发红的耳郭。

男孩的拇指按住了刹车，微微地减慢了速度。罗清溪出现在他的身旁。升起的朝日悬在她的头顶，她的马尾辫上跳跃着璀璨如碎金般的光。

女孩说：“你的鞋带松了。”

“啊？”

罗清溪笑了：“颜岸，你的鞋带松了！”

男孩低头一看，左脚的鞋带不知何时已经完全散开。他涨红着脸停下车，低头去系鞋带，高中女生们的自行车毫不留情地从他身边疾驰而过，只留下清脆的笑声在空气中荡漾。

第2章 猫先生入住

刘星泉父亲的葬礼过后，刘星泉再也没来过颜家。

几天后，颜家来了一位新的客人。他是颜真的同龄好友，名叫崔明智。

“颜少爷这是在干什么呢？这么多天都不理人。”崔明智开口就是埋怨，“QQ上‘敲’了你好几次，连个消息都不回。”

小真说自己的QQ前几天无法登录。

“无法登录？你被盗号了？是不是上次去……”崔明智止住了声音，环视着周围。

“我妈不在家。”

“我是知道你妈不在我才来的。”崔明智松了一口气，“每次来你家，你妈那个眼神总能判我六次死刑。”

“为什么是六次？”

“这只是形容！我怕了你妈了！”

小真很快就明白了为什么崔明智害怕颜母。与家长心目中的优秀学生刘星泉不一样，崔明智就是过来玩游戏的。

崔明智轻车熟路地打开电脑主机，两人一人一个手柄，对着大屏幕打起了游戏。电子游戏小真并不陌生，它能让大脑中枢分泌令人愉悦的化学物质，被智慧生物用以寻找娱乐刺激，消耗时间。对于他来说这只是对身体反射神经的一次检测。小真扫了一眼操作流程，便顺利上手了。

他们玩的是两人对战模式的战场游戏，不一会儿崔明智便被打得落花流水。

“我的游戏体验极糟。”崔明智显得很不服气。

于是他们换了一款游戏，比谁能在最短时间内越过猴子登山。一开始是崔明智占据优势，但当小真了解游戏机制后，他便以一骑绝尘的速度将崔明智扔在了山脚下。

“这不科学！”崔明智喊道。于是他们又换了一款游戏。崔明智像前两次一样，又被打得落花流水。

被小真大杀特杀后，崔明智哀号着倒在沙发上：“你怎么突然变得那么厉害！”

“我只是在按照规则操作。”

“是吗？你是在凌辱我。”崔明智在沙发上哼哼着，说着不恰当的词，然后他惊呼道，“这是什么？”

斑船长站在沙发扶手上歪着脑袋看着他。

小真说：“这是一只鸡，名叫斑船长。”

“鸡？”

“对，一只鸡。”

“为什么这里会有一只鸡？”

“鸡是人类生态圈里常见的动物。”

“不不不，我的意思是，这只鸡为什么会在房间里？”

“它是我的朋友。”

“它会拉屎吗？”

“废话。”

“为什么你会养这种东西？它会拉屎啊！”

斑船长叫道：“难道你不会拉屎吗？你这个两脚怪！”

当然，崔明智耳中听到的只有一串嘶哑的鸡叫声。崔明智试着去摸

它，被斑船长一翅膀打得喊出了声。小真告诉他，这只鸡很聪明，听别人说坏话会怀恨在心，报复的方式多种多样，并不局限于拉屎。

崔明智不由得往旁边挪了挪。

小真并不想浪费一个下午玩游戏，便打探起了其他信息。

刘星泉父亲去世的事，连崔明智都知道了。

说起这个话题，崔明智的声音都低沉了几分："刘星泉的爸爸去世了啊，他妈妈真可怜。"

小真问他知不知道刘星泉的爸爸是个怎样的人。

"他爸爸不是你家以前的司机吗？应该你最熟悉啊。"崔明智抓了抓头，说道，"他是个话不多的大叔，人挺和善。我爸说刘司机是老实人，有福气。"

"什么意思？"

"刘星泉的妈妈那么漂亮，人又好。"崔明智叹气道，"我最羡慕刘星泉的就是这点，他妈妈就是仙女！"

"……"

"要是刘星泉的妈妈是我妈，我也能考年级第一。"

"你在假设你和刘星泉是兄弟？"

"嘁，谁要和那个假正经做兄弟，我是说假如。"

"所以你假设刘星泉是你的兄弟，你的智商就能得到质的飞越？"

"……你是在嘲讽我的智商很低吗？"

"我在根据你的假设推测。"

"胡扯！"崔明智怒道，"我只是觉得刘星泉的妈妈很好！兄弟就算了，我家那个天天捶打我心灵的便宜弟弟就已经够我受的了。"

崔明智说的便宜弟弟是他后妈带来的拖油瓶。崔明智的母亲在多年前去世，后来他爹再娶新妻，崔明智便有了一个后妈和一个便宜弟弟。

他的便宜弟弟的特长是见人说人话，见鬼说鬼话，跟着后妈一起把他爹哄得服服帖帖。如今他爹的心已经偏到了天上，仿佛那个便宜弟弟才是他的亲儿子。崔明智随后又修正了一下自己的发言："其实我那个便宜弟弟是我爹的亲爹，我的亲爷爷！"

小真对人类混乱的伦理关系开始感到困惑。

崔明智临走前还给了他几本书。书上贴着编号标签，这表明这些是当地图书馆的藏书。

小真对图书馆这个名词并不陌生，就算是在银河星区中，图书馆也是智慧生命文明的收藏之所，是获取知识最便捷的殿堂。

他打开图书馆网站查了一下这几本书的编号，信息显示是颜真在一个月前借的书，即将到期。

"你要去图书馆还书？"刚刚进门的颜父问道。

小真点点头。今天颜父回来得比往常都早。

"我还要出去办事，正好顺路，一起吧。"

一旁的张司机赶紧跟上来，颜父摇头表示不用车，之后和小真一起出了门。

这是小真第一次和他宿主的父亲单独相处。颜父是一位高大的智人，肩膀很宽，身材匀称。因为经常锻炼的关系，颜父精神面貌看起来极佳，比他实际年龄要年轻很多。

斑船长跳到了小真的头上，找了个合适的姿势趴下。

从刚才就在盯着这只鸡的颜父终于忍不住了："你要带它去图书馆？"

"是。"

"我觉得图书馆不会让你的斑船长进门。"

斑船长闻言喊道："种族歧视！标准的政治不正确！"它掀起翅膀抗议。

然而在颜父眼里，只是一只鸡在叽喳乱叫罢了。

“知道了。”小真将斑船长抓起，塞进自己的书包里，拉上拉链。

颜父说：“你的小鸡可能会被闷死。”

“它不会死的。”小真确定地回答，“我的书包有足够空气流通的开口。”

父子俩陷入了沉默。

正值夏季，路边的紫薇花在日光下显得愈发娇艳，金森女贞整齐地堆在街道的两侧。再向前走，沿着坡道而下，就是一条横跨市区的河流。他们走到河边时，颜父突然停下脚步，直直地看着对岸。小真循着他的目光望去，对面只有绿茵茵的公园。

“都拆掉了。”颜父感叹道，“以前我每天早上上学都要路过这里。”

“哦。”

“以前这里有个报纸散发点。那时候爸爸早上要5点起床到这里领报纸。”

“是打工？”

“是。”颜父点头，“先要把几百份报纸全部分类叠好，一张张按照版面排序。报纸上有油墨，每次叠好后我的手都是黑的。有的时候忘了洗手，把自己弄成了花脸，就这么跑去上学，惹来一堆人的目光，我还以为是我长得帅。”陷入回忆的他微笑了一下。

“报纸散发点的领导是个好人，知道我还要赶着去上学，所以特意分配给我沿路最近的小区，早晨送完报纸后我刚好能赶去上学。

“那个时候我可没有像你这样的好环境。你现在的书房比当时我和你爷爷奶奶住的房子都大，而我们五个人在一个十三平方米的小房间内住了十几年。我没有书桌，你奶奶的缝纫机工作台就是我的书桌。我每天要在你奶奶用它之前赶着把作业写完。家里的饭桌是用一块板临时搭起来的，吃完饭就要收起来，不然房间里连个转身的地方都没有。

“我曾经去过一个同学的家，他家有一个足以供几十人聚会的小花园，但最让我羡慕的还是他的书房。那天以后我晚上总是在做梦，幻想着有一个真正属于自己的小房间会是什么样的心情。”

小真默默地听着颜父的往事，猜测他大约是要激励自己好好念书。但他并没有这么说。

“那时候我唯一引以为傲的就是我的学习成绩。因为成绩还不错，所以我在假期里会去做家教。但有一次，我辅导的初中生家中失窃了，他们被盗了很多贵重物品，于是家长就怀疑到了我身上，理由仅仅是我很穷。他们闹得很厉害，报了警，甚至还将这事闹到了学校。”

小真抬起脸看向颜父，男人的脸上很平静，没有忧伤也没有愤怒：“学校的老师，还有校长，他们都相信我，为我争辩，要求用证据说话。我至今都感谢他们。可惜我在学校里还是被同学起哄排挤了，还被起了很难听的外号。后来警方证实是他们家孩子干的，这事才终于结束。遗憾的是，并没有一个人向我道歉。”

“你很恨他们？”

“不。”

“那时我希望自己能成为像校长和我的老师那样的人，现在也是。”颜父将手搭在了小真的肩上，“我们家有住家保姆和司机，我的公司里有下属和员工，但你要记住，他们不是我们的仆人。我支付金钱，他们付出劳动，在契约精神上，他们与我是平等的，你的父亲并没有高人一等。”

说完这番话后，颜父轻轻用手拍了拍小真的脑袋，他的眼睛里有水波闪光的倒影。

小真点点头。

图书馆并不远，颜父把小真送到门口就走了。

小真沿台阶而上，书包里的鸡突然喊道：“嘿，你看那里。”

斑船长从书包的边缝露出一只鸡头。小真用手指将鸡头按了回去：

“别出来，这些人类不高兴看见我带一只鸡进来。”

“我是想说，你看旁边那个！你这个宿主的爹还真是了不得的有钱人啊。”

小真也看到了那块不大的碑，待看清上面的字后不由得愣了愣。

这是一块图书馆捐赠纪念碑，那上面赫然写着颜真父亲的名字：颜岸。

图书馆是当地文明知识的宝库。在过去，小真就经常在各星区的图书馆流连忘返，在这里当然也不例外，他一到图书馆就如饥似渴地看起了书。

斑船长说：“除了尚未发展出与银河星区有联系的文明外，这里和其他星球的智人社会也没差多少。”

“我喜欢这里。”

“我也是。”斑船长从书包口露出一个鸡头，摇头晃脑道，“这里可算是没有了要命的安全委员会和监督之眼。”

“但我们既然能在这里，那么这里应该还有其他异星人。”

“当然有，我遇见过好几次。你是我遇到的第一个同族。”

“你还遇见了其他异星人？你到这里多久了？”

“以这个星球的算法来计算，差不多是半年。”

“来了半年你竟然还能被关进笼子里等着被宰？”

“只不过是出了一点儿小意外。”斑船长哼了一声，“说起来，如今你拥有了一个人类宿主，就不想干出一番大事业吗？”

“事业？恕我提醒你一下，在议会或者军团允许之前，任何异星人都不能干涉这个星球的科技发展。保持未接入星网的文明的独立性，是基本原则。”

“这我知道。上一次银河新闻提到的那个家伙，偷偷溜到一个原始星球，利用自己掌握的科技干扰当地的文明发展，玩文明跳跃，建立帝国自己当皇帝，被判了多少星灵年来着？”

“三百五十个星灵年。”

“话说，侵占智慧生命体会被判多少个星灵年？”

“七百个星灵年以上。”

“你怕什么？再关个三百年对你来说有区别吗？”

“区别很大。吃七百年牢饭和吃一千年牢饭还是有区别的。”小真摸着下巴，“以我对监督之眼的了解，我连一天牢都不想坐。”

“我再提醒你一下，你侵占了未成年体，这是罪加一等。”

“那还真是遗憾。”

“其实我说的事业并不是搞文明游戏。这大半年来我看了很多当地电影，你现在的状况再加上我们的种族优势，你完全可以成为一个超级英雄。”

“啥？”

“这个星球上有很多有趣的娱乐故事。你知道蝙蝠侠吗？对，就是你书架上那个模型。成为蝙蝠侠吧！成为除暴安良的英雄。正好你的双亲也是富豪，这太适合你了！”

“……你是在诅咒我的双亲吗？”

“我只是在打比方，这是人类修辞的一种！或者你觉得超人如何？超人也是外星人。”

“超人的爹也死了。”

“我只是打个比方！你真的不想成为现实中这些故事的主角吗？”

“不想。我们一族的行事准则是低调、低调和低调，我见过太多不谨慎行为带来的糟心事。”小真用手指将鸡头戳回书包，“这个星球既然有其他异星访客，那就说明这里对我们来说并不安全。”

“从你这个侵占智慧生命体的家伙嘴里说出这句话来，可真是没说服力。”斑船长噌地一下又从书包里探出头。

“啊！这是什么？”坐在小真对面的人瞧着从书包里冒出的鸡惊呼。

斑船长说：“一个鸡头。看不出来吗？”

小真面无表情地将鸡头按了回去，拉上了书包拉链。他可不想因为这只鸡被赶出图书馆。

小真翻阅了一些自己感兴趣的书籍，他看书很快，本体的记忆力更是绝佳，但小真的身体却很容易疲倦。只快速看完了两本书，小真便明显地开始感到头刺痛。

果然不能太勉强啊。只能以后再慢慢强化这具身体了。

刚放下书，他的眼前闪过一片“五彩斑斓的白”，随着一阵模糊的灼烧感，一个感知链接上了他的意识，接着斑船长的意识也被强行拉了进来。

这种强行链接意识的方式是它们同族之间特有的沟通方式。

“你在干什么？”斑船长在脑中抗议。

小真回答：“不是我干的。”

“不是你那是谁？”

一个新的声音响起：“两位好。”

在小真过去的经历中，遇见同族其实不是稀罕事。但在一个与世隔绝，甚至与银河文明没有往来的偏僻星球，短短几日内就能连续遇见两个同族，这就非常稀罕了。

而这位新同族打招呼的方式显然比斑船长粗暴很多。

它的意识链接牢牢抓住了小真和斑船长，小真诧异地发现自己竟然不能脱身，这意味着对方在对心灵能力的使用上远强于自己。

这种被牢牢抓住强行通话的感觉说实话并不舒服，小真又开始下意识地感到不安，这是属于宿主潜意识的防御反应。

小真问道：“你好，你在哪儿？”

那个陌生的声音回答：“到左侧的第三个窗户边来。”

小真起身，来到窗户旁一瞧，只见窗户下面的围墙上坐着一只小猫，正抬头瞧着他们。

很难描述看到这只猫的感觉。它优雅地端坐着，一双金色的眼瞳直直地盯着小真。在接触它双眼的那一刻，小真就感受到了蕴含于其中的意志，并在不知不觉间就接受了它。它应该比小真和斑船长更加年长，但小真无法得知它的真实年龄。

“你寄居在猫身上？”

猫看着小真，随后一字一句地说：“**你非法侵入了人体，罪人。**”

“你把我喊来的目的应该不是跟我宣告这个。”

猫侧过脑袋看着他：“是，我想请你帮个忙。”

“什么忙？”

“帮我救个人。”

小真在脑中问道：“什么人？在哪里？”

斑船长从书包里探出头，用翅膀指向窗外：“你看，围墙后的小区建筑内，二楼窗户里的人是不是不太对劲？”

猫点点头：“没错，她突然晕倒了。你们去救救她。”从小真的角度，他依稀能看到，在小区建筑内的窗户后，一个妇人以不正常的姿势趴在地板上，一旁的电视还开着。

斑船长激动地喊道：“上啊小真，现在是展现你超凡能力成为英雄的时刻了！快砸碎玻璃冲出去，再跃上围墙，飞檐走壁，一脚踢碎窗户……”

小真用看白痴的眼神看了一眼斑船长，让图书馆的工作人员打电话报了警。

只过了片刻，救护车鸣笛赶到，门被砸开，救护人员将一个老太太抬了出来，一群人围在楼下议论。

“你错失了成为英雄的机会。”斑船长喊道。

你的脑回路如今和鸡也没区别了。小真将斑船长重新塞回包里，走出图书馆大楼，来到围墙旁。猫正蹲在上面看老太太被抬进救护车。

“这位老太太每天晚上都会去公园喂流浪猫。”猫说，“附近的猫都仰仗着她。想不到今天她突然晕倒在了家里。”

斑船长从书包里跳出来怪笑：“你是说，你现在和流浪猫为伍？吃人类喂的剩饭？”显然，刚才它被猫强行链接意识且无法脱身的事实让它自尊受挫。

“她给的不是剩饭，是猫粮。”

“你是说，你每天都在吃猫粮？那个老太太是你的饲主？”

“她并非我的饲主。我只是经常观察她的行为模式。”

“也就是说，你作为银河文明的高级种族，竟然靠吃猫粮为生！”斑船长叽喳乱叫着。

猫的声音很平静：“你信不信我一掌把你拍下来？”

“激光笔一晃就被操控的生物少说大话。”

猫压低身体，风驰电掣间一个猛扑。斑船长旋转着躲开，直接俯冲而下，盯着猫的尾巴猛啄。一猫一鸡斗成一团，你抓我啄，好不热闹。

一个小孩路过，大声指着它们喊道：“快看！猫咪打鸡！”

另外一个小孩说：“我觉得是鸡打猫！”

更多的路人停下围观。

因为实在太丢脸，小真不得不上前中止了此颗星球上的第一次外星人内战。他一只手拎着猫，一只手抓住鸡，在路人的注视下离开了现场。

到了晚上，颜母诧异地看向门口，小真的头上停着一只小鸡，在他脚下，一只小猫露出它的脑袋，对着颜母喵喵叫了几声。

“它是猫先生，我的新朋友。”小真介绍道。

猫先生悄无声息地走入房间，跳上书桌，一爪子将小真手中的笔打飞。

小真皱眉:“你干什么?”

“我已经受够了，让你的便宜妹妹离我远点儿。”猫先生说。它说的话非常尖锐，但语气却异常平静。虽然猫先生住进小真家才几天，但小真已经习惯了它这种平淡语气与说话内容的反差造成的阴阳怪气感。

“她只是想和你玩。”

斑船长大笑：“她也就是给你穿穿可爱的小衣服。”

“昨天她给我连续换了三套蠢到极点的蕾丝裙，刚才还给我戴了一顶愚蠢无比的帽子。我要求你约束一下你妹妹的行为!”

“人类幼年体只是有点儿活泼。”

“没错，小姑娘只是寂寞了而已。”

无论是小真还是斑船长，都对颜珠注意力转移，找到新玩伴欣喜非常，对猫先生的困境则喜闻乐见。

正在交谈间，颜珠的脚步声越来越近，猫先生飞快地钻到了柜子下:“跟她说我不在。”

门被推开，颜珠走进房间。

“小咪，小咪?”她东张西望，目光在家具间游弋，“哥，你看见小咪了吗?”

“它叫猫先生。”小真纠正了她对猫的称呼。猫先生正躲在柜子下，在暗处盯着自己。他能感觉到那幽怨的目光仿佛要把自己戳个洞，“我没看见猫先生。”

“但我明明看到小咪进来了。”颜珠嘴角下撇，“小咪，小咪，你到哪儿去了啊……”小真顿感头皮发麻，妹妹这是打算赖在这里不走。

“小咪……”她开始干号。

“珠珠怎么了?”颜母也走了进来，颜珠抓住母亲撒娇，“小咪不见了，我明明看见它进来了。”

“别急，妈妈帮你找。”颜母在房间里四处搜索，不一会儿，她俯身发现了猫先生，“小咪在这里呢。”

那一瞬间，小真觉得猫先生惊恐得就像看见了要活吃它的亚木扎星异种绞藤黏膜虫。颜母伸手将猫先生强行从柜底拖了出来，颜珠破涕为笑，紧紧抱住了猫先生。

“小咪，我们走。”颜珠高兴地喊道。小真和斑船长目送猫先生一脸死相地被拖出房间。

斑船长说：“它在诅咒我们。”

“安稳的和平总是需要付出代价的。”小真坦言。

颜珠并没有困住猫先生太长时间，因为她最爱的动画片开始播放了。每天六点，颜珠都会准时去追一部叫《侠盗洛萨》的动画片，任何事都无法阻拦颜珠去看这部动画。动画片讲的是一个叫洛萨的狐狸行侠仗义，锄强扶弱，带领被压迫的民众推翻恶势力的传奇故事。

为了了解本地文化，有时小真也会跟着看一集。他觉得这些五颜六色的二维图片人还挺有意思，只是里面的人物的人际关系未免有点儿太简单了。

小真希望人类社会的人际交往能像动画片里那么简单，或者说大家的智商能一起降一降。现实的人类实在有点儿复杂。光是他最近接触到的刘星泉，就够让他满脑袋问号了。

斑船长和猫先生则完全从另外一个角度看动画片，这让小真始料未及。

斑船长对动画片里的狐狸主角意见很大。

它说：“我不记得狐人这么有道德。”

斑船长说的狐人是源自坎塔星的一种智慧生物种族，它们有和这里的狐狸相似的外表，能直立行走。这个种族基本无害，以狡诈油滑闻名于星际。

它们谈不上臭名昭著，但与诚实正义等等灵长目智慧生物推崇的美好道德相去甚远。星际旅行者几乎都有被狐人奸商坑过的经历。

小真说：“这只是一部动画片里人类幻想出来的狐狸。”

电视画面里的狐狸主角正将从恶人那儿抢来的不义之财撒向贫民。“这是属于大家的财富！”洛萨大喊，贫民们欢声雷动。

斑船长骂道：“鬼扯！我就没见过一个狐人愿意吐一个子儿。”

小真说：“这只是一部动画片里人类幻想出来的狐狸。”

猫先生冷笑：“呵呵。你不会想知道上一个狐人奸商是怎么坑骗我的。”

小真：“我不想知道。”

猫先生自顾自地说：“在艾伦星度假时，我栖身在更好的躯壳里。为了让房子干净点儿，我很不谨慎地让侍者向一个狐人订了一个自动清洁用人。我以为至少会送来一个清洁专用机器人，结果你知道该死的狐人送来了什么吗？”

斑船长问：“送来了什么？”

猫先生说道：“他们送来了一个僵尸！一个被设定成只能进行打扫的僵尸！”

小真眨眨眼：“这我听说过，有把僵尸洗脑当劳动力的贸易产业。”

“要是僵尸只知道清洁打扫那我也能接受，但那僵尸每天都要喝新鲜的血液，不给它喝，它就会在我的房间呕吐大量的黏液，消极怠工。我的同事不得不每天给僵尸购买新鲜的血液，还要在房间里喷上三倍的除臭剂。顺带一提，新鲜的血液也是由狐人奸商出售，顺带加上20%的服务费。”

“……”

猫先生怒气满满地瞪视动画片里的狐狸。

斑船长开口道：“其实这里还真有一个狐人商人。”

“你说什么？”

“是，就在本市，离这里很近。”斑船长说，“这是我来这里大半年探索下来发现的唯一一个异星商人，也是目前我知道的这里唯一有合法执照的异星行商。”

“你的意思是？”

斑船长正色道：“就是我们没得选择，仅此一家。”

小真和猫先生：“……”

颜岸一本本捡起散落在地上的书。

又有人趁他不在，将他书包里的书扔到了楼下。

这是今天的第二次了。

会发生这种事并不奇怪。他辅导的初中生家里丢了价值上万的贵重财物，初中生的家长一口咬定就是他偷的。他还记得那位母亲瞪着血红的眼睛破口大骂他的姿态。先是在他家，然后是在派出所。

到了昨天，这位母亲直接来了学校。她直奔校长室，怒斥学校管教不严，教出这种道德败坏的学生。她的声音又尖又响，整个楼层的人都听到了。学生之间交头接耳，甚至连清洁工都在谈论这件事。教室之间的走廊上，学生们用鄙夷的目光看着他。他回到教室坐下，听到背后有人在说：“装模作样的小偷。”

两天前颜岸还是老师心中的好学生，学生们的学习榜样，如今却成了班级的污点。他把刚才从楼下捡来的书掸掉灰一本本塞进抽屉。坐在一旁的魏鸿卓笑嘻嘻地跟别人说着什么。

颜岸知道他肯定在说自己。班上有个以魏鸿卓为中心的小团体，他家里有钱，为人大方又爱笑，颇受欢迎，身边有一群跟班。从高一开始，他们就是对头，魏鸿卓大约是从一开始就瞧不上他身上的寒酸气。

他打开笔盒，两条毛毛虫正在里面瞧着他。班上的同学发出了刺耳的笑声。无聊至极，往笔盒里塞虫子这种事是吓唬女生的小学生才会用的伎俩。他们想看自己尖叫？颜岸不由得怀疑捉弄他的同学的心理年龄。他面无表情地用纸抓住两条毛毛虫，将它们扔进了纸篓。

大部分同学都在笑，只有魏鸿卓抿着唇，脸色阴沉。

上课铃响起，物理老师来到讲台前，颜岸如同往常一样喊道："起立！"

在坐下的那一刻，本该有椅子的地方变成了空气，颜岸一屁股坐在了地上，周围爆发出大笑。物理老师愤怒地拍着讲台质问他们在搞什么。魏鸿卓依旧阴沉地看着他。

颜岸觉得自己的屁股很痛。

"在警察得出结论之前，我觉得他们这种行为都很不妥。"颜岸对他的班主任说。

班主任皱眉："怎么回事，他们怎么还在惹是生非？看来我要找他们一个个谈谈，告诉我都是谁。"

颜岸苦笑，告密是同学们最痛恨的事，要是他在这里报出名字，就算事后他能洗清冤屈，以后也别想和同学好好相处了。更何况谈了也没用，有些人不过是想看自己这个班长倒霉。老师也好，校长也罢，已经为他做得够多了。

班主任好奇地望向他："颜岸，老实说，你让我很吃惊。"

"什么？"

"一般同学如果遇到这种事，不是六神无主就是惊慌失措或者气得失去理智。我当然相信你，可你表现得实在是太过冷静了。颜岸，被冤枉了，你难道不生气吗？"

怎么可能不生气。颜岸想起那天那个泼妇跑到自己家来闹的情景，他的父母气得浑身发抖，街坊邻居站在走廊楼梯上指指点点。最后父亲发狂般地怒吼："我们家再穷，我儿子也绝不是会偷鸡摸狗的人！"

他的怒火在那一瞬间似乎随着父亲的怒吼一起发泄了出去，之后剩下的只有深深的疲倦。

颜岸冷静地说道："他们家没有被翻过的痕迹，明显是熟人作案。既然是熟人作案，那么警察肯定已经锁定了几个目标，不用几天就能有结果了。"

他沿着走廊向教室走去。还没走进教室，他就听到几个同学正在叽叽喳喳地议论。

"真想不到我们这位班长竟然是个贼。"

"是啊，真看不出来啊。"

"老师不是说事情根本没确定吗？"

"我觉得说不定就是他了。他家真的很穷……我们都是高中生了，学业繁忙，他还在外面打工，难保不是一时糊涂……"

"你们都别再说了！"一个女声打断了他们的讨论。颜岸站在门口朝教室里望去。

罗清溪站起身，声音坚定："警察都没说他是小偷，你们在这里瞎猜什么？我相信颜岸。"她的手搁在桌上，发亮的眼睛瞪视着那几个议论八卦的同学。

已经消退的怒气突然重新涌了上来。颜岸觉得自己像一只陷入网中的小鸟，拼命挣扎却发不出一丝声音。他的怒火在心中乱蹿，为了寻找出口而焦虑。他想尖叫，想冲进教室对所有人怒吼，让他们因为他的发狂而惊惧。他不需要任何人的同情，哪怕是她的……

但最后，他表情平和地走进了教室，和往常一样跟同学们打了招呼之后坐在座位上，没有再看罗清溪一眼。

第3章 失控的骚乱

小真瞪圆了眼睛。

事情真的糟透了。

地上躺着一个破碎的花盆，里面的植株已经被踩烂了。

小真说：“这是颜珠的暑假作业。”

这是颜珠在十天前种下的写豆苗观察日志用的植株，颜珠每天都会对着它拍照、画画、写日记。这株豆苗是颜珠的宝贝，在这株豆苗长出来之前，她种的种子全都失败了，只有这株豆苗抽出了嫩芽茁壮成长。她临睡前都会对它说话，鼓励它尽快长高高开花结果。

而今，这株豆苗的遗体倒在地上，茎都被踩得稀烂。

“你们干了什么？”

斑船长和猫先生异口同声：“是它干的！”

“很好，你们把颜珠的暑假作业给毁了。”

猫先生抗议道：“注意你的言辞，不是我们，而是那只鸡。”

斑船长叫道：“明明是你扑倒了它！”

在猫先生与斑船长开战前，小真问他们打算怎么解决。

猫先生上去嗅了嗅植物：“没救了，茎都断了。”

“人类幼年体在情绪不稳时会做出什么事情来，你们了解吗？”

猫先生与斑船长陷入沉默。

“正常来说，她不会对我们的躯体造成任何伤害，但是毫无疑问将会带来强度惊人的精神攻击。”小真补充道，“大概到暑期结束这个精神攻击也不会结束。”

斑船长和猫先生皆是沉默不语。

对于小真、斑船长和猫先生来说，颜珠是这个家里最可怕的存在。人类幼年体的大脑比成年人活跃很多，只要她在家中，就会无意识地发出各种情绪波动。每次只要她一精神亢奋，对天然能接收人类情绪的这三个触手怪来说，不下于隔壁大白天装修时凿墙发出的噪音。

一番大眼瞪小眼后，他们决定出门去找那位狐人商人，斑船长说他那里有植物生长药剂。

眼下也只有靠外星的工具来解决此事了。

幸好颜母带颜珠出门上课去了，他们只要赶在她们回来之前将豆苗恢复原样就能幸免于难。

“狐商不值得信任！”猫先生低吼着不断重复。

“请你提出第二个解决方案。”斑船长哼道，“你以为我很想去找狐商吗？但植物生长剂只有狐商有。”

猫先生跳到路边的花坛上，转头说：“不，我担心的是其他事。那个狐商知道你的真实本体吗？”

斑船长说：“他知道我是噬心魔。”

噬心魔是银河星区里的智慧文明对小真这一种族的通称。在千年以前，噬心魔被形容成最可怖、最邪恶的种族之一，甚至连提起都是对星灵的一种亵渎，千年来有不少无辜者因为怀疑被噬心魔占据躯壳而被处死。

就算到了噬心魔获得承认和生存权的今日，它们依然被大多数种族所憎恨。小真对此心知肚明，他从上一个星球被驱逐，实质就是因为当权者无法容忍噬心魔生活在他的领地中。因此小真的大部分同族都选择了隐匿自己的身份。

如今他们在一个远离银河文明的偏远之地，可谓是隐居的理想乡，但斑船长现在却说有异星人知道它噬心魔的身份，而这个异星人还是银河星区中风评颇差的狐商，这让小真和猫先生都为之咂舌。

“只有同族才能辨别出我们，他是怎么知道的？”

“呃，发生了一些事。”斑船长看着小真和猫先生的脸色说，“他说过绝不会暴露我的身份。”

“啧，我不想评价你这种冒失的行为。”猫先生蹭了蹭花坛里的冬青，尾巴勾成一条弧线，“虽然我们寄居在非智慧生物上是合法的，但现在银河星区中对我们有恶意和偏见的种族太多了，所以我不会对狐商暴露我的真身。”它看向小真，“你就更不能暴露了，没有人能保持平常心听一个噬心魔解释自己是不是故意侵占一个幼年智慧生物体。”

小真点头。噬心魔这个称呼，一如世人对他们的态度，这个词充满了害怕、厌恶与误解。选择对外族隐瞒真身已经成了大多噬心魔的一种准则。

“我同意。”小真说，“在离开这个躯体之前，我就是人类颜真。那么你的角色是？”

猫先生回答：“爱尔特人，一个朝拜者兼顾问，因为飞船出了事故被迫困在这里。”

爱尔特人是源自爱尔特星的居民，它们的形态与地球上的猫科生物极为相似，是银河星区中常见的种族之一。这个设定非常适合目前的猫先生。

沟通完各自的设定后，一个附身在鸡身上的噬心魔，一个伪装成本地人类的噬心魔，一个伪装成爱尔特人的噬心魔，到达了那位狐商的住处。

狐商住在临街的一栋公寓大楼内，青峰公寓四个大金字招牌显眼地矗立在入口处。

狐商所在的13楼101室从外面看和普通人类的房子并无太大区别。

小真对着门敲了敲，门自动开了。

入内后是一间陈设普通的客厅，怎么看都是一个普通人类的家。

一个女孩出现在他们眼前。她的皮肤细腻苍白，眼睛很大，漆黑的长发一直垂到腰间。

“请问你们需要什么？”女孩的声音清甜柔和。

斑船长喊道：“是我！带我们去见你的主人。我给他带来了客人！”

女孩笑了笑，示意他们跟过来。

小真下意识地扫描了一下女孩，没有任何浅层意识，女孩像一块纯白的布，上面什么都没有。小真无法判断她究竟是什么。

“她是这个星球的人类吗？”小真用脑波问斑船长。

“不知道。她是个活物，反正不是机器人。”

他们跟着女孩进入另外一个房间，女孩打开一扇门，一条幽深的楼梯出现他们眼前。在他们踏上楼梯时，两边的墙仿佛隐去，取而代之的是明暗不定的星云。楼梯的拐角散发出浅浅的光，将他们脚下的道路照亮。

走了大约数分钟，他们来到了楼梯最深处的房间里。

女孩的主人，斑船长口中的狐商，正坐在办公桌前等着他们。

那是一个男人，长得非常漂亮，眉目深邃如刀刻，嘴角带着迷人的微笑，浅灰色的眼眸中透着柔情。他有着无论男女都会为之倾倒的外表。

英俊的男人笑道：“鄙人韩君谦为诸位服务。”接着他看向斑船长：“斑船长，好久不见。你身边的两位客人是？”

斑船长说：“一个落难的爱尔特星人和一个本地人类协助者。”

韩君谦起身道：“我喜欢爱尔特星人，同样，欢迎这位可爱的本地人类。”

猫先生不客气地说：“我以为狐商都长得像狐狸。”它上下打量了几眼男人，“你用了光学伪装器？”

“正解。根据法律，在尚未开启星际交流的星球上，外星访客需要隐藏自己的身份避免带来骚乱。本地人并不太乐意我这样会说话的狐狸和他们做生意。我强烈推荐这个产品。”韩君谦晃了一下手腕上的腕表，“这是目前最新的C300，可以根据你的体形调整幻化你的外表，新产品在原有的四千八百种皮肤素材上进一步提高了容貌的精细度，同时可以完全根据你的需求来定制外表。现在订购可以免去五个点的服务费……”

“不需要！”猫先生跳上办公桌，“我们需要订购一瓶植物生长剂，超高速的那种。你这里有吗？”

“植物生长剂？”韩君谦微笑，“当然有，就是不知道你们需要哪一种。”

“你们这里有哪几种？”

“我这里的植物生长剂有孢殖集团的、金隧道开荒团的、星际植物保护研究所的，还有昆塔兽人农垦场的，价格从高到低依次排列，你们要哪种？”

猫先生用脑波传递信息：“我对孢殖集团的恶名有所耳闻，星际植物保护研究所则是一群疯子。你们怎么看？”

斑船长：“我讨厌金隧道开荒团，他们的理财产品已经套牢了几个开垦移民团了。”

小真：“我提醒一下，我们不是在投资，我们只是要买一瓶药。”

猫先生舔了舔爪子：“我听说昆塔兽人用一个星际年就将一个原本荒芜的沙漠星球变成了郁郁葱葱的森林度假地。”

斑船长：“那就购买昆塔兽人的吧。”

小真：“我没意见。”

三人在结束脑内会议后，猫先生要了昆塔兽人的植物生长剂。

植物生长剂装在一个小小的瓶子内，看起来平平无奇。韩君谦将植物生长剂放在桌上，之后他们开始讨价还价。

“还有一个最重要的注意事项——独立文明守则。”

猫先生说：“我知道，我们决不能将这瓶药剂提供给当地人做科学研究或者扰乱当地秩序。请放心，我身边这位可爱的人类协助者也很清楚。”

韩君谦双手交握，微笑道："对，请务必铭记于心。虽然这里是偏远的星际角落，但是一旦真闹出什么事，就会惹来安全委员会和监督之眼。"

"你说这里有安全委员会和监督之眼的人？"

"银河星区之中，哪里没有他们伸的手？"韩君谦摸着下巴说，"对了，我忘了问诸位一件事。"

"什么？"

"你们效忠谁？军团还是议会？"

斑船长和小真怒道："在这种偏远角落，你还要搞阵营斗争？"

…………

临走前，小真目不转睛地瞧了韩君谦好一会儿。韩君谦问："怎么了，人类协助者？我的脸让你很在意吗？"

我觉得你的名字很像偶像剧的男主角的名字。小真眨了眨眼，说道："你的名字是你自己起的吗？"

"哦？这可是我请居住在此地多年的当地通给我取的。这个名字怎么样？一听就能博人好感吧？"

这名字就和你的长相一样，带着偶像剧的浮夸感。小真心里想着，嘴上却说："这个名字一听就充满了内涵，真的很不错。"

韩君谦很满意地笑了。

"你现在用光学伪装器伪装的脸很好看。"小真继续说，"我很喜欢。"

"你真会说话，人类协助者。"韩君谦微笑，"如何，想不想要这个C300型最新款光学伪装器？对于你，我可以给你免去七个点的服务费。"

"你的意思是不仅不打折，还要再收我服务费？"

"我亲爱的人类协助者，在这种偏远角落，所有的外星商品都是稀缺货。考虑到长途运输的风险，收额外的服务费并不过分。"

"我没钱，再见。"虽然小真对这个光学伪装器很感兴趣，但是他目前没有买的必要，更何况他是真的没钱。这次购买植物生长药剂还是斑船长用自己的星网账户买的。颜真家的钱不属于他，而他自己在星网的账户由于某种原因根本不能动用，所以他现在可谓是身无分文。

韩君谦笑眯眯地递给小真一张名片："不要紧。我这里还有另外一种服务，有时候我的顾客会有一些小麻烦，如果你们能够帮助他们解决，也可以抵消一部分货款。当然，你有任何麻烦，也可以随时拨打名片上的电话。"

原来你还是个赏金公会代理啊。小真瞥了一眼名片，名片非常简单，素净的灰色暗纹纸上写着"韩君谦"三个字，下面一行写着"68688818"的电话号码。

"期待你们再度光临。"临走前，韩君谦含笑送别。

他们很快回了家。非常幸运，颜母、颜珠和李婶都还没回来。

小真重新找了个花盆，埋入一粒绿豆，对着花盆滴入了一滴植物生长剂。

数分钟后，花盆毫无动静。

斑船长瞪着花盆说道："这不是高速生长剂吗？怎么没反应？"

猫先生说："说明书上是怎么说的？"

小真对着瓶身上的标签按了一下，立刻弹出来一个浮空窗口，窗口里一个妖娆的星际妖精娇声道："玛戈戈幼虫，给你免除一切体毛增生烦恼，现在订购即可享受优惠……"

猫先生怒道："为什么会有广告？！"

小真看了一眼说："这个广告提示时长是五分钟，此外还有额外的顾客抽奖环节。哦，说加入物优美的会员就可以跳过广告。"

"物优美死了。"

小真说："物优美是军团的指定供应商，你竟然诋毁它。"

斑船长跟着喊："异端！"

“你们够了！”

他们继续瞪着花盆，土壤很安静，绿豆丝毫没有任何发芽的迹象。浮空窗口继续播放着广告，换了两轮广告后，窗口开始播放面向智慧虫族的食用咀嚼糖，一旦咀嚼就会释放类似蜂巢女王产卵的神经刺激激素，无论是无生殖力的虫还是有生殖力的虫都能体会到产卵的终极快乐。

等得不耐烦的斑船长说:“是不是剂量不够？”它用爪子抓住药剂瓶，想再往花盆里滴几滴。

猫先生挥爪：“等等，我们再等等说明书。”

猫先生的爪子拍在了瓶身上，斑船长下意识地一缩。瓶口倾斜，生长剂瞬间被倒出了半瓶。

斑船长说：“我不是故意的。”

小真说：“看，豆苗长出来啦。”

只见嫩绿的豆芽从土壤中顶出，细长的茎挺立，薄薄的叶片舒展，如果只是成长到这个地步，一切都堪称完美。但是豆苗没有停止生长的迹象，它越长越高，茎也越发粗壮。主茎在数秒间粗如手腕，更多的分叉向四周延伸。

猫先生反应极快，对着茎一爪挥去。刹那间，茎被一切为二，可它并没有停止生长。

落在地上的茎如蛇一般向四周伸出分叉，无数的绿叶颤抖着舒展。它们爬上家具，在地毯间生根，在天花板上蔓延，在墙纸上分裂出更多的枝蔓。

“好极了。”小真说，“现在我家变成了森林。”如他所说，颜家的房子内部已经完全被枝蔓占领，四处都是低垂的枝干与绿叶，一派绿意盎然的森林之景。

“我现在知道昆塔兽人是怎么把沙漠变成森林的了。”猫先生一字一句地说，“因为有蠢货把生长剂当水往里泼！”

"我不是故意的！还不是你先动手的！"斑船长喊道。

相比刚才，枝蔓的生长已经放慢了速度，但还在茁壮地抽出分支。

小真、猫先生和斑船长沉默地盯着广告窗口，等到第五轮广告播放完毕后，说明书终于出来了。

"正在适配当地语言与单位，请稍等……请注意药剂的剂量，我们建议一毫升药剂兑三万克的水，适用于一至两亩土地，请不要过量使用哦。"

小真啪地关掉了窗口。

猫先生冷笑："很好。现在搞成这样，很快就会被当地人类发现异常。然后这个异象会上新闻搞得世人皆知，紧接着惹来安全委员会或者监督之眼。"它指着斑船长，"你会因为违反独立文明条例，判一百五十个星灵年。"

它又指向小真："而你，会因侵占人类身体当场被捕，判八百个星灵年。"

斑船长说："你在暗示只有你会平安无事吗？"

猫先生理直气壮地说："买植物生长剂用的是你的账户，你逃不掉。小真没法离开他的身体，也逃不掉。只有我能完美跑路。放心，我以后会来探监的。"

小真和斑船长："……"

门铃突然响起。小真、斑船长和猫先生面面相觑，思考着能瞒过这家人的方法。可想来想去，似乎只有跑路这一条路。

斑船长跳到窗边看了一眼说："不是你的家人，是你的人类好朋友刘星泉。"

"他来干什么？"小真皱眉。

"不知道，也许是修复友情之类的吧。"

眼下可不是应付刘星泉的好时机。小真环视着周围，沦为森林的室内，绿叶枝蔓依然在野蛮生长。

这可真有点儿麻烦。

小真打开了房门。刘星泉正站在门口，低垂着眼睛盯着自己的鞋子。这是自葬礼后，他们第一次见面。

“你好。”刘星泉抬起头，但视线仍旧看着地下，“……这是我妈让我送过来的，叔叔阿姨上次忘了拿。”他伸手递给小真一个礼品袋。

小真伸手接过。刘星泉这时才看向他，目光有些闪烁，开口道：“你不让我进去吗？

小真断然道：“不行，现在家里有点儿忙。”

他这句话说完，刘星泉像被刺了一下，脸涨得通红。小真听见他闷闷地丢下一句“我知道了”后飞快地转身离去了。

斑船长飞到他头上问道：“你把他打发走了？”

“是。”我大概又在什么地方伤害了这位少年的自尊，小真想。如果颜母在，她一定会充满柔情和关爱地把这位丧父的少年迎进家好好宽慰吧。他有种感觉，自己错失了一个解开颜真身上的某些疑问并和刘星泉和解打开心结的好机会。但眼下他实在是没有时间去研究和解决人类青少年的心理问题，再不处理别墅内疯狂生长的植物，整个街区都要变成原始森林景区了。

猫先生正在房内上蹿下跳切割枝蔓。它强化了猫爪，锐利的爪子如刀刃般飞舞，植物枝蔓在瞬间被切断，分离，四散。

落在地上的枝蔓再度飞快地分叉生根，张牙舞爪地缠绕着家具。

小真说：“感谢你孜孜不倦地为星球森林事业的发展做出贡献。”

猫先生气鼓鼓地跳到地上，用爪子扒拉了两下枝叶说：“请你提几个可行的方案。”

“当然是找售后了。”小真说着，从口袋里抽出狐商的名片，拨通了韩君谦的电话。

电话接通后，小真也不废话，简单明了地跟韩君谦说了目前的情况。

韩君谦在电话里的声音异常爽朗："没问题，这种意外的状况我们当然也有考虑到。放心，放心，当然有售后。我马上就会提供解决方案。"

"请尽快，我的家人随时可能会回来。"

"放心！我会立刻送货上门，闪电一般解决一切隐患。"

小真放下电话。一旁的猫先生说："我怎么觉得这狐商就是在等我们找他。"

"我也这么觉得。"小真瞪向斑船长，"但他不可能知道我们这里有个蠢货。"

"我说了我不是故意的！"

咚、咚、咚。有人在敲门。

小真透过猫眼向外看去，门外并没有人。

咚、咚、咚。又是三声。

小真打开门，门口空无一人。他正准备关门时，从脚下传来了细细的声音："我是韩先生派来的售后。"

进门的地毯上站着一只小小的老鼠。

在小真、斑船长和猫先生的瞪视之下，小老鼠大摇大摆地走进了房间。

"你就是售后？"

"我是售后服务仿生机器人XR3B2，全力为您服务。"老鼠的眼睛里射出了红色光线，扫描着四周的植物。

"为什么是老鼠？"

"这是韩先生为我定制的外形，他认为这样不会惊动本地人类。"

猫先生说："不，你这造型不仅会让本地人类陷入歇斯底里的情绪中，还会引来当地猫儿们的骚动。"

"老鼠是这个星球城市最常见的生物，我的外形是经过合理考量的结果。"

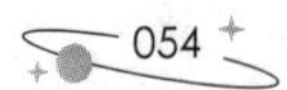

“实话说，光是你出现在我家地毯上这个事实，就足以让我下意识地想拿扫帚砸你。”小真诚实地说，他的人类身体正在潜意识下蠢蠢欲动。

“请冷静，马上就能分析好。”红光飞速在房间内扫过，仿生老鼠说，“数据收集完毕。”

“根据分析，考虑到这个住所长期有人居住，所以我们不推荐喷射化学毒气或者投放有毒药物。

“基于这种情况，有三个解决方案供选择。方案一，在你的房子内种下贪吃藤，这种藤最喜欢缠绕在绿色植物上。贪吃藤一旦缠在植物上就会分泌消化酶，它的茎上有无数吸收口，靠着分解植物为食，直到植物被它消化完毕。待植物消化完毕后，它也会产籽死去。考虑到目前你家的植物已经变异，这是最为谨慎也最便宜的方案。”

“那么，贪吃藤分解完这里的疯狂植物要花多少时间？”

老鼠回答：“大约需要十天。”

“下一个方案！”

“方案二，使用电浆加农炮，对疯狂植物进行扫射，能在最短时间内销毁所有目标对象。需要注意的是，室内的所有物品都会一起被销毁……”

“下一个方案！”

“方案三，订购一批蓝蝗。”

鸡问：“蓝蝗是什么？”

“康康星的一种蝗虫，它们会吞食一切它们遇到的植物。它们的进食速度如同狂风骤雨，清扫完这个房子里失控的植物大概只需要八分钟。”

“听起来不错。”小真问，“你们怎么回收蓝蝗？”

“这批蓝蝗都植入了神经芯片，一旦任务完成就会立刻被召回。安全高效，当然价格并不便宜。”

“你们觉得如何？”小真用脑波问猫先生和斑船长。

猫先生呵呵冷笑：“第三个方案听起来最能接受，我不信任狐商，可现在也没其他选择。”

斑船长看起来垂头丧气：“反正是我掏钱。”

“一千二百个信用点，谢谢惠顾。”

斑船长喊道：“你们简直是在吸血，是在杀人。”

数分钟后，房门再度被敲响。

这次是两只小老鼠抬着一个快递箱大摇大摆地进了门。

“您的蓝蝗到货了！”

小真拎起一只小老鼠，小老鼠有着细软的皮毛，乌溜溜的眼珠和细长的胡须，怎么看都是一只活生生的老鼠。他用手指揉搓了一下，很软。

“尊敬的顾客，我是非卖品，请不要干扰我作业。”

“我在思考如果邻居看到一只又一只老鼠堂而皇之地进了我家的门会怎么想。”小真将老鼠放下。

“我们有设定程序，会在合适的时机隐藏自己。”仿生小老鼠答道，它对着虚空一点，从空中弹出来一个窗口，“请您签收。”

斑船长伸出爪子在窗口前操作，它愤愤地抱怨道：“为什么我要把我的存款花在买蝗虫上！”

蓝蝗长得就跟它的名字一样，通体为蓝绿色，全身修长，灵活的触角向两边晃动，有着浅黄色的圆润腹部。有一只跳出箱子，飞到了小真的手掌上，它的触角微微一转，便扑腾进了绿叶枝蔓之中。紧接着，更多的蓝蝗飞了出来，如同青蓝色的浅雾，向着房间内的植物扑去。

与此同时，房间内响起了沙沙沙的声音，那是蓝蝗啃食植物的声音。

沙沙沙，沙沙沙，沙沙沙，如同有节奏的音律。音律之下，房间内的绿色开始减少。原本被枝蔓缠绕得已经看不清的家具，在慢慢显出形状。

被绿叶爬满的天花板露出了石膏装饰，被团团枝蔓和气根铺满的地板露出了它原本的颜色。

沙沙沙，沙沙沙，蓝蝗还在啃食。

植物仿佛意识到了自己的死期，挣扎着继续分叉生长，但是蝗虫啃食的速度远远比它快。无数叶子发出了簌簌的声响，哀叹自己生命的终结。

应该很快就结束了吧，小真、猫先生和斑船长都这么想。事情也本该在蓝蝗进食完毕后收场。

小真伸出手指指向一只蓝蝗："售后老鼠，你们能不能别让蝗虫吃饱后在我家拉屎。"

仿生老鼠竖起了胡子："蓝蝗的芯片里有设定过工作时禁止排泄的指令，这不可能发生。"

"你看，它就是在拉屎。"小真指向的蝗虫，正从尾端排下一个个圆粒。

"驳回，芯片没有设定排泄。"

"你们倒是看一看眼前的场景啊。"

斑船长从空中啄下一只蓝蝗扔在桌上，蓝蝗的尾部摆动，吐出了一个乳白色的圆粒。猫先生凑过脑袋来嗅了嗅。斑船长说道："这的确不是在拉屎。"

猫先生说："它是在产卵。"

"我觉得这不是产卵的问题。"小真盯着斑船长爪下的蝗虫，只见它刚产下的卵粒飞速由乳白色变成浅黄色，几秒后开裂，一只小小的若虫（不完全变态昆虫的幼虫被称为若虫）从卵壳中爬了出来，前翅微绿，翅尖发蓝。若虫振动翅膀，加入了父辈的啃食大军。

"这繁殖速度太快了。"小真看向四周，短短数分钟内，蓝蝗的数量已经比原来增长了数倍，并且还在不断地翻倍叠加增长。

猫先生看向仿生老鼠："这也是你们安排的蓝蝗设定之一吗？"

老鼠的眼内重新射出红光扫描着四周，过了片刻，它回答道："这是因为蓝蝗啃食了含有超量高速生长剂的植物，导致它的生长繁殖变异加速了。"

"那这些疯狂植物能被提前消灭了。"斑船长说。

老鼠眼内的红光闪烁不定："抱歉，现在出了一点儿小问题。"

"什么问题？"

"蓝蝗的神经芯片只对初代植入，它们产卵生出的后代是不含神经芯片的。所以……"

"所以？"

"我们无法回收和控制初代以外的蓝蝗。"

"……"

小真指着房间："真谢谢你告诉我们这个好消息！眼下这批蓝蝗已经繁殖到第三代了！而且数量目测是原来的三十倍！"

"不，是三百倍。等到第三代再成长起来，大概在半小时后会有原来数量的数千倍甚至数万倍的无法控制的蝗虫群！"

"我们这个房子的植物已经快被啃完了。"小真想起了什么，向家里的花园跑去，不一会儿传来了他愤怒的声音，"我家的花园已经被蓝蝗啃得寸草不生了！"

仿生老鼠收回了扫描红光："经过计算，大约两个小时后，整个市区的绿化都会被新生代蝗虫啃光。十二个小时后，半个国家的植物会被蝗虫群全部吃光，数日后这个星球的所有植物将会被彻底消灭。"

猫先生怒道："我就知道狐商不能信任！"

斑船长喊道："我们付了钱！你们是售后！你们必须要给我们善后！"

"少安毋躁，我正在搜索解决方案。"老鼠眼内的光变为蓝色，"星际植物保护研究所有出售一种快乐催食剂。"

"我觉得它们已经吃得够疯狂了，不需要再催食了！"

仿生老鼠抖动着胡须，细声细气地说：“请冷静。这种催食剂是针对鸟类的，它能刺激鸟的食欲，第一时间向正在侵扰植物的害虫进攻。我们可以用这种催食剂引来鸟儿对后续蝗虫进行清扫。”

“那就快点儿拿出来！”

“亲爱的顾客，根据现状，订购鸟用快乐催食剂需要再支付一千五百个信用点，请您……”

猫先生一爪将老鼠击飞，一个飞扑将老鼠按住：“信不信我现在就吞了你？”

“请亲爱的顾客冷静，我是仿生机器老鼠，身上并没有老鼠肉。”

“无所谓，你只要让你的主人知道，我现在就能把你们三只老鼠咬烂。这个蝗灾是你们的疏忽导致的，如果他还不尽快把这件事情处理妥当，真引来了监督之眼，他会死得比我们更难看！”

“我会传达您的意思。”

老鼠的眼睛发光，弹射出一个窗口，窗口内正是韩君谦的笑脸：“不要激动，我会立刻放出催食剂，让鸟儿来善后。”

“快点儿！”

“等一下。”小真说，“这些蝗虫是吃了生长剂的变异种，鸟儿吃了它们会有问题吗？”

“这您可以放心。您家里失控的植物已经被吃干净了。经过蝗虫几代传递后，药效也已经大大降低，不会对鸟类产生影响。同时我们会在快乐催食剂里投放微量生长剂抗体，将潜在危害降到最低。”

“但愿如此。”

韩君谦的后续服务很快。先是两只燕子从窗外飞来，它们歪着脑袋看着满屋飞舞的蝗虫，为这盛大的美餐鸣叫了两声。随之而来的是更多扇动翅膀的风声，小真趴在窗台上，看见天际无数成群结队的鸟儿向着这里飞来。

这是鸟儿们的盛宴。

鸟儿们喜悦的鸣叫交织成弦乐。屋内的鸟儿们上下翻飞着吞吃蝗虫，屋内的蓝蝗见势不妙，黑压压地凝成黑雾，向外碾压而去。但在街道的围墙上、灌木丛上、树上、电线杆上，到处都停歇着鸟儿。有麻雀、乌鸫、珠颈斑鸠、白头鹎、鸽子、喜鹊、燕子等等，这些平常隐藏在城市各个角落的鸟儿，此时全都成群出现了，它们在天空翱翔，划出美丽的波浪弧线追逐着蝗虫。

不断有行人注意到这罕见的群鸟之舞，他们诧异不已地驻足观赏着这奇景。

“真美啊。”一个孩子拉着她妈妈的手说。

颜父正坐在车里看资料，司机回头告诉他前面堵车了：“颜总你看，不知道从哪里飞来这么多鸟。”

颜父探出头，只见布满夕阳之色的天际，无数的鸟群啁啾啼鸣，金色的光在鸟儿们的翅膀边界处画出了耀眼的边线。他呆呆地看着，无数的鸟儿披着辉光在空中飞翔，就像是多年前他某日放学骑车回家时看到的大批鸟群迁徙之景。

一只小鸟落在了他们的车上。这是一只漂亮的小鸟，嘴巴细长，身上是灰色的，但是两翅及尾翼却是柔和的绿色。司机想要用雨刷赶走它，颜父摇摇头拦住了他。

“这是什么鸟啊？”

“是绿翅短脚鹎。”颜父说。

他的耳旁恍惚响起一个旧日之音：“颜岸，你看这是什么鸟呀？”

“是绿翅短脚鹎。”他低声重复道。小鸟振翅向着天空飞去，他望着小鸟飞去的方向，那是鸟群起舞的地方，夕阳将鸟群身后的天空染成了绚丽的金红色。

颜岸久久地眺望着，当他意识到时，他的眼眶已经发红。

颜家。

猫先生说："我们今天拯救了这个星球。"

斑船长说："结果我们现在又回到了起点——那株该死的豆苗该怎么办？"

"我只知道现在不止我妹想杀了我。"小真看着自家光秃秃的花园一脸平静地说。

"我破产了！彻底破产了！"斑船长扯着嗓子喊。

为了避免颜家一家人陷入激烈的情绪波动，小真从狐商那里订购了虚拟场景投影仪。掏钱的是斑船长。

虚拟场景投影仪能投射出与现实分毫不差的景象，眼下也只能用这种方法来挽救颜家的花园了。

小真翻出相册，从中寻找带有花园的照片，将照片给虚拟场景投影仪读取分析。只需数分钟，投影仪就能将花园恢复成平常的景色。

猫先生蹲在相册旁，看着小真一页页翻找。在翻到某一页时，猫先生按下猫爪："这是今天来找你的人类。"

它说的是刘星泉。照片上有两个小男孩，那是年幼的颜真和刘星泉。他们脸上带着快活的笑容，脸蛋红扑扑的。小真想，那个时候的刘星泉完全不像现在这般心事重重。两个男孩的身后站着两位女性，分别是小真的母亲安媛与刘星泉的母亲罗清溪。安媛侧着头，满脸笑意地瞧着半蹲着的小真，罗清溪则是直直看向前方。她比葬礼上小真看见的要年轻一些，乌黑柔亮的碎发下有一双明亮的双眸，澄净而温柔地凝视着相机之后的人。

当颜母带着颜珠回家时，家里已经恢复成她们出门时的模样。

猫先生跳上沙发对小真说："你真觉得他们不会发觉吗？"

“对于人类来说，看到的就是真实的。”小真说。

“这可是最新型的虚拟场景投影仪。”斑船长挺起胸脯拍了拍翅膀，语气中充满了作为金主的底气。

猫先生冷笑：“恕我提醒你，你买的是最便宜的那款，甚至没有模拟触觉系统。”

“一分钱没掏的人没资格挑刺！”

“你是想对一碰就露馅的安全隐患避而不谈吗？”

“你！”

小真伸手按住暴跳如雷，试图攻击猫先生的斑船长，看了一眼窗外：“根据我的观察，人类对眼睛的信任胜过一切。花园应该暂时能瞒过去，剩下的问题就是……”

他指的是颜珠的暑假作业——那盆唯一种植成功但今早死于猫先生或者斑船长之手的豆苗。

眼下颜珠面前的这盆豆苗同样也是光学投影。多亏了颜珠平日拍的豆苗成长照片，这株豆苗投影模拟得十足的像，无论从哪个角度来看，它都是一棵正在茁壮成长的小绿苗——除了不能摸。

颜珠正和往日一样，开开心心地对着豆苗说话，鼓励它快快长大。小真在一旁心惊胆战地瞧着。

猫先生说：“万一她的好奇心发作去摸一摸，那就全完了。”

小真回答：“我不会让这种事发生的。”他起身来到颜珠身旁，颜珠抬头看向他，好奇哥哥来找她做什么。

“这株豆苗……”

“嗯？”

小真严肃道：“你摸了，它就会死。”

颜珠：“……”

斑船长低语：“你这根本就是在恐吓！”

幸好颜珠非常爱护豆苗，平日里颜母也跟她说过豆苗很娇嫩，乱碰很容易蔫。她并没有伸手去摸，只是盯着它看了又看。小真的心刚刚放下，颜珠突然爆发出了尖叫。

“啊啊啊！”

“怎么了？”

“哥，这豆苗上有虫！”

小真定睛一看，发现不知何时，豆苗的叶子上爬上去几条颜色鲜艳的蠕虫。蠕虫的形状极为可怖，每条都有人类的手指大小。小真飞快地思考，这不可能啊，投影根本不是实体，怎么可能会有虫？

斑船长跳到他的肩上说：“我忘了说，投影说明书上有说，这个场景投影会智能分析周围的环境，以模拟出更多的交互场景。”

“你的意思是？”

“这个虫是投影模拟出的场景，目的是为了让投影更逼真。你看，虫开始啃叶子了。”

“这是什么智障模拟！”小真怒道。

猫先生在一旁放声大笑。

刘星泉正在埋头写功课。

这并不是暑假作业，而是他提前预习的中学课程。等暑假结束后，入学会有一场考试，刘星泉知道这是赢得这学期胜利的第一战。他绝对不会也不能输。

学校老师判断学生优劣的标准就是成绩，这也是与贫贱富贵无关的，他唯一能争取的东西。

曾经他还是一个傻乎乎的孩子，天真地以为他和颜真是平等的朋友。

从某一天开始，也许是他父亲对颜真父亲谄媚似的恭敬，让他突然意识到他和颜真从出生的那一刻就有了本质的不同。

他一直都尊敬向往着颜真的父亲颜岸。在小学时期，一次家长会散会，他和颜真一起在校门口等父亲出来。出来的人群中，他一眼就看到了颜岸叔叔。他身姿端正，修长挺拔，正侧着脸与人说话，那坚毅英俊的线条勾勒出刚玉般的硬朗。他是如此的夺目，周围的人就仿佛云雾般模糊不清地隐去了。

他走到刘星泉身边时，转过头对着刘星泉笑了笑，漆黑的眼眸闪着光辉。那一刻，幼小的刘星泉感受到了某种奇怪的虚荣感。这个人，他是我最好朋友的父亲，一直都很喜欢我。这种密切的联系与颜岸对他的关注让刘星泉欢欣喜悦，刘星泉的脸孔不知不觉涨红了几分，连身体都似乎变得轻飘飘的。然后刘星泉的父亲在颜岸身后出现，点头哈腰地跑到车前，打开车门请颜岸上车。

也是在那一瞬间，刘星泉所有的喜悦一扫而空。他看着脸上堆满谄笑的父亲——他的父亲只能用土气和平庸来形容。

在车上，刘星泉下意识地与颜真拉开了距离。颜真却笑嘻嘻地靠了过来。他长得很像颜岸，长长的睫毛扑闪着，说："在家长会前，我把一只蚂蚱偷偷塞进了我爸的后领里。"

刘星泉瞪视着颜真没心没肺的样子，无法抑制的恼怒在他心中聚拢。在众人都尊敬的那个人面前，也只有他能够肆无忌惮地越界。

只有他。

这是从出生就决定的事。

"仆人的儿子""颜真的跟班"，无意间听到的背后的议论就算是现在想起来也让刘星泉觉得苦闷与焦躁，与之一起浮现的是颜真漫不经心的神情。只要颜真知道一点点自己的苦闷，就会发出他那特有的残酷笑声吧。

啪！他回过神，笔的铅芯断了，在作业簿上划出一条难看的斜线。

刘星泉洗了一把脸。镜子里的少年姿容清秀，但神情阴沉而悲伤，因为他的父亲才刚刚去世。他将手贴在镜子上，镜子里的少年看不出一丝父亲的痕迹，他更像他的母亲罗清溪。

“我不会像爸那样……”刘星泉喃喃道。

“我回来了，你在干吗呢？”门外传来了母亲的声音。

刘星泉赶紧擦干净脸，走出厕所。他告诉母亲，东西已经送到了颜家。

罗清溪点点头，转身回厨房做饭。

刘星泉又坐回书桌旁，再度与功课奋战。他的目标是年级第一，为此他不能有一点儿松懈，首先必须将这套题目的错误率再降低一些。

他一向就是个能沉下心的孩子，闷头连做了几题，耳边突然传来母亲唤他的声音。

“星泉，你看窗外！”

刘星泉抬头，顿时被眼前的景象惊呆了。无数的鸟儿在窗外飞舞，就像是绚丽的云涌向西沉的夕阳。

“怎么会有这么多鸟……”

他们母子目不转睛地看着这奇异而美丽的景象，并沉迷于其中。一只漂亮的绿翼小鸟落在了他家的晒台上。它蹦了蹦，歪着脑袋看了看它的观众，随后展翅向天空尽头飞去。

“这是什么鸟啊？真漂亮。”刘星泉忍不住说道。

“绿翅短脚鹎。”罗清溪低声道。

“啊？”

“绿翅短脚鹎。”罗清溪又低声重复道。她凝视着远去的鸟儿，目光温柔。

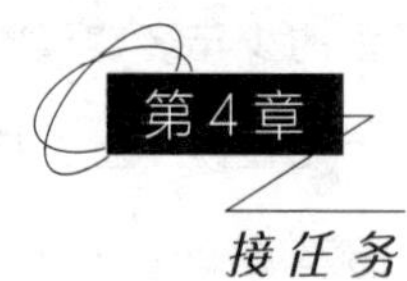

第4章 接任务

小真的房间干净而舒适，让人心生暖意。但是，当一只小老鼠站在一尘不染的地板上时，就只会让人类现场表演发疯。

小真，一个被称作噬心魔的外星寄生生物，目前正努力将自己伪装成一个人类生活在这个家里。他沉默地盯着地板上的老鼠，思考自己应该先尖叫还是直接用扫帚打它。

小老鼠的胡子动了起来："冷静，我是韩老板的客服。"

"我知道你是韩老板的客服。"小真抄起扫帚，"这并不妨碍我招待私闯民宅的老鼠。"

猫先生跳到了老鼠身边："停手，它是我喊来的。"

"你喊韩老板的老鼠过来干吗？"

老鼠纠正道："是客服。猫先生要接我老板的生意。"

小真愣了愣："我以为你对狐商避之不及。"

猫先生舔舔爪子："我讨厌狐商，但是眼下和它合作可以赚一些经费。"

就和这个星球的通用货币一样，银河星区使用的信用点即是钱。钱意味着他们可以购买更多的便利设备来改善生活。小真承认自己对韩老板那边的各种外星产品眼红不已，但他的星网账户因为某种原因被冻结，而猫先生也声称自己身无分文。眼下唯一能支付信用点的只有斑船长。

显然，他们不能总让一只鸡来买单。

斑船长降落到书桌上说："你们终于决定自力更生自己赚钱了？真是

可喜可贺。”

“所以我喊来了客服。”猫先生伸出爪子推了推小老鼠。

小老鼠于虚空一点，弹出了一个屏幕，韩老板英俊的大脸出现在屏幕上。

韩老板做出夸张的笑容向小真等人打招呼：“嘿，你们好！”

韩老板的脸完美无瑕，堪比电视上的男明星。此时他甩出灿烂的笑容开始营业，但他的笑容总是用力过猛。小真一边起鸡皮疙瘩，一边认为他对人类的表情控制一定存在什么误解。

简而言之，他知道猫先生是个落难于此身无分文的穷鬼，眼下他愿意提供工作机会。韩老板有银河赏金工会分会代理的合法执照，如今手上有很多生活在这个城市的外星智慧生物的委托，可用银河星区通用信用点来结算报酬。

“给的报酬绝对合理丰厚。”韩老板补充道。

信狐商的话不如先割自己的喉咙。

但他们需要信用点。

小真认为韩老板那边的某些产品自己将来很可能会用得上。

猫先生用意识拉了一个噬心魔脑内三方会议。

“我们需要赚信用点。现在可以先接一些赏金公会的委托，我们三个做会更快一点。”猫先生说。

斑船长对狐商是否值得信任提出了质疑，它问猫先生是不是准备再吃一次屎。

小真想了想说：“狐商不值得信任，但银河赏金公会值得信任。就算是狐商代理，也要受总会监督。我同意接委托赚信用点的建议。”

之后斑船长弃权，三方会议顺利结束。猫先生成了兼职赏金猎人，而小真和斑船长则是猫先生的协助者。

猫先生签了一堆协议办了相应的手续后，韩老板爽快地将第一个委托任务发了过来。

打开文件，屏幕上显示出一只哈士奇犬的照片，说明文件如下——

任务标题：寻回宠物456A-5

任务等级：C

任务有效期：7个本星球自转周期

任务内容：客户急寻心爱宠物。下附宠物照片。

照片上的哈士奇看起来皮毛光滑，一副自大的神态。

斑船长抱怨道："找一只狗？有没有搞错？赏金公会让我们找一只狗？"

"找回这只宠物的报酬是一万个信用点。"

斑船长喊道："我们当然要找这只狗！"

猫先生警惕地说："只是寻找普通的宠物，这任务等级是不是有点儿太高了。"

小真点头。他对银河赏金任务等级颇为了解，正常寻找宠物的任务等级应该只有F。这个C的划分和赏金实在是高得有些匪夷所思。

韩老板笑眯眯地请他们点开第二页——

（接上页）

（中略）

该宠物身上携带光学伪装器，伪装外观为照片所示哈士奇。实际本体不明。

"实际本体不明是什么意思？"

韩老板笑眯眯地回答："就是客户想要保密的意思。"

猫先生微微提高声音："你的意思是说，让我们找一个外表看起来是哈士奇，但是实际上不知道是啥的生物吗？"

"正是。"

"……"

小真问道："还有其他可以透露的信息吗？"

韩老板答道："这只哈士奇叫作球球，喊它的名字会有回应。"

"还有吗？"

"该有的信息文件上都有。它是一周前在这里走失的。"韩老板的脸旁出现一张地图，闪烁的红点标出了一个地点，"它的主人现在心急如焚。"

"这个生物有攻击性吗？"

韩老板咧嘴笑道："它是只宠物，客户说它很乖。"

这家伙肯定满嘴鬼话。

"别忘了独立文明守则，祝你们好运！"丢下最后一句营业台词，韩老板的脸随着屏幕消失了。老鼠抹了抹胡子，转了个圈向三位噬心魔告别。

猫先生说："这个委托很可疑。"

斑船长道："但它有一万个信用点。"

"这一万个信用点也是它可疑的地方！"猫先生转头对小真说，"这里是银河星区的法外之地，没有安全委员会和监督之眼的直接管辖，谁知道这些家伙会搞出什么危险的非法宠物来。"

"韩老板说过一旦闹出大新闻，也会把委员会和监督之眼惹来。我认为这里的外星居民都不愿意搞出什么事来，破坏这世外之地的清净。"小真摸着下巴，这是他从电视上学来的人类思考时的姿势，"希望寻找这只哈士奇在我们的能力范围内。"

"真要接这单委托？"

"接。"小真看着屏幕上的地图说，"因为狗的走失地点是我的学校。"

小真的学校是市里有名的重点中学——第四中学，是诸多家长挤破头也想把孩子送进去的优质中学。眼下正值暑假，学校很安静，除了操场上几个学生在打球外，学校空空荡荡。

校门口的门卫说没注意到有流浪的哈士奇，操场上的几个学生也都摇头表示没见过。学校附近的确有狗，不过是在校门口游荡的一条大黄犬。

大黄犬懒懒地趴在地上晒太阳，只在猫先生路过时，半睁开了眼睛看了看它，又闭上眼睛翻身睡去了。

与人类不同，动物多少都保留着一些野性，对潜在的危险有一定的警觉。眼下这只大黄犬的状态如此放松，并不像被什么生物吓过的样子，往好处想，也许那只遗失的哈士奇真的是一只无害的外星宠物。

而猫先生则开发了打探消息的新渠道。这中学里住着几只流浪猫，以校猫的身份在学校里蹭吃蹭喝。现在学生们放假了，几只猫正闲着无事，在互相打闹。猫先生走了过去，惊得那几只猫全都弓起了身，呜呜呜地驱赶入侵者。

从小真的视角来看，猫先生虚张声势地喵呜了几声，猫儿们便放下了戒备，以猫儿们的方式与猫先生沟通了起来。过了一会儿，猫先生跑回小真身边。

“去买火腿肠。”猫先生说。

“啥？”

“那几只智障猫的要求，要吃鸡肉肠和鳕鱼肉肠，不要那种普通的。”

“……”

正在放暑假，好在学校里的小卖部并没有关门。小真买了几根火腿肠。

猫儿们围着火腿肠开心地吃了起来，还发出了嗷呜嗷呜的声音。

猫先生坐在地上，一边问猫儿话，一边翻译转达给小真和斑船长。

“它们说门房的大黄犬被人抛弃了，而且是个蠢货。”

小真说：“我并不想知道那只狗智商高不高，它们有见过哈士奇吗？”

“猫的脑回路都有点儿不正常，回答问题都会很跳跃，你有点儿耐心。”

“还有其他信息吗？”

“它们说你的火腿肠味道马马虎虎，有罐头就更好了。”

“……问它们有没有见过照片上的哈士奇！”

“耐心点儿。”

十分钟后，小真发现自己连这些猫儿的几个长期饭票是哪些学生都知道了，但猫儿们还是没讲到重点。

斑船长拍了拍翅膀：“这就是我时常想啄猫尾巴的原因，它们实在是太蠢了。”

“不要为你宿主的怪癖找借口！”

等到火腿肠被吃得干干净净，连地上都被舔出了湿痕，其中一只最肥的花猫才舔着爪子对着猫先生说了一些让人在意的情报。

“失踪？”

猫先生点头：“它说它的同伴们时常会离奇失踪。”

“这和哈士奇有什么关系？”

“这个学校已经失踪了好几只猫了，猫儿们怀疑有可怕的偷猫贼。”

“这和我们要找的哈士奇有关系吗？”

“目前看来没有。”

“……把我买的火腿肠都还我！”

“冷静一下。”猫先生又和花猫嘀咕了几句，“这只猫说学校后面那条街上有个废品收购站，里面有个可疑的大叔。它们怀疑那个大叔就是偷猫贼。”

“我们不是来处理猫咪失踪案的！”

“那个大叔最近多了一条狗，是条哈士奇。”

三个外星噬心魔火速来到了猫儿们所说的废品收购站。学校后面的街区属于老城区，一条狭长的弄堂深处就是废品收购站。一堆没有整理的废品垃圾倾倒在弄堂边，地上污水横流。在堆成小山的废品后，是一扇斑驳的木门。

小真走上前，敲了敲门。门吱呀一声被推开，内里黑黢黢的看不清楚。他走了进去，空气里弥漫着一股阴湿的气味。四处都堆着杂物，一脚踩下去都是成捆成捆的旧书和杂志。

好臭——这是小真的第一感受。而猫的鼻子对气味的灵敏度是人类的八十倍，这个仓库的气味显然会让猫先生更不适。

“有人在吗？”小真喊道。

他听到了杂物后的跑动声，正欲上前查看时，一个人影从货架后走了出来：“谁啊？”

来人是个矮个子男人，看起来六十多岁，神态疲倦，应该就是猫儿们所说的可疑大叔。

“请问你是废品收购站的老板吗？”

大叔点点头。

小真拿出照片问他有没有见过这只狗。

大叔盯着小真，沉默了一会儿，答道：“没有。”

“有人说你养了一只狗……”

“没有，没有。”大叔急躁道，“我这里没养什么狗。”

“真的没养吗……”

“这里哪里有什么哈士奇，我说了没有！”

小真发动了探查意识技能，他无形的触角试图探入大叔的脑内。大叔明显在抗拒着什么，慌张与渴望的情绪就像雨一样在小真的意识触角旁散开。他看见了一个微笑的小孩，还有其他模糊不清的影像碎片。他想要窥探得更加清楚一些时，这些影像碎片便尖叫着逃走了。

门被推开，一个年轻男人走了进来：“老王，我卖废纸。”年轻男人瞧见小真，吃惊道：“颜真？好巧啊。”

你谁啊？

小真望着眼前的男人，发现空荡荡的大脑内没有给他留下讯息。除了刘星泉和崔明智，他对颜真的人际圈一无所知。这个年轻男人戴着一副眼镜，看起来很斯文。

大叔露出了笑容：“冯老师，又是杂志？”

年轻男人从身后拖出一大捆杂志：“对，这些你看看能卖多少钱。”

小真赶紧跟着叫了声冯老师。这位冯老师和大叔看起来很熟，像是经常上门的客户。冯老师笑道：“颜真，你也是来卖废品的？”

“我在找一只狗，哈士奇。老师你在这附近见过哈士奇吗？”

“二哈？”冯老师说，“这我倒没注意。”

很自然地，冯老师将注意力转移到了小真身后的斑船长身上：“为什么……你后面会有一只鸡？”

“它是我的朋友。”

“哦……”冯老师的眼神开始飘忽起来，大约是对自己的学生养一只鸡做宠物的行为完全不能理解。

之后老师与学生之间的话题免不了又转到了作业上面，当冯老师问暑假作业做得如何后，小真迅速地结束话题撤出了废品收购站。

那个大叔在隐瞒着什么。

这是三个噬心魔一致的结论。

意识探查是噬心魔本体的固有技能。

老王瞧见照片后情绪突然有很大的起伏，虽然他在尽力掩饰，但瞒不过小真他们的眼睛。

他肯定在隐瞒着什么。但现在有那位冯老师在，小真他们也不能硬闯去找。

猫先生说：“我觉得哈士奇应该在他那儿。”

斑船长纠正道："是那个表面看起来是哈士奇的东西。"

这也正是小真忧虑的地方。C级委托，一万信用点的报酬，这只有两个可能：一是这只宠物非常稀有珍贵，客人怕惹来麻烦才特意隐藏它的类别；二就是这只宠物难于抓捕，要么是隐藏逃跑技能极高超，要么就是攻击性很强。

在银河星区，一万个信用点足以雇佣最好的猎人去狩猎一只凶猛的巨型变异沼泽蜥蜴。此刻小真真心希望客人只是位爱好撒钱的阔气金主，为了心爱的乖巧宠物才会开出这样的高价。

他们其实并不惧怕这未知的宠物是什么外星凶猛野兽，而是讨厌惹出动静后带来的无穷无尽的麻烦。比方说，监督之眼；又比方说，安全委员会。

最麻烦的是，万一这宠物真是什么惹出一堆糟心事的大怪物，在真的发生什么变故之后，他们还得让当地人类觉得平稳如常，无事发生。

老王今年五十七岁，他长得其貌不扬，以前被叫作"收垃圾的"，这些年总算叫得好听了点儿，变成了"收废品的老王"。大概是多年窝在垃圾堆里，他的皮肤又黑又脏，身上总有股味儿。老王自己闻不出来，但他从别人的反应上知道这味儿肯定很糟糕。

经常有人皱着眉绕开他，那些卖废品的客人也从不愿在他这里多待一分钟。老王并不在意这些事。

他本来就天天与垃圾为伍，难道还要把身上弄得香喷喷的吗？老王挺满意自己的生活。一个月收卖废品算下来能赚个五六千块，刨去房租，他能到手三千多块，比不少大学生都赚得多。每个月的月初，他都会跑去街道另一头的银行存上三千元，有的月份运气好，甚至能存上将近四千元。

这是他多年养成的习惯，过去是为了给他儿子攒学费，现在则是在为他儿子还房贷。提起他的儿子，老王的心中就充满了自豪。

他的女人死得早，是他一把屎一把尿把儿子带大，看着满地爬的孩子变成了蹦蹦跳跳的小学生，进了中学，念了名牌大学到成家立业。他的儿子，可是所有邻居提起来都要竖大拇指的优秀存在。

如今他的儿子进了知名的企业。他曾经去企业大楼收过垃圾，那个高级写字楼的保安捏着鼻子让他在外面等着。他知道自己没资格进这种高端大气的地方，只得站在外面看着光鲜亮丽的白领们在楼下进进出出。一想到他的儿子如今也是这群白领中的一员，像他们一样脸整得干干净净，穿着光鲜进出高端场所，他不觉就笑开了花。

“丁零零……”他的手机响了起来，这是他上门收废品时遇到的顾客吴教授不要的老人机。这个区除了有市重点中学，还有一所大学的分校区。校区旁边的社区基本都住着中学、大学的教职工，老师们总有大量不要的旧本子、旧期刊。吴教授就是他的常客，某年他上门收废报纸，吴教授顺手把一部旧手机丢进了他的破麻袋。

老王当时问吴教授怎么不要手机了。

吴教授满不在乎地说：“现在电子设备更新换代快，我儿子给我换了新手机，这个就用不上啦。”

吴教授不要，那就自己拿着了。老王觉得这部老人机挺好，字大，看得清楚。手机不就是用来打电话的嘛，要那些花里胡哨的功能干吗。老王对年轻人的新手机不感兴趣，对于他来说，手机只是用来接生意和与儿子沟通的东西。

他接起电话，儿子的声音劈头盖脸地喷了过来：“你又去少年活动中心了？”他的小孙子亮亮马上上小学二年级了，暑假里每周三都会去少年活动中心上兴趣班。

“是啊，我想着亮亮可能上课肚子饿……”

“说了多少次了，不要去不要去，爸，你怎么就不听呢！”儿子的声音又尖又响，“你一去，就会给亮亮带些不知道从什么地方买的零嘴，孩子以前就拉了几次肚子，你都是怎么想的！”

“可我这次没带吃的，就想着等亮亮下课了带他去肯德基……”

“不用！不是说过几次了，孩子都是伊娜接。亮亮上的课不便宜，你别再去了。爸，你也知道自己是什么邋里邋遢的样子，给亮亮在同学们面前留点儿脸吧。”

“可我……”

电话被挂断了。老王愣愣地看着手机，将后半截话吞进了肚子里。

可我……想见亮亮啊……

亮亮，他可爱的小孙子，笑起来和他儿子小时候一模一样。圆圆的脸，像猴子一样皮，说的话却比太阳还要暖。他还记得当年他小小的儿子趴在他耳边天真地说：“爸，将来我要给你买一个大房子。”

爸，我要给你买一个大房子，要大要干净。将来你就不用再去收垃圾过苦日子啦。

亮亮也会用同样的语气说：“爷爷，你不要收垃圾啦，多辛苦呀。”

可爷爷要给亮亮的房子缴房贷呀。

他的儿子成家了，看中了市区的一套房子，并不是很大，但是户型朝南，很亮堂，房型也好，儿子和媳妇伊娜一眼就喜欢上了。儿子一个眼神，老王立刻掏出这些年所有的积蓄付了首付。市区房价贵，他儿子的工资要养家，已经很辛苦，老王当然得帮着还房贷。

伊娜是个爱打理的媳妇，把这个家装修得非常漂亮。

老王第一次上门时，感觉到了自己的格格不入，小区的门卫差点儿把他直接赶走。等好不容易进了门，他一脚踩出了一个灰印子，在儿媳刺眼的眼神下，他赶紧脱了鞋子。

鞋子一脱，他的袜子又格外扎眼。灰扑扑的袜子上有几个用乱线缝补的窟窿，踏在光洁明亮的地板上又难看又突兀。他不由得缩起了自己的脚，想把这丢人现眼的脚藏在裤管下，可裤管上数道泥印子又扎进了他的眼。这条裤子是他几年前从垃圾站捡出来穿的，早就被磨得泛着灰白。

他把视线从自己的裤子上移开，他的外套也是多年前从垃圾站回收的，袖口和手肘处都是毛球。他今早出门前明明还洗过澡，如今站在这崭新干净的新房内，却觉得自己像只脏兮兮的老鼠。

这时儿子的同事们正好上门庆贺乔迁之喜，有个人进门就诧异地说："收垃圾的怎么还没走？"

有个漂亮的女同事随手把一个纸箱扔给他："麻烦你出去的时候把它带上。"她的动作是如此的理所当然。而儿子和伊娜在一旁尴尬地笑着，没有解释，但是他们用眼神在催促着老王。

这里不是老王这种收垃圾的人待的地方。

丢人现眼。

他应该离开，安安静静，不作解释地离开那个明亮的新房。

他离开了。

其实一个人住更自在。老王每天都要处理收来的垃圾，住在干净的房子里反而不适应。老王想得很开，老天爷对他很好，他身体康健，没病没灾。一个人住也挺好，他很知足。

捡垃圾怎么了？老王正是靠着捡垃圾供养出了亮亮的爸爸。

每当亮亮来他的废品仓库玩耍时，便是他最开心的时候。但有一次亮亮回去后就发了烧，连续烧了三天，差点儿变成肺炎。儿媳伊娜说是老王那里太脏了才会导致亮亮生病。现在的孩子都娇嫩得很，老王的废品站什么脏垃圾都收，说不定亮亮就碰了什么脏东西。

从那以后，亮亮就被禁止来看他了。

可他想见孙子。

他想看亮亮红扑扑的圆脸，想听他说“爷爷辛苦啦，我们一起玩儿吧”。

马上就是亮亮的生日了，他必须要准备好给亮亮的生日礼物。

前些天他打了个电话到儿子家，正好是亮亮接的电话。

“爷爷，我好想你啊！”

一听到这稚嫩的童音，老王心里乐开了花：“亮亮呀，你生日最想要什么呀？爷爷给你买。”

“二哈！我要二哈！”亮亮哭着说。

“二哈是什么？爷爷给你买！亮亮别哭。”

亮亮一边吸鼻子一边说：“就是哈士奇。同学说我家里肯定养不起赛级的哈士奇，我和同学打了一架，现在所有同学都说我是吹牛大王。可我爸就是不同意我养。呜呜呜……爷爷我要哈士奇！赛级的那种哈士奇！”

“什么是赛级的哈士奇？”

“就是赛级的！我要赛级的那种！”

老王挂了电话，心里嘀咕，赛级的哈士奇到底是啥？后来他问了人才知道，赛级的哈士奇是哈士奇狗的高端品种，能够参加比赛的那种。

他跑去了一家宠物店，店员皱眉过来赶他：“走走走，我们不处理垃圾。”

“你这里有哈士奇吗？”

店员瞥了他一眼：“我们这里的宠物都是出售的，不给摸的。”

“我知道，给我看看哈士奇，多少钱？”

店员觉得有点儿好笑，看了看他，说道：“大爷，我们这里卖的都是血统纯正的品种狗，带证书的。”

“那赛级的多少钱？”

“大爷，你先看看这种非赛级的纯种犬，品相好的幼犬三千五百元一只，这只品相一般，两千八百元。”

老王吃了一惊：“怎么这么贵？”

店员嗤笑道：“你看看那边那只，那可是赛级哈士奇，双血统证书，一万元起步。跟你说的价格已经算便宜了。”

“这狗也太贵了。”

“早说了这种狗都是纯种的。”店员说，“它平常吃的可比你我都好多了。这是狗中贵族，讲究得很。”

“狗子要吃什么好的啊，浪费。”老王嘀咕，他老家乡下的那些狗都是随便给一点儿剩菜剩饭就行，都养得挺好的。

“跟你说了你也不懂。大爷啊，赛级的哈士奇都是血统高贵的狗，你就随便捡条流浪狗养吧，别挡在这儿耽搁我们做生意。”

赛级哈士奇的价格超出了老王的想象。儿子房子的首付掏空了他所有的积蓄，现在他每个月挣的钱几乎全拿去还了房贷，只剩下几百块当生活费，现在哪里能一口气掏得出大几千买狗。

他回到自己的小仓库里，翻出了所有零碎的票子，加起来也就小两千。

他又跑了好几家宠物店，店员们的态度大同小异，有的连价格都懒得报就赶他走。那种血统不是很纯的哈士奇，价格倒是在几百到一千不等，但凡是赛级的哈士奇，统统都是一万上下，只有一家店愿意开八千。

八千块。老王左思右想，决定回去把存货都卖掉，凑钱买狗。

可等他回到废品站，却发现门口站着几个人。

“老王，你可来了！”说话的是居委会的李主任，“跟你说了这几天有人来检查，你怎么还把东西堆在外面？”

“我今天有点儿事。”老王一愣，“我堆在外面的管子和东西呢？”

“清走了。”李主任说，“执法大队把你堆在街道上的垃圾都清了。”

老王急了：“那可是我要卖的东西！”

李主任提高了声音：“跟你说了几个月的执法大队要检查，告示也贴了，大喇叭也喊了，你不听，怨谁？上面说了要搞清洁安全城市，提前几个月就开始宣传了，你怎么就不当一回事呢？”

“但那是……”

“都是垃圾，你还堆在这公共街道上，不仅阻碍交通，还有臭味儿，居民早就有意见了。你知道我接到过多少次投诉吗？我劝了你多少回，你自己数得过来吗？”

老王不吭声，他在心疼那些被清掉的废品。李主任说的话的确都对，但多少年来他的东西都堆在这里。他知道自己是违规了，可以前的城市卫生运动从来没波及他，所以这次李主任的劝说被他默认为又一次光打雷不下雨的活动宣传，他就厚着脸皮当没听到了。

谁能想到这次执法大队这么雷厉风行呢？

晚上，老王重重地叹了一口气。

他想要一条赛级哈士奇，那是他的小孙子最想要的礼物。

他每个月雷打不动地存三千块给儿子还房贷，现在生意是越来越难做，刨去房租和生活费，存房贷钱已经很勉强。从下午厚着脸皮借到现在，他也只借到了小几千块，现在这些钱远远不够买一条赛级哈士奇。他又重重地叹了一口气。

儿子和伊娜早就严禁他私下去接亮亮，送生日礼物是他见到亮亮的唯一机会。他多想看到亮亮的笑脸啊。

老王敲着脑壳，哈士奇啊，这狗怎么会这么金贵呢？乡下的狗子都是随便送，怎么到了城里狗子就得分三六九等呢。

老王觉得心烦意乱，起身准备给自己倒一点儿小酒。

然后他听到了柜子后的窸窸窣窣声。是老鼠？老王跺了跺脚。柜子后的老鼠没有安静下来，反而更加嚣张地蹦跶起来。

真是找死。老王脱下鞋子，绕到柜子后一看，黑黝黝的角落里，一只动物正在啃他的旧报纸。老鼠绝不会有这么大。

这是什么？老王揉揉眼睛，打开了灯。

一只狗正在津津有味地啃着旧报纸。听到声音，狗抬起头，它的眼睛是漂亮的蓝色，双耳直立，毛色灰白，额上有似白色火焰般的纹路。它长得极为漂亮，与其说它是狗，倒不如说它像一只美丽的狼。

老王咽了一口口水。

它的模样像是今天在店里看到的哈士奇。但是店里的那些哈士奇，包括那只赛级犬，没有一只比得上眼前这只俊逸灵动。

这完美的品相，连不懂狗的老王都看得心神摇曳。

“哈士奇？”老王轻声道。

这只哈士奇看了老王一眼，低头继续啃起了报纸。

老天爷也会有开眼的时候。

老王直到第二天才完全接受了天降哈士奇这件好事。

这只狗绝不是那种价格较低的混种狗。这毛色，这眼睛，这纹路，无不彰显着这只狗的血统纯正，品相完美。老王从废纸堆里翻出了一本宠物杂志，对着哈士奇左看右看，确信这只绝对是万中无一、毫无瑕疵的赛级犬。

而且，这只哈士奇很乖，它甚至不像一只传说中的哈士奇。

他去宠物店打听价格时，店员跟他描绘过这种狗：“这种狗特别‘二’，所以叫二哈。特长是拆家，能吃，爱闹腾。”

可这只哈士奇很不一样，它很安静，甚至安静得不像一只狗。农村出来的老王养过狗，知道狗最喜欢撒欢乱跑，到处乱拱，可它完全不一样。

大部分时候，它都待在角落里，安安静静地看着老王干活。它不叫也不闹，顶多就是啃啃纸。

这让老王心中生出了一股怜惜之情。按照宠物店店员的说法，这种品种的赛级犬，是贵族，吃喝都很讲究，吃纸也太亏待它了。

老王拿出自己的饭菜试图喂它，可它只是闻了闻，对饭菜不屑一顾。

那是要吃生肉？老王跑去菜市场买了两斤里脊肉和鸡胸肉，但哈士奇只是闻了闻，依然不屑一顾。

他去超市买了店员推荐的狗粮，给哈士奇倒了满满一碗。但它这次连闻都不闻，一个眼神都没给。

这就奇了怪了，这狗到底在挑剔个啥？

在接下来的几日里，这只哈士奇只吃纸。旧报纸和旧杂志全在它的食谱范围内。老王活了大半辈子，第一次遇到这种怪事。他知道狗会吃屎，没想到还能遇见喜好吃纸的，这狗怕不是上辈子还是个文化人。贵族狗就是不一样。

几天后，老王见哈士奇并没有什么身体不适的样子，精神挺好，毛色也佳，也就接受了它只吃纸的事实。

亮亮去外地参加夏令营了，回来时正好是他的生日，那时他就可以带着这只哈士奇去见亮亮。他几乎可以看见亮亮瞪大发亮的眼睛，快活地嚷嚷“我最喜欢爷爷了”。

这只在宠物店里绝对能标价上万元的赛级犬，也一定能让儿子媳妇露出笑脸吧。

于是他的心情变得很好，执法大队清走他的旧货这件事也被他抛之脑后。至于这只哈士奇可能是走失的，也许它的主人正在找它，也许它的主人此刻正心急如焚，也许它也是其他什么人的心头宝，这些念头曾在他脑内冒头，但很快就被亮亮的笑容压了下去。几日也没见人上门来找，他便愈发认定这只哈士奇是上天送给他的礼物。

他辛辛苦苦拉扯儿子长大，现在唯一的念想就只有小孙子了。上天看他那么老实肯干，终于大发善心给了他亮亮最想要的东西。只要有这只狗，亮亮一定会开心，儿子也会同意以后亮亮和他常见面。

老王继续这么心安理得地想着。

这只哈士奇如他所愿，不乱跑，也不叫。它接受了老王给它安排的小窝，理所当然地啃老王的旧报纸吃，俨然成了老王的狗。要说有什么特殊的地方，就是它从来不摇尾巴。

无论老王如何逗弄它，它都只是用那双漂亮的蓝色眼睛注视着老王，尾巴丝毫不动。

老王便认定这只狗比其他的狗高贵一些，像狼，自然不会做出那些谄媚之态。

到了第三天，这只哈士奇甚至开始帮他干活。它会用嘴叼着仓库里的杂物，一件件分门别类地堆好，让老王省了很多事。老王一开始惊异不已，然后欣喜地接受了。难怪这种狗要卖上万块，简直比土狗还机灵。要不是想着送给最心疼的亮亮，老王自己都想留着它。

这只安静的哈士奇不仅讨人喜欢，甚至还勾来了附近的狗。一直游荡在附近的大黄狗不知道从哪儿闻到了哈士奇的味儿，天天跑到老王的废品站门口晃荡。只要哈士奇稍微露个脸，这只黄狗立刻就摇头摆尾，想凑上来蹭蹭闻闻。

老王怒从心中起，我家的可是赛级哈士奇，能拿去国外参加比赛的贵族，也是你这种流浪狗能碰的？他拿起棍子就跑出来赶狗。大黄狗也贼精，看到棍子就跑，但没多久又跑回来在附近晃荡。他气得跺脚，但也没法子，最后只能感叹这哈士奇是真魅力无穷，招来一只痴情狗。

就在老王一天天幻想着亮亮在生日时的笑脸时，有人上门找狗了。

上门的是一个很漂亮的男孩。男孩进门的时候，漆黑的眼睛只是往屋里一扫，老王的心跳就不禁有些加快。

男孩拿出一张照片问老王有没有见过这只狗。

老王一看那照片，脑袋就蒙了。虽然在老王眼里，哈士奇都长得差不多，但像这只哈士奇这么漂亮的狗，他一眼就能认出来。

没错，这绝对就是他捡来的那只哈士奇。

老王心里不断打鼓，为什么这孩子会找到这儿？自捡到这只哈士奇后，我就没带着狗出去遛过，应该也没人见过。他知道些什么吗？

男孩在等着他的回答。

他的嘴巴先于他的大脑说话了：“没有。”

男孩说：“有人说你养了一只狗……”

“没有，没有。”老王急躁了起来，“我这里没养什么狗。”他别开头，不去看男孩期待的脸。

老王觉得自己的脸烧得厉害，心也突突地跳。他老实巴交了一辈子，没想到会在这种事上骗一个孩子。他心虚得很，只要再被这男孩逼问几句，老王觉得自己就会溃不成军，将事实全部交代，把哈士奇牵出来还给他。

这时，他的熟客冯老师拯救了他。冯老师碰巧是这男孩的老师，他的及时出现让老王松了一口气。叫颜真的男孩并没有久留，与冯老师交谈了几句就走了。

看到男孩走了，老王心中有愧，便问冯老师：“你认识他？”

冯老师点头：“他是我的学生颜真。真奇怪，这位少爷怎么会跑到你这废品站来？”

“少爷？”

冯老师笑：“你不知道？他是颜总的儿子。”

老王一怔：“颜总？”

“还有哪个颜总？”冯老师说，“我们市最赫赫有名的那位啊，你儿子不是在他的公司里上班吗？”

冯老师走后，老王陷入了极度的恐慌中。他当然知道颜总是谁。

他曾经去过儿子上班的那栋高级写字楼。他没有进去的资格，只能推着拖车在偏门收废纸。

在保安嫌弃的眼神中收完废纸后，他推着车准备离开园区。垃圾车由于负重过多，推到半道时直接把辐条给压断了。这时一辆黑色的车开了过来，老王躲闪不及，直接一屁股坐到地上，司机探出头问他怎么回事。

老王说自己的推车坏了。司机用鄙夷的眼神扫了他一眼，一副要发作的样子。车门被推开，下来了一个人。司机立马就换上了笑脸，说：“颜总，您怎么下车了？我这就让收垃圾的赶紧走。”

那位颜总看起来只有三十多岁，老王甚至觉得自己的年龄足够做他的爹了。和司机不同，颜总说话很温柔，问他有没有被车碰到哪里。老王赶紧摇头，说是自己不小心才摔倒的。

之后颜总非常好心，不仅亲手将他扶起来，又喊来了保安帮忙把他的车推到路边，还让人帮忙修好了他的车。

因为颜总的态度，那些原本对他横挑鼻子竖挑眼的保安立刻换了一副面孔，甚至有人偷偷打听颜总和他是什么关系。

那一天老王都沉浸在受宠若惊与奇妙的喜悦之中。他儿子公司的大老板就是颜总，都说小事见品性，这位老板人那么好，一定会善待他下面的员工。他对儿子的现在与将来产生了一种模糊的安心感。

可此刻，他焦虑得直发抖。

那个男孩竟然是颜总的儿子，这意味着这只哈士奇是颜总家的狗。

如果他真的把这只狗当礼物送给亮亮，将来一旦被发现，“偷狗贼”这个名号可就去不掉了。这可能会让他儿子颜面尽失，更可能会影响到儿子以后的前程。亮亮会怎么看自己这个爷爷呢？

老王急得抓着乱发在屋里打转。自己怎么会这么蠢，为什么会一下失心疯到对那个男孩矢口否认呢？

他想起男孩那双天真而又充满期待的眼睛，又愧又悔地一屁股坐在地上。

现在该怎么办？

哈士奇听到声响，抬起头瞧着他。

哪怕是心急如焚又惊又怕的当下，老王依然觉得它真是一只极为美丽的狗，毛皮发亮，瞳孔湛蓝，安静地望向他。

他本来还有一丝要把狗丢掉的心思，现在是一丝也没了。

他抱住它，低声说：“我该怎么办？”

如果他牵着狗去见颜总，好好赔礼道歉的话，颜总会原谅他吗？就算颜总能原谅他，颜总的儿子呢？他毕竟对他撒了谎。如果因为这件事影响到儿子的前程那该怎么办？

懊悔与羞愧吞没了他，他抱着狗几乎哭出声。狗伸出舌头，舔了舔他的脸。

咚咚咚。外面传来了敲门声。

这么晚了，会是谁？

老王打开门，门口站着一个陌生男人。当他们的目光相对时，老王心猛地一跳，身体不听指挥地后退了一步。

陌生访客身材高大，面无表情。他冰冷的眼神扫过房间，然后直直落在哈士奇身上。

他一言不发，径直向哈士奇走去。

“哎？你是谁啊？”老王惊怒不已，试图拦下陌生访客。

“这不是你的狗。”陌生访客说。他的声音也不响，却让老王惊得打了一个寒战。

“你，你是谁啊？”

陌生人盯着房间内的哈士奇，哈士奇也沉默地回望他。那一瞬间，老王觉得哈士奇的眼睛里闪起了奇异而美丽的蓝光。

蓝光一闪而过后，陌生人突然露出了有些困惑的表情，神情也变得有些松动。他喃喃道：“这不是我要找的目标。”

“啊？”

“这不是我要找的目标。”陌生人这么重复着，转身离开了。

老王愣愣地站在原地，觉得莫名其妙。他转头看向哈士奇，它像是啥事都没发生一样，凑过来蹭着他的腿。

这都是什么怪人啊，老王嘀咕着。他伸手关门，瞧见一只猫无声无息地从窗台上跳了出去，消失在黑暗中。

猫先生说：“我大致推测出这只宠物具有什么特性了。”

小真问：“是什么？”

白天拜访过废品收购站后，猫先生悄悄潜伏在老王家做了侦察。

现在它和另外两只噬心魔召开了情报反馈会。

“初步推断这只宠物是食草生物，它很喜欢吃纸，推测它是以植物纤维为主食。从它与老王生活数日的情况来看，它对老王或者说人类没有攻击性。”

小真说：“听起来还不错。”

斑船长说：“一只价值一万个信用点的无害食草宠物。它的原主人肯定是个钱烧得发慌的阔佬吧！”

猫先生舔了舔爪子：“不，没那么简单。”

“什么？”

“我刚刚看到了另外一个赏金猎人。就算伪装成人类，我也闻得出他的味儿。”

“你是说有其他外星人找上门了？”

“对，是格努斯人。”

格努斯人是源自广域星区的一种智慧类人生物。

小真并不觉得意外，这颗星球上有狐商、有赏金公会，自然也会有其他外星人。这个标价值一万个信用点，自然也会有其他外星赏金猎人跃跃欲试。

“所以你现在回来是打算告诉我们，这只宠物被格努斯人给抢了？”

猫先生摇摇头：“不不不，我下面要说的才是这只宠物的诡异之处。”

它满意地看着小真和斑船长的表情，清了清喉咙说：“那个格努斯人在见到这只宠物后，像傻瓜一样转身走了。”

“什么意思？”

“我很确定那只哈士奇就是任务目标。你们知道格努斯人的尿性，他们那种肌肉脑子只会冲进去抢了宠物就跑。但是刚才那位像是痴傻了一样，两眼发直，说这货不是任务目标，转身就走了。”

小真顿了顿：“我明白你的意思了。你是说这只宠物具有操纵他人意识的能力是吗？”

“是。我检测到了脑波波动。”猫先生说，“如果我没猜错，这只宠物应该具有操纵记忆的能力。它在那一瞬间修改了格努斯人的记忆，让他离开了。”

斑船长拍着翅膀说：“这宠物能修改记忆？食草，无攻击性，而且那废品站那么潮湿，我知道这玩意儿是什么了！还真有疯子养这种东西当宠物啊？”

小真摸着下巴：“我也知道是什么了。难怪一万个信用点的高价挂了这么多天都没人交差，大概那些赏金猎人找到它的时候，就被它洗脑后打发走了。”

“是的。”猫先生说，“它不仅用洗脑的方式赶走了所有来找它的赏金猎人，我怀疑那个收养它的老王，记忆也被它改过。”

老王用梳子温柔地打理着哈士奇的毛。

它灰白的毛柔软密实，手摸上去有种摸缎子般的细腻丝滑。老王越梳越爱不释手。

它是我要送给亮亮的。

它的蓝眼睛纯粹美丽，就算是老王这样毫无浪漫之心的人都一时之间看入了迷。它的眼睛就像是电视里的大海……

老王从未去过海边。自离开乡下老家来到这个城市后，他在垃圾堆中忙碌了几十年。旅游散心这种事从来不在他思考的清单上。他一开始是渴望在这个城市里拥有可以歇脚的小家，后来则变成了要把儿子养大成人。

他的儿子，邻居们提起来都会竖起大拇指。他的儿子小时候多乖巧可心啊。他省吃俭用地将儿子拉扯大，眼看着儿子逐渐有出息，考上了名牌大学，而今已是大公司里的小主管了。

他还记得上一次见到儿子的样子——西装笔挺，整个人干净精神，他只是看着就满心欢喜。只是不知道从什么时候开始，儿子就不再用正眼看他了。

“你要来找我就不能穿得好点儿吗？你让我的脸往哪儿放啊！”

的确，为了省出钱还房贷，他穿的衣服都是从废品堆里捡来的，永远都是灰扑扑的又不合身，就算洗过多遍，那上面依然有股垃圾味儿。

被当面这样呵斥后，老王越发觉得自己在儿子面前没脸立足，似乎在儿子面前出现的每一分钟都是在折磨儿子的自尊心。

直到现在，他都觉得茫然无措。那个邻居们都夸的好孩子怎么就变成了这样呢？他还记得中学时期的儿子，在放学后早早归来帮他一起处理废品，从来不嫌累。儿子会认真地对他说：“爸，你辛苦了一辈子了，我将来一定要赚大钱让你住大房子。”

他们俩挤在垃圾库旁搭的简易小屋内，虽然小屋黑黢黢的，老王却觉得心里亮堂堂的。

“爸，等我大学毕业了，我带你到国外去旅游见世面。我们要去地中海，爸你知道吗？那边的海特别蓝。”

老王一辈子没见过什么世面，他也从来不敢去奢望什么地中海。但他从电视上看到过地中海，那里的海的确很蓝很蓝。

那种美丽明亮的蓝色，就像这只哈士奇的眼睛。这么想着，他的泪就滴了下来。

泪水滴到了哈士奇的毛上，它抬头望向他。

老王越发难过，又觉得在狗面前落泪实在是丢脸，便转过头擦眼泪，但泪水却止不住地一直落。

这可是他辛辛苦苦养大的儿子啊。

哈士奇凑近他，用纯净的蓝眼睛看着他。那双透亮的眼瞳里有老王的投影，老王却仿佛看到了亮亮。

“我还有亮亮。”老王对自己说道。

他抱住狗，没错，他还有亮亮。

因为，这只狗是他最爱的小孙子亮亮送给他的。

它是他最爱的小孙子亮亮送给他的礼物。

那天，亮亮在他耳边轻声说：“爷爷平时一定很寂寞，所以我送了这只狗给爷爷。”

“傻孩子，只要亮亮来看我，爷爷就不寂寞。”

“但是亮亮不能一直陪在爷爷身边，所以亮亮把这只狗狗送给爷爷。它就像亮亮一样，爷爷一定要好好照顾它哦。”

“当然会。爷爷答应亮亮。”

对啊，这是代表着亮亮心意的狗。他一定会好好养它，绝不会把它弄丢。

他一定会保护好它。

这条狗就是他的心肝。

砰的一声，门突然被猛地撞开。

老王吓了一跳。

一个魁梧的男人冲进来恶狠狠地盯着哈士奇。

这个男人，好像之前来过?

“你是谁？你想干什么？”

男人没有看老王，只是恶狠狠地盯着哈士奇说：“你是不是对我的脑子动了手脚？”

“你是谁啊？要干什么？”老王呵斥道。

男人像是没听见老王的质问，自顾自地对狗宣告道：“别想再有下次，你今天是跑不掉了！”

“喂！我要报警了。”

哈士奇猛地跳起，冲向门外。

男人跟着追了出去，临走前他转头对老王说：“反正你也会忘的，人类，睡一觉就好了。”

老王喊道：“你要对我的狗做什么?！”

他跌跌撞撞地追出小巷，呼唤着他的哈士奇，可夜晚的街道上空无一人，只有附近那只流浪的大黄狗百无聊赖地趴在一旁。

哈士奇在前面狂奔，男人在后紧追不舍。

他是来自遥远星系的格努斯人，如今在这个星球上伪装成人类隐居。

男人相信他今晚一定能捕获这只哈士奇。他掏出轻式蛛网枪，对着哈士奇射击。这种枪能自动定位高速移动的生物，并且生成蛛网将猎物捕获。

哈士奇凌空一跃，拐出了一个不可思议的角度，躲过了弹射而出的蛛网弹。男人轻轻啧了一声，对着哈士奇又射出了第二弹。

砰！空中响起了清晰的撕裂声。

蛛网弹在瞬间被打爆，破碎的蛛网四散，一只猫跳落在地上。

猫用清晰的声音宣告道："格努斯人，这个猎物是我的。"

猫？它会说话，应该是爱尔特人。

男人皱眉："赏金公会已经堕落到连爱尔特猫咪都能来插一脚了吗？"

"总比没脑子的格努斯人好。"

男人怒道："听好了，是我先发现它的。蠢猫，你会为你的狂妄付出代价。"

"你们除了会咆哮威胁还会干啥？"猫说，"你有几天没刷牙了？就算用了光学伪装器伪装成人类，你那几根钢牙还是臭不可闻。"

"闭嘴！你死了！"

街道的另一侧。

小真说："看来猫先生已经成功吸引了那个格努斯人的注意力。"

斑船长说："没错，在激怒别人上它有着无与伦比的天赋。"

猫与男人进入激情骂战。

躲在街角的小真对斑船长发出了信号。就在哈士奇冲到十字路口的那一刹，斑船长从天而降，对着哈士奇迎头猛击。

砰！哈士奇直接被拍飞了。斑船长强化了自己的翅膀，其拍打力量足以击倒一头成年豹子。电光石火间，小真抛出了拘束网，将这只哈士奇牢牢网住。

"你们这是耍诈！"

格努斯人气急败坏地甩开了与他争吵的猫先生，恶狠狠地冲到小真面前。

小真收住了网，对他笑了笑。

格努斯人看了一眼网中的哈士奇，打量了一下小真，他说："你是本地人类？"而后他转头对猫先生怒吼道："你违反了独立文明守则！你竟然还拉了一个本地人类做任务？你破坏了规矩！"

猫先生不慌不忙地说："他是我的当地协助者，在赏金公会登记过。抱歉，这只哈士奇被我们捕获了。"

格努斯人指着斑船长怒道："为什么这里会有鸡？你不仅拉了一个本地人，竟然还拉了一只鸡！"他抬高声音，"为什么你们会拉一只鸡？"

斑船长喊道："鸡怎么了？你对鸡有什么意见吗？"

猫先生说："不管怎么说，我们都抓到了这个猎物。你放弃吧。"

格努斯人怒道："我跟踪了这个目标整整三天！它是我的！"

猫先生笑道："哦？你都发现它三天了，收养它的人类只是个脆弱的老头，而你却没抓住它。让我猜猜你为什么到现在都没完成捕获。"猫先生歪着脑袋说，"你这三天被洗过几次脑？"

"你给我闭嘴！"

"光是我看到的就有一次了，那肯定不是第一次。是三次？还是四次？不然你也不会带着精神抵御器。"猫先生叹息着摇头，"格努斯人的无畏与无脑我听说过，果然像传闻中一样，脑袋空空。"

斑船长咯咯大笑。

"你不知死活！"格努斯人的脸变得铁青，他抽出枪，对准了猫先生。

就在此刻，网中突然亮起了光。哈士奇全身都透着奇妙的蓝光，像雾一般散开，将他们笼罩。

数秒后，蓝光退去。

格努斯人的神情变得有些困惑，他低头看了看手中的枪，将它插回腰间："我在这里做什么？"他低声嘀咕，摸着头转身离去。

斑船长看着他离去的身影说：“瞧，这个家伙又被洗脑打发走了。”

“任务目标在试图驱赶对它有威胁的生物。”小真看着网中的哈士奇说，“刚才我的大脑告诉我，我是在夜间散步买饮料，现在应该立刻丢下狗去三条街以外的便利店。”

猫先生跳到网边：“我大脑里出现的是我正在夜间巡游，视察领地，之前还和一只美貌的母猫玩耍。为什么会设定这种诡异的情节？我甚至不认识那只母猫。”

斑船长说：“母猫大概是你宿主的梦中情人。它会在大脑原有记忆的基础上修改记忆。我的大脑正在说服我去找一些美味的虫子，而不是站在这里看一只狗。”

小真感叹：“真是厉害的能力，的确值一万个信用点。”可惜对噬心魔来说，这种对宿主大脑的精神攻击完全无效。如果换了其他赏金猎人，大概也和可怜的格努斯人一样又被洗脑一遍打发走了。

“我真好奇为啥你的金主要养你。”小真望着哈士奇说，“一般来说，无论是谁都会厌恶自己的记忆被修改吧。”

斑船长说：“因为这只，啊，还是称它哈士奇吧。它的特性是为了有利于自己的生存而去修改其他生物的记忆，一般来说对记忆的调整都比较轻微，或者说伤害不大，而且有办法抵抗，所以没有招惹来监督之眼的格杀令。如果有人饲养它，它会把自己设定到饲主的记忆中，虚构一些饲主和它的美好回忆，以获得饲主的珍爱。”

“这种就够智慧生物恶心的了。”小真说，“我了解智人，哪怕是无害的调整也是不可饶恕的。”

“据说它会将记忆往好的方向调整，让饲主舒服点儿。”斑船长咕了一声，“那个格努斯人又回来了。”

“又回来了？看来他的精神抵御装置起效果了。”猫先生说，“虽然延迟得有点儿厉害。”

然后，蓝光一闪。

格努斯人又走了。格努斯人又回来了。

蓝光一闪。

格努斯人又走了。格努斯人又回来了。

蓝光一闪。

格努斯人又走了。格努斯人又回来了。

…………

小真、猫先生和斑船长沉默地看着他来来回回。

格努斯人又大踏步地冲了回来，他的每一步都像是恨不得踩碎地面。哪怕现在他用光学伪装器把自己伪装成了一个普通平常的人类，怒意仍将他的脸扭曲得变形，就像小真所熟知的那种暴躁凶残的格努斯兽人。

“你这是第几次从洗脑中清醒了？”猫先生忍住笑问他。

“我受够了！”格努斯人咬着牙说，“这危险玩意儿必须付出代价！”

“你冷静一下，这可是金主的目标。”

“对啊，金主要的是活的。”

“它必须得到教训！”格努斯人吼道，他闪烁着冷光的尖长指甲向着地上的哈士奇挥舞而去。

“等等！”

格努斯人特有的指甲在空中划出了一道白光。血光四溅，一具躯体倒在了地上。

但不是哈士奇，也并非是小真。

老王仰天躺下，他的腹部被划开一道大口子，血流不止。

他喃喃道：“别想伤害亮亮给我的狗。”

格努斯人吃惊地后退：“这个人类是突然跳出来的！”

“我的天，为什么他会在这儿？”

小真蹲下，用手紧紧按住老王的伤口：“你的指甲上有毒吗？我可没法处理这个伤口。”

格努斯人喊道:“我只想吓唬一下那只哈士奇！我没有想伤害本地人类！”

老王从家里追了出来，那是他的哈士奇，是亮亮送给他的礼物。他答应亮亮一定要好好照顾它。

但是哈士奇突然被陌生人吓跑了。

它在哪儿？它在哪儿？

老王在夜晚的街道上失魂落魄地寻找。那是亮亮送给他的礼物，那是他和儿子、和亮亮唯一的联系。

啊，那么乖巧的狗，他怎么能把它弄丢了呢？

他一定要找回它。哪怕豁出这条老命，他也要把哈士奇给找回来。

然后，他找到了。

在不远的街角，他的哈士奇被困在一张网里。

那个闯入他家的陌生人正要殴打他的哈士奇。

“亮亮不能一直陪在爷爷身边，所以亮亮把这只狗狗送给爷爷。它就像亮亮一样，爷爷一定要好好照顾它哦。”

“亮亮最喜欢爷爷啦。

“爷爷，你一定会好好照顾亮亮的狗吧。”

是的，我会用生命来保护它，它就是我的心肝。想到这里，他没有丝毫犹豫，扑了上去。

老王倒在地上，觉得四肢发软，整个人也变得轻飘飘的。一个男孩正努力地压着他的伤口。他看见自己的血喷涌而出。

“好极了，你跟监督之眼解释去吧！”

“我不是故意的！是他突然冲过来的！”

“你的指甲有毒啊？他全身都在抽搐！”

“没错，这是他们了不起的种族技能！这种神经毒素在这颗星球上怕是都无法医治！”

“你是不是故意要把安全委员会引来啊！”

“是他自己跳出来的！”

老王的耳边响着他听不懂的话。在恍惚间，他瞧见哈士奇努力从网里爬出来，舔了舔他的脸。它的眼瞳真蓝啊……

“爸，你知道地中海有多蓝吗？将来我一定会带你去地中海。”

“爷爷，这是亮亮的礼物，你看它的眼睛蓝得真好看。”

“亮亮最喜欢爷爷啦！”

“亮亮……爷爷一定会保护好它。”他喃喃道。

世界变得黑暗而虚无。

小真坐在医院长廊的椅子上。

他在看韩老板发给他的账单，账单里包含了解毒送医等各项善后费用。虽然这事是那个格努斯人干的，但善后的费用却全部算在他们头上。提交任务标的后，一万个信用点扣去了各种善后费后只剩下不到一千个信用点。

韩老板说得头头是道：因为要解毒、处理伤口，不能让当地人发现这是本星球不存在的神经毒素，还要伪装成这是一场普通的交通事故，该花的钱一分都不能少。

小真又看了看韩老板的账单，按照韩老板的算法，这一趟忙活下来，他没倒贴钱给韩老板简直要痛哭流涕。他早就知道狐商的尿性，只不过这次又是一次惨痛的教训。

“你是颜真？”

小真抬头。来的人是居委会的李主任，他刚刚和医生结束交谈。

“真谢谢你及时打电话把老王送医，不然后果真不敢想。”李主任说，“现在医生说没有大碍了。”

“没事，我只是打了个电话。”小真说，“他的家人没来吗？”

“呵。”李主任哼了一声，“他倒是有个儿子。我打过电话了，听说找不到肇事司机，立刻就推三阻四说在出差。”

“是不能过来吗？”

“呵呵，因为不想出医疗费，也不想出力照顾爹啊。这儿子养了就和没养一样。”李主任语气中带着怒意，“他儿子养了个孩子，但老王从来没见过。他说怕老王脏，孙子会生病。你说养这种儿子有什么用？”

“啊……”

“都多少年了！老王就是没见过他的孙子！他的儿媳也不是东西！”李主任站起身，“说起来老王也糊涂了，竟然和我说他孙子送给他一条狗。他明明从来没见过那个孙子。”

“是什么狗？”

“是在他门口流浪的那只大黄狗。也好，他出院后养了它也有个伴。”李主任恨恨地抛下一句，“这年头啊，养儿子不如养条狗。”

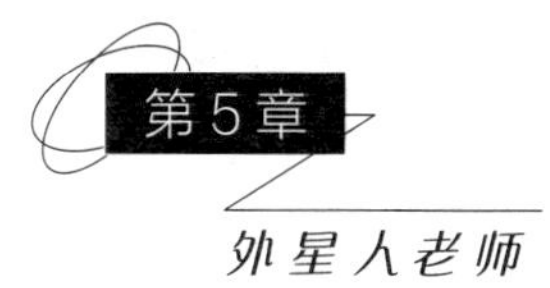

第5章 外星人老师

颜夫人安媛一直都是人人羡慕的人生赢家。她有自己的独立工作室，有个事业有成的总裁老公，膝下有一双活泼可爱的儿女，生活富足无忧。

在他人眼里，她实在是没有任何值得烦心的事。

可实际上，安媛糟心的事还挺多。虽然，都是些鸡毛蒜皮的小事。

比方说，她正在试图向一只猫和一只鸡证明自己才是一家之主。

安媛曾经养过宠物，最近一次养的是多年前她的丈夫颜岸捡来的一条狗。那条狗的死亡让她悲痛了很久才缓过来。她是个感情细腻且丰富的人，失去那条狗带给她的心痛不下于失去家人。

也正因为如此，安媛之后再也没有养过任何宠物，她承受不了与短寿的宠物再一次生离死别。可她没想到，她的儿子小真竟然突然养了一只鸡，接着又养了一只猫，这宠物增加的频率实在是让她有些反应不过来。

“鸡？为什么你要养一只鸡？”最先发出疑问的是安媛。儿子一副理所当然的表情让安媛觉得自己是不是缺失了什么常识。儿子为什么会养一只鸡？她本以为老公会跟着她一起震惊，但颜岸竟然对儿子养鸡的事没提出反对意见。在安媛憋闷了几天后，儿子又带回来一只猫。比起鸡，猫正常多了，安媛这么安慰自己接受了现实。

她的老公颜岸则立刻跟小真约法三章：一要自己照顾宠物的饮食，二是不可欺负、虐待动物，三是保持清洁卫生。

安媛本以为小真过不了几天就会寻求妈妈的帮助，然后她会以全知全能的母亲的身份降临，接收两只宠物的所有权和儿子的顶礼膜拜。

可这么多天过去了，小真的两只宠物竟然养得挺好，这让身为一家之主的安媛感到了寂寞。

尤其是那只鸡和那只猫还经常无视她。

以安媛的经验，作为这个家庭里的妈妈，她无疑是家中地位最重要的那位。狗狗会主动崇拜家中身份最高的家主，以前养的狗子就特别黏她，她怀念那种被需要的感觉。所以，当小真连续带回两只宠物后，安媛自认为会迅速将这两只宠物收入麾下。

但现在，她被完全地、绝对地无视了。

首先是那只猫，小真叫它猫先生，哪有猫会叫这种奇怪的名字。安媛立刻在心中否定了这个名字，并给它取名叫作阿咪。这只猫长得很可爱，皮毛好，不胖不瘦，身体灵活，有一双圆圆的眼睛，还有毛茸茸的肚子。

安媛承认，在看到猫的第一眼，她就想摸猫猫的肚子。但为了维持母亲的尊严，她没有第一时间表现出对猫的亲近，而是摆出了家长的架势，就猫以后的卫生问题讲了一堆道理。

如此导致的结果就是现在家里的那只猫看到她都绕道走。

为什么当时没有表现出对猫的喜爱呢？这让如今欲摸猫而不得的安媛捶胸顿足。她的女儿珠珠也喜欢和猫玩，一开始安媛还能抓得到猫，但现在，她一点儿都碰不到那只猫了！

安媛甚至怀疑，一开始她能抓得到那只猫都是它为了加入这个家庭做出了让步，现在住进来了就索性彻底不给她面子了。

还有那只蠢鸡。小真叫它斑船长，先不提这个蠢名字，谁会在家里养一只鸡？谁会把鸡和猫放在一起养？安媛本来以为会看到猫把鸡吃掉的惨剧，而她可以在惨剧发生之前主持正义，把鸡关进笼子里放在花园里。

结果依然是无事发生，甚至连安媛最忧心的鸡乱拉屎的情况都没发生。李婶说这只鸡从来不在家里拉屎。

李婶说这话时脸上带着诡异的笑容，安媛也注意到了李婶经常会盯着鸡看。大约这只鸡早就被添加进了她的菜单，只是目前因对方太轻而没有下手。

作为一开始就对鸡充满嫌弃之情，等着小真放弃，好在他放弃的那天把鸡下锅的人，安媛对这种事当然是喜闻乐见。

那时她没想到自己有一天会看这只鸡很顺眼。

有一次她正在午睡，突然，鸡冲进来喔喔乱叫。安媛爬起来一看，发现是外面下了大雨。鸡的这番提醒让她把晒的果干收了回来。

这只鸡还挺聪明的，那时安媛想。

之后每当鸡出现在小真的身后，或者从墙角露出一个鸡头，都让安媛觉得有趣可爱，忍不住想伸手摸摸。

可鸡和猫一样，对她充满了警惕之心。

她经常会晃进小真的房间，每次都会看到猫坐在小真的桌子上，鸡蹲在椅子上。安媛笑眯眯地捧着水果或者其他点心接近小真，可还没等她打算触摸宠物的手出动，鸡和猫就散开了。

猫抓不到，鸡碰不到，这让安媛心中充满了挫败感。

凭什么，不过是两只宠物而已！

可一家之主的雄心壮志并不会因此受挫。安媛决定从饮食上下手，她通过网络搜罗了一堆推荐猫粮的信息作为参考，并且订购了几个最受好评的猫粮套餐。她细致地调查了鸡的食谱，规划好了鸡的玉米豌豆套餐。

征服对方的心首先要从胃下手。虽然她并不精于厨艺，但坚信猫猫和小鸡总比人好搞定多了。

她买了一个印有可爱猫猫头的猫碗，又买了一个印有可爱小鸡的鸡食盆，将自己精心挑选的猫粮和鸡食倒入其中，放在家里显眼的位置，等着收获猫和鸡的好感。

一天过去了，她的猫碗和鸡食盆被彻底无视。猫从小真的房间里踱步出来，目不斜视地从那个猫碗旁走了过去。而那只鸡，根本就不从那个鸡食盆附近路过。

第二天，安媛又换了新配方的猫罐头和鸡食。这种猫罐头号称没有一只猫咪能抵抗得住它的香味。可当猫从小真房间踱步出来，安媛觉得如果自己没有眼花，这只猫好像还特意绕了一个弯避开了那个盛满香气四溢的猫罐头的可爱猫碗。鸡则根本就没出现过。

第三天，安媛再度升级了用来诱惑它们的食谱，结果她连猫和鸡的影子都没有见到。

安媛再度确认了一点：这猫和鸡，根本就是在躲着她。

遭受沉重打击的安媛坐在沙发上郁闷不已。她的手机嘟嘟了几声提示有讯息，她打开手机一瞧，小真的班级家长群又刷了“99+”条讯息。她点开往上拉，发现是小真的班主任冯老师发布了一条讯息，说暑假即将结束，开学后会有一场考试，让大家督促孩子们做好准备。家长们则在班级群里七嘴八舌讨论着。

“肯定又是刘星泉考第一啊。”

“我们家孩子能有刘星泉那么聪明好学就好了，他一天到晚就知道打游戏。”

“是啊是啊，我家的也玩心太重。”

安媛点进家长列表看了看，看到罗清溪的头像是灰的。她点进消息栏打了几个字，又删掉了。她百无聊赖地看了罗清溪的头像一会儿，将手机扔到一旁。

刘星泉那么优秀的孩子是怎么培养出来的？安媛心想。她对刘星泉的父亲刘司机知根知底，那是一个朴实寡言的男人，和书本八字不合，最大的乐趣就是喝点儿小酒、打打麻将。刘星泉倒是完全和他爹相反，勤奋好学又聪慧，大概是继承了罗清溪的优点吧。

她又想起了自己儿子的成绩，不由得在心中默默祈祷小真能稍微努力点儿，别开学后让她在群里被公开“处刑”。安媛坚信自己的儿子是一等一的聪明，只是心思不在学习上。她的老公颜岸当年念书的时候年年是年级前三，而她念书时也是凭自己的本事考进了名牌大学。

他们俩生出的孩子怎么可能会笨？

颜岸对孩子的学习要求从来不苛刻，她也是。只要孩子学习成绩别突破下限到垫底，都在她的容忍范畴内。可班级家长在明面上对于孩子学习成绩的竞争，总让她有些心神不定。

毕竟有刘星泉那样不让人操心又优秀的孩子在，作为家长谁不羡慕呢？

关掉让她心烦意乱的班级家长群的对话框，她跑去亲友群再度发了一个问题：“怎样才能获得猫的好感？”

亲友群顿时热闹了起来。

“你又失败了？”

“天哪，你还在讨好那只猫？”

“那只鸡还活着吗？”

这个亲友群由她和几个闺密组成，是没事就会约在一起聚餐聊八卦的小姐妹们。

多肉萌萌：“这都多少天了，你竟然还没拿下那只猫。”

团团猫：“你真的太弱了。”

这两个ID的主人是在安媛攻略猫和鸡的进程中出谋划策最活跃的闺密。“团团猫”是个超级猫控，她不仅自己养猫，还会定时去街上喂流浪猫或给猫做绝育，是当地保护流浪动物民间组织的活跃志愿者。

安媛：“我觉得它们都在躲着我。”

“还在应激期吧。”团团猫冷静地用经验分析。

“我看阿咪和小真玩得很好，一点儿都没应激。”

“哦，那就是它讨厌你。”

“……”安媛愤怒地打字，“你作为养猫达人，快给我点儿有用的建议。”

团团猫最后不得不给出了她的撒手锏——一种叫作“幸福猫咪”的进口膏剂。按照她的描述，这种膏剂只要挤一点，那香味就算是隔三个房间的猫闻到都会发疯，丧失一切理智冲过来。

安媛火速切出聊天群下了单。

希望这次能成功。她起身准备把那两碗被冷落的猫粮和鸡食拿出去倒给外面的流浪猫狗，然后，她的神经跳了一下——家里有什么东西。

原本空无一人的客厅突然多出了个东西。或者说，以人类的语言是否还能把它叫作东西。

它大约有一人多高，像一团浓密的黑雾出现在客厅正中央，周围的空气如受到压迫一般开始扭动。

这……是什么？

迷幻的黑雾在向四处流淌，地板上冒出了被酸性溶液腐蚀产生的刺鼻白烟。黑雾扭动着，露出了一张面孔——如果说那玩意儿能被称为面孔的话。那上面有一只巨大的血色眼球，眼球四周滴着湿答答的黏液。眼球的下方开裂，出现一张巨嘴，干瘪腐烂的巨唇下是无数让人作呕的触手般的舌尖。

它对着她喷了一口黏液。

哎？

安媛愣愣地往下看去，她的右手像高温锅里的糖一样化了。黏稠的棕色液体，滴滴答答地落在了地板上。

骨头发出了咔嚓咔嚓的声音。

她并没有觉得痛，大约是她的大脑因为这种荒谬的场景而死机了。

安媛开始尖叫。

在意识消失的前一刻，她恍惚间瞧见一只猫如闪电般跳到了她的身前。

猫先生注视着眼前的异物，晃动了一下尾巴。

黑雾在刹那间扩散，一瞬间转化为一条条黑色的腿，向猫先生发动了进攻。

如果安媛此刻意识清醒的话，她会看见一幅奇妙的景象：猫灵巧的身体化成条条白线在黑雾间跳跃。人的视觉无法捕捉如此高速的运动，视线中只有一道道残影。

数十条黑腿癫狂地追逐着猫，猫轻盈地上下翻飞。冷色的光闪起，砰！砰！砰！黑腿在空中炸开，刺鼻的酸液飞溅在地板上。异物咧开巨口，舌尖乱舞，更多黏液向猫喷射。

空气在那一刻扭曲了一下，下一瞬，猫出现在了黑雾的上方。

金色的光隐隐在猫的体内显现，逐渐变亮。

“律令。”

亮光在异物的头顶上炸裂，黑雾颤抖不已。恶臭的黏液淌落，黑雾具象化成了黑色的甲壳，如枯萎的树皮般脱落。下一刻，异物被亮光吸了进去。

异物挣扎着想要摆脱。

“竟然能追到这里。”猫先生低声说，“真是不死心啊。”

异物喘息着，喷射着黏液。它具有黏性的肢体向着猫先生乱挥。

“告诉我，你为什么能找到这里？”

异物颤抖起来，夸张的口器抖动着，发出不成调的声音。

猫先生探查着它的意识，它感受到了一团模糊的影子、不成语句的嘶喊，还有冲鼻的腥臭味。

“知性已经在转移过来的时候被摧毁了吗？”猫先生低语，“连残余意识都没剩下多少。”

异物伸出一只变形的肢体，绞住了客厅里的茶几腿，发了疯似的要从光亮中逃出。

“既然已经没有知性了，那就没有留你的必要了。”

异物抬起头，瞧见猫冰冷地对它发出了宣告：“你伤害了我的房东，这罪无可恕。”

在惨叫声中，异物被亮光碾压成了黑色的烟。

最后只剩下一条黑腿还在勉强挣扎，它抖动着、抗拒着，被亮光吞噬了。

猫先生轻盈地落在了地上。

客厅一片狼藉，地板冒着刺鼻的白烟。安媛倒在地上不省人事。

猫先生来到她的身边，观察着她的伤势。

修复起来还是有点儿麻烦，这事不能让小真知道。它想。

斑船长穿过窗户飞了进来，落在窗台上。它刚刚去结识了一圈周边的鸟，颇有成效地树立了权威，心情正好。

小真家的客厅像往常一样整洁。

但小真宿主的母亲倒在地上，像是睡着了。猫先生蹲在一旁舔毛。

“她怎么了？”

猫先生回答：“她被一只乱跑的老鼠吓昏了。”

“老鼠？人类真是脆弱。”

“你先把她放回床上吧。”

斑船长的爪子开始嘎吱作响地发生变化，它变大了五倍，强壮而有力。它抓起安媛向卧室飞去，一边飞一边问猫先生：“她最近是不是在试图讨好我们？”

“大可不必，我可不想被她抓去孝敬给颜珠。”

“我也是。”

猫先生转头说：“你和我不一样，我认为她讨好你只是想拿你炖汤。”

“……”

安媛睁开了双眼，她猛地抽出手放到眼前。

她的右手皮肤白皙细腻，就像平常一样。安媛愣愣地看了一会儿，张开手指，又握成拳，没有任何不适。

她正躺在卧室里柔软的床上。

她睡着了？

她跳下床，小心翼翼地走到客厅。客厅明亮而整洁，金色的阳光洒在光洁的地板上，半透明的白纱窗帘微微随风飘动，就像以前的任何一个晴天一样。

安媛揉揉眼睛，决定去洗个脸清醒一下，她想自己大概是睡糊涂了。

第二天，安媛订购的幸福猫咪膏剂到了。

拧开盖子，膏剂散发出了奇妙的肉香味。别说猫，连她都忍不住咽口水。这下猫猫一定会喜欢吧。

她将膏剂与煮好的鸡胸肉搅拌在一起，倒在猫碗中。看到猫先生从小真房间踱步出来后，她赶紧放在了它的必经之路上。

这次一定要成功！安媛吸了一口气，盯着猫。

可猫没有继续踱步，而是坐下来慢悠悠地舔毛。安媛并不泄气，继续全神贯注地看着猫。门口玄关处传来声响，她的丈夫颜岸回来了。

颜岸纳闷地看了一眼蹲在墙角一脸严肃地瞪视着猫的安媛，他决定当作什么都没看到。

家里和平日没什么区别。

颜岸在沙发上坐下，抬眼瞧见窗台上的豆苗晃了晃，他恍惚看到像是视频里的马赛克一样的驳斑影像在豆苗上闪烁。

是眼花了吗？

颜岸起身向豆苗走去。

蹲在远处舔毛的猫突然跑过来，蹭着他的腿挡住了他的去路。

颜岸很吃惊，这是家里这只猫第一次对他表示亲近。

素来无视他的猫正在蹭他的腿。颜岸受宠若惊，小心地用脚碰了碰猫。

猫索性躺倒，对着他打了个滚。鸡也突然飞奔过来，停在他的脚旁。

这是破天荒的头一回。

颜岸转头问呆滞的安媛："这猫和鸡是要我摸它们吗？"

安媛生气道："我不知道！"

小真开学了。

学生们欢乐的假期结束了，广大中小学生感叹时间流逝得如此之快，垂头丧气地迎接着新学期。

小真对此并无太多感触。对他来说，只是换了一个地方扮演他的宿主而已。

冯老师竟然是他的班主任。小真暗自庆幸上次见面并没有露什么马脚。冯老师斯斯文文，说话风趣，和同学们说说笑笑毫无架子，很受同学们的欢迎。

小真和刘星泉在一个班。刘星泉是这个班的班长，他是所有老师和家长心中完美学生的典范。礼貌乖巧、成绩优秀，长得还好看，三个要素加在一起，便让刘星泉成为学校里最受瞩目的明星学生，但小真注意到了同学们与刘星泉之间的疏离感。

一下课，同学们便组成了一个个小团体叽叽喳喳个不停，小真很好奇，不知道自己本来是属于哪个小团体。刘星泉坐在原位没动，一本正经地看着书，没有与任何人搭话的意思。暑假期间找他玩的朋友崔明智在隔壁1班，他正在隔壁闹得欢，也不是小真课间聊天的首选。

小真坐在位置上辨识着每个同学的脸，并且将名字一一与之对应。吵闹的同学们聊着奇奇怪怪的话题。他听了好一会儿旁边两个男生争论班上的某个女生有没有画眉毛，觉得太没意思，便拿出从图书馆借的书看了起来。

“颜真！”

背后响起了一个女声。

小真转头，坐在他身后的是一个女生，名叫魏晶靖。她扎着马尾辫，尖下巴，大眼睛，已经颇有小美人的雏形。如果不是她脸上那副倨傲的神态，她会更加可爱。

“你的背靠着我的桌子了。”魏晶靖的声音与她的表情一样，骄傲而冰冷，她的语气活像小真玷污了她高贵的课桌。

“哦。”小真把自己的椅子挪了挪，和她的桌子保持了距离。魏晶靖是知名实业家的独生女，同学们口中的魏大小姐。她虽然模样漂亮，但总是板着脸，跟人说话也是硬邦邦的。

小真猜他的宿主颜真和她的关系应该不会好。

魏晶靖的浅层意识涌入他的脑中，他并非故意去探查她的大脑，可她的意识就像气味，无知无觉地向周边散发。他看见她出门前在镜子前涂抹口红，端详着自己，然后又把口红用湿纸巾擦掉一些，这样她的嘴唇会显得自然鲜红。

中学生不允许化妆上学，这是她的小小心计。

她很在意自己的外表，小真嗅到了她从灵魂深处散发出的一种气味，这并非能够描绘出的自然界的味道。噬心魔这种能敏感品味智慧生命体情绪的生物却很清楚，那是渴求别人认同的味道。

一天下来，小真把班上的同学都认了一遍，并将他们的名字存入自己的信息库中。有个叫高远的男生对小真很是热情，他拿着十来张游戏卡牌，问小真有没有集到新的卡。小真想起他的抽屉里有一盒这样的卡，便说第二天带给他看。

但大部分时候，初中生们谈论的话题对小真来说犹如天方夜谭般难懂。到了下课时间，他索性赶紧背着书包开溜。

一下楼，上回进行校园调查时遇到的几只猫瞧见他，一起凑了过来。

还想要火腿肠吗？我这次可不会买了。

猫们凑过来蹭着小真的腿娇声叫唤。

“吃的吃的吃的吃的吃的！”

“想吃想吃想吃想吃！”

猫儿们的浅层意识纷纷涌入了他的大脑。

猫先生不在，小真目前只能读取猫儿们最简单的意识。看到猫儿们围着他撒娇，又是蹭又是在地上打滚，小真蹲下，他的身体做出了下意识的动作，对猫儿们各种抚摸。

“快给吃的快给吃的快给吃的快给吃的！”

“不要只摸来摸去，给点儿吃的啊！”

看这些猫的姿态，就算只是模糊的浅层意识也让小真觉得有些不爽。

“猫儿们很喜欢你呢。”一个拿着猫粮袋的女生说。

那是他的同班同学，叫陈雨欣。她看起来很文静，说话也是细声细气的。

一看到拎着猫粮袋的陈雨欣，猫儿们纷纷丢下了小真，开始围着陈雨欣打转。

“你经常喂猫吗？”

“嗯，我很喜欢猫。”陈雨欣伸手去摸一只小猫的下巴，小猫舒服地蹭着她的手掌，发出了呼噜呼噜的声音。她露出微笑，然后蹙眉道：“猫又少了……”

小真回忆起几天前调查时，猫控诉它们的兄弟姐妹一直在减少，肯定是偷猫贼在偷猫，还提供了一个嫌疑人老王的信息。他扫视了一圈猫群，发现比起上次又再度减员了。

“猫是不是一直在减少？”

陈雨欣咬牙道：“谁那么缺德，又偷猫！”她的脸因为生气而泛红，“如果是带回去养也就算了，但我听说现在有些偷猫贼是抓了它们虐杀或者吃掉，这些人真可恶啊。”

猫儿们呜咽了起来。小真感受到了它们的浅层情绪，那是为了猫儿兄弟姐妹悲伤的情绪，哀叹着它们的突然离别。猫儿们的情绪与人类这种智慧生命体很相似，但它们的意识更加模糊，却也更加纯粹激烈。陈雨欣为了它们失踪的兄弟姐妹而伤心，猫儿们本该是不懂人类语言的，但在那一刻，它们却对陈雨欣做出了回应，与她一起低声哀叹。

有机会就去找找偷猫贼是谁吧，他想。

出校门时，冯老师叫住了小真。这位刚刚三十岁的老师是个快活的青年，笑起来的时候如春风拂过，就算不笑也给人感觉和和气气的。他教过的学生几乎都喜欢他。

冯老师推着自行车来到小真身旁：“颜真，你上次是不是在找一条哈士奇？”

“是。”

“我想起来了，小袁老师有一条哈士奇。”冯老师笑道。

小真正打算说不用找了，却听到冯老师说了下一句：“她那只狗叫作球球。”

“球球？”

“对，球球是只非常可爱的二哈。”

球球？赏金任务中的那只哈士奇也叫球球。小真眨了眨眼，这可真有点儿意思了。

颜宅。

斑船长问：“你是说你学校的一个老师是外星人？”

“对。”

猫先生说：“哦，你见到她了吗？”

“见到了。”小真说，“有意思的是，我一开始没察觉出她有什么异常。”对于没有建立星际交流的原生态星球，外星人往往会伪装成当地原住民，不惊扰本地生态。噬心魔有着天生的鉴别技能和精神抗性，无论是光学伪装还是精神误导，在噬心魔面前都会无所遁形。无论是狐商韩老板，还是那个格努斯人，都无法骗过噬心魔。但现在却有个例外。

小袁老师今天给小真他们班上过课。她是一个迷人的年轻女老师，头发是浅褐色，眼睛明亮。上课几分钟后，她就征服了班上所有同学。而小真那时候并没有意识到她是一个外星访客。

“你都没鉴别出她是外星人？”斑船长说，“也许只是巧合，也许她是个正常的原住民，毕竟球球作为狗名字还挺常见。”

小真摇摇头：“她肯定是外星人。”

猫先生来了兴趣：“那你事后是怎么鉴别出来的？有什么我们不知道的方法吗？”

“因为我看到她的手脱离了肢体，在桌子上爬。”

“为什么她的手会单独爬？”

“我怎么会知道。”

被冯老师的话勾起兴趣，小真特意折回去路过了办公室。已经放学，办公室里空空荡荡，只有小袁老师一个人。她正聚精会神地盯着屏幕。这本该是一个很日常的场景，但随后她的手突然离开了胳膊，在桌子上悠闲地爬了两分钟，并且优哉游哉地拿起了茶杯。这个场景就算是对外星生物噬心魔来说也很有冲击力，小真揉了两遍眼睛才确信自己并没有受到什么光学伪装误导。

“器官脱离身体自主运动？这是什么种族？”

“所以我才说她肯定不是当地人类。”

三个噬心魔仔细回想了一番能把器官切割并且让其自主运动的银河种族，似乎都对不上号。宇宙中有勉强符合这种特性的生物，可根本就没有发展成文明社会。从热反应来看，她也不是仿生生物或者机器人。

一番讨论后，他们决定去会会这个奇怪的外星人。

当猫先生、斑船长和小真到访小袁老师家时，小袁老师正牵着哈士奇准备出门。她穿着短打运动裤，上身套着薄薄的运动外衣，显得曲线玲珑，朝气蓬勃。

“颜真？你找我？”小袁老师一脸困惑地瞧着带着一猫一鸡的小真。她对这个学生印象深刻，还颇有好感。她的视线很快就停留在了鸡身上：“为什么这里会有一只鸡？”

猫先生直截了当地说：“你好！”

小袁老师吃惊地后退一步。

猫先生行了一个礼：“星灵在上，想不到在这儿还能遇见异乡者。”

小袁老师脱口而出：“爱尔特人？”

“对，在下正是爱尔特的旅行者。”猫先生坐成一个优雅的姿势，“很高兴在这偏远之地遇见同样来自远方的远行之人。”

“星灵在上，也很高兴遇见你。”小袁老师瞪视着猫先生，“为什么我的学生会和你在一起？你让我的学生成了知情者？还有为什么会有一只鸡？”

“颜真是我的当地协助者。我来只是为了求证一件事，你是不是前几天委托星际赏金公会去找你的宠物了？”

“是我。”小袁老师沉下脸，“我的宠物球球的一切手续都合法合规，我有检疫和防护执照，就算是安全委员会也查不出半点儿毛病。”

“放心，我并非来问责的。”猫先生晃起尾巴，“我只是好奇。”

“好奇？”

小真说：“我也很好奇！”他用上天真的语气，侧过脑袋说，“猫先生告诉我，您是一位外星人。在这之前，它跟我介绍了很多外星种族。但是猫先生却根本不知道老师您是什么物种。所以我才会去求猫先生带我来问你。”

“就为这个？”

“是的。”小真故意让自己看起来更加天真且愚蠢，“是我缠着猫先生来的。老师您告诉我吧。”

小袁老师怒视猫先生，一脸“你就为了这种无聊问题还拉个普通人类小孩来烦我”的表情。猫先生耸耸肩：“反正一旦我离开这个星球，这个无知的人类小孩就会按照星际法律被抹去这段记忆。你不用太担心。”

小袁老师沉思了一会儿，瞥了一眼满脸过剩求知欲的小真，转身道：“看在你是我学生的分上，跟我进来吧。”

小袁老师倒了两杯茶，递给小真和猫先生。

斑船长被完全无视了，在它发作之前，小真把它塞进了书包里。反正就算把它留在外面，他们也只会在“为什么这里会有一只鸡”与“你为什么带着一只鸡”这两个问题之间循环。

“你们还真是勇气可嘉，万一我是什么藏匿的星际逃犯呢？”

猫先生低头舔了一口茶：“这对我来说无所谓。就算是逃犯也要在安全委员会和监督之眼的眼皮底下讨生活，悄无声息地抹去一个和外星访客有联系的人类原住民成本太高了，不是吗？”

小真说：“老师你放心，我会保密的！”

“呵呵。”小袁老师低声轻笑。哈士奇球球跑过来，蹲在她身旁。它歪着脑袋看着猫先生与小真，神色傲慢。小真不知道究竟是哈士奇这种犬生来就带有一种傲慢的神情，还是因为球球曾被他们抓住而故意露出这副臭脸。

“我是一个四处游荡的星际旅行者。这个星球我很喜欢，这里的人类我也很喜欢，所以想在这里常住。”小袁老师散开头发，柔顺的长发在空气中飘荡，“我先把丑话说在前头，爱尔特人，我的本体是非人形态，你旁边的人类小朋友要是被吓晕了，我可不负责。”

猫先生说：“这小子要是被吓尿了，我会立刻取消他的协助者身份，抹除相关记忆。”

“那就好。”

小袁老师又看向小真，语气柔和：“颜真，我不是故意想吓你，我很喜欢人类，但以人类的审美应该是无法接受我的本体的。一会儿如果给你带来不适，请你不要过度紧张。”

小真点点头，让老师放心。

她直起身，走到房间中间。下一秒，她的身体像泄了气的皮球一样干瘪了下去，原本青春美丽的女性瘪成了一张松弛的皮。小真眼珠一动不动地注视着这奇妙的场景。

像是在瞬间抽离了骨骼一般，人形皮袋松松垮垮地落在地上。某些东西从女人的人形皮袋中涌出来。

小真和猫先生瞪大了眼睛，斑船长从书包里探出头。

它们越来越多，越来越多。

是一只只螃蟹般的生物，拇指般大小，挥舞着钳子，像军队般从人形皮袋中爬出来。它们的足发出了细碎的声响。它们互相碰撞，彼此交叠。所有的生物发出了同一个声音：“这就是我我我我我我我……”

细足蟹……

小真、猫先生和斑船长几乎同时在脑内念出了这个名字。

这是一种群居型的外星蟹种。小真知道这种群居蟹会叠在一起互助合作，集体行动，但是像这样披皮的集体伪装他还是第一次见到。

“这就是我我我我我我我我我我……”蟹们不断地重复着，但是由于每只蟹发出的声音有时间差，听起来就像是回声在不断回荡。

小真说：“真有意思啊。”

“你不害害怕怕怕怕怕怕怕吗吗吗吗吗吗……”

“我觉得很厉害，小袁老师。”

蟹们沉默了一会儿，然后集体开口道：“那是你不正常常常常常常……”

它们的甲壳呈灰蓝色，带着斑驳的白点。它们扭动着聚集，人形皮袋鼓动翻滚，如波涛起伏，干瘪的皮肤逐渐鼓起，小袁老师的躯壳渐渐丰满，她的肢体在蟹群中怪异地扭动。这时小真才感到了一丝恶心，那是他的宿主肉体自发产生的不适感。

先是腿直立，再是腹部，她的腹部以上的躯壳折叠着垂下，然后转了一百六十度，上身直立，脑袋转回。

做完这一切，小袁老师用手将长发掠到耳后。

此时在他们眼前的又是那个充满青春气息的年轻女性。

猫先生鼓掌：“我早就听闻过细足蟹，但这是第一次遇见能够集体规划伪装成智人的蟹群。”

“这是我的尝试，后来我觉得这样很好。”小袁老师回答，她的“我”亦是“我们”。

小真发问：“日常生活会有什么不便吗？”他比画了一个手势，“毕竟你们有好多同伴。”

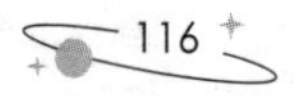

“大部分时候我都是一心的。”小袁老师说，“但有时候也会出现意外。比方说我想看电视，但有一小部分我想喝水，这个时候就会发生另一小部分我跑出去喝水的情况。你看，就像这样。我称呼这个现象为杂音。”她的左胳膊爬了出去，悠闲地拎起水壶。

“我以为你们会有一个主脑来规划所有行动。”

“我就是主脑，但我是个体，亦是集体。”小袁老师的左胳膊爬回原处接上，“这种杂音的出现也让我困扰，毕竟我想做一个真正的当地人。所以我需要球球。”

“那只‘哈士奇’？”猫先生问，“你养它是为了给目击杂音的当地人洗脑吗？”

“当然不是。我的球球做不了强度那么大的记忆操控。它只会在原有记忆上做轻微无害的修改，这也是我能通过审批拿到它当宠物的原因。我养它是为了消除杂音，它能帮我在最大程度上消除杂念，统一心智。我就是我，也是我们。”

小袁老师抚摸身旁的哈士奇：“但是前几天我带它去学校时不小心让它走失了，这孩子大概是选了一个它觉得舒适的地方待着吧。它走失了好几天，导致我身上出现了一些不稳定的杂音。为了避免不小心目击到我解体的本地人以为自己疯了，我才会委托赏金公会去找它。”

嗯，别说这里的当地人类，昨天我看到你的手在爬时我也以为自己的眼睛出了问题。

小真将茶杯放下，问了最后一个问题：“请问你为什么要选择在学校里当老师呢？”

小袁老师微笑地看着他，并没有立刻回答。

“一般外星访客都会选择避开当地人低调地生活，老师你为什么要选择有大量当地人聚集的学校呢？”

她嫣然一笑，美丽的脸蛋上闪动着羞涩：“因为我爱冯老师。”

“啊？”

“我爱冯老师，以智人的文化传统来说，我想和他结为伴侣，直到生命的尽头。”她说，“这是我现在唯一的心愿。”

开学考试的成绩出来了。

安媛盯着小真的成绩单好一会儿，暗想果然没有什么奇迹发生。

小真的成绩排名与上学期期末考试的成绩排名一样，连分数都没差多少。不高也不低，班上稳稳的中流水平。

这孩子，就不想着给妈妈一点儿意外之喜吗？

她不死心，把小真的试卷拿过来，仔细检查了三遍答案，又拿着计算器加加减减算了三遍。没有什么意外，老师的计分毫无问题，小真就是这个不死不活的分数。

手机上的家长群消息提示正在不断闪动，安媛点了进去。

“刘星泉这次厉害了啊，拿了年级第一。”

“我就知道是这个结果，刘星泉的成绩都不用看。”

“我们家宋佳蕊还需要努力啊，争取进年级前二十。”

“我家那位，别说年级前二十，能考个班里前二十我都心满意足了。”

“小罗啊，你什么时候给我们传授一下经验吧，你家孩子这么优秀，你平时是怎么教育的啊？”

“是啊，小罗，给大家传授一下育儿经吧！”

“人家儿子那是天生就聪明。”

罗清溪发了一个脸红的表情，她说：“星泉他一直都很有自控力，我做的其实很少。”

家长纷纷叹息，哀叹起自家孩子的不争气。

“我家孩子要是有刘星泉一半自觉，我梦里都能笑醒。”

“我家小孩考个中游水平他就自我满足了。但现在升学压力越来越大，就算是班里前二十名，中考也不一定稳啊。”

家长们的讨论看得安媛又有些心神不宁。她的小真这次又是排在全班第十八名，不高也不低。虽然第十八名也不是多差的成绩，但就像群里其他家长说的，以班里前二十名的成绩，中考想要考上重点中学实在太悬了。

以颜家的家境来说，颜真的学习成绩好坏并不重要。除了学习之外，孩子的身心健康和幸福成长才是第一位的。可安媛承认，每次看到家长群里的讨论，她总是有点儿不甘心。

家长们无形中的竞争，让安媛也暗暗为之较劲：我家的小真明明一点儿都不笨，如果他能正常发挥潜力，保准让你们刮目相看。

可是这次考试小真的成绩又是中规中矩，在安媛眼里就是不上不下，毫无进步。安媛盯着成绩单看了一会儿，心里想：都说男生到了中学就会开始发力，我们家小真什么时候才能发力呢？是不是该请个补习教师？

她的老公一定会认为还没到请补习教师的时候吧。

班上三十六人，小真是第十八名。也好，十八是个吉利的数字。安媛不得不自我安慰。

她又看了一会儿家长群，发现崔明智都考了年级第三之后，终于忍不住跑进小真的房间：“这次考试的成绩你都看到了吗？”

小真点点头。

“崔明智竟然考了第三名，还不是你们班的第三，是年级第三！”安媛喊道，“那个天天跑来玩游戏的崔明智！”

“我知道崔明智是谁。”

“小真啊，你看看你的两个好朋友。刘星泉和崔明智，一个年级第一，一个年级第三。”安媛露出了僵硬的笑容，“你没什么想法吗？”

“我知道他们的成绩很好。”小真回答，“刘星泉和崔明智都是稳定发挥。”

“……”安媛决定直接明示，“那你呢？”

小真答道：“我也是稳定发挥，而且发挥得不错。”天知道他为了考一个和宿主上学期一样排名的成绩花了多少心思。

“……”安媛觉得自己气没喘上来。

罗清溪看了一眼窗外，阴沉的天正下着雨。

学校里空无一人，同学们已经放学回家了。

她看了一眼表，电子表显示现在是六点十分。她放下书，晃进了女厕所。厕所镜子里的罗清溪是一个秀丽的高中女生。她看着镜子中的自己好一会儿，用手掌拍了自己的脸颊几下，脸上浮现了浅浅的红晕。而后她嘀咕道：“我在干吗啊？”

她慢吞吞地数着楼梯下楼，时间随着她的心跳一点一点地过去。好不容易挪到走廊上，她又看了一眼表，六点二十分。

还有十分钟。

雨淅淅沥沥地下着。

又是一个雨天。

三年前，丁沐理就是在下雨天失踪的。她还记得丁沐理当时跑出教室的样子，她急着回去看一部动画片，电视台每晚五点四十五分准时播放，丁沐理是这个动画系列的狂热粉，连片头都不愿错过。她跑得太急，甚至丢下了自己的笔记本。罗清溪叫住了她，她回头给了罗清溪一个明媚的笑脸：“溪溪，你路过我家时带给我吧，我赶时间！”

之后罗清溪就再也没见过她。

她的失踪给学校带来了很大的震动，警察查了很久都没结果。她像是一滴水般蒸发了，没有留下任何痕迹。她的父母找她找得几近疯狂。一时之间家长、学生们人心惶惶。长达一年的时间内，市里所有中小学都明文规定学生或者三人组队放学回家，或者父母亲自来接。

她至今都记得丁沐理最后回头跟她说话的样子，浅褐色的脸庞上一双眼睛微微眯着，透着狡黠的光。每次她在动什么小心思时，都是这副神态。她一直都是罗清溪最亲近的朋友，罗清溪相信她们彼此会一直相亲相爱到成为大人。她们曾经钩着手指约定，就算将来两人有了家庭，她们也会是永远的朋友。

然后，她消失了，就像是穿过巷子的微风。

已经三年了啊！罗清溪想，我已经是高中生了。

表上显示到了六点三十分。

颜岸出现在了教学楼门口。雨下得很大，男孩伸手去接外面的雨滴，露出了孩子气的笑容，他笑起来一直都很好看。当他转头去看罗清溪的时候，眼睛里闪烁着光。

“罗清溪？你现在才走？”

“嗯，在图书馆看书忘了时间。”

罗清溪走了过去，就像是日常的偶遇。她打起伞，她身边的男孩也撑开了他的黑伞。他们默默无言走入雨中。接下来，他们会有二十三分钟的同路时间。

不多不少，顶多会有上下两分钟的浮动。

这是罗清溪无数次计算后得出的结果。

他们默默地拉开了一点儿距离，但又保持了同行。罗清溪小心地踩着石板路，一个个涟漪调皮地在她脚下散开。淅淅沥沥，淅淅沥沥，雨水清脆地敲打着男孩和女孩的伞。她因为阴雨天而郁结的心情逐渐舒展。

伞下是宁静的与世隔绝的小世界。她看见飞进伞内的雨打在了颜岸漆黑的头发上，化成晶莹的水珠，在他的发梢摇晃，在将要滴落与在发丝间滑动之间挣扎。

颜岸走得比她快一些，黑伞下露出了英挺的鼻梁。他虽然穿着宽大的校服，但身形依然显得如白杨般修长。罗清溪注视着他，在心中思索着想要说的话，三年来她一直埋在心底想问的话。

可话涌上她的喉咙，打着转儿又沉了下去。四周是滴滴答答的滴水声，还有男孩与女孩踩出的哗哗水声。

“你想问我什么？”

罗清溪愣了几秒才意识到是颜岸在问她话。是自己的表情暴露了意图，所以颜岸才会问我吧。心中盘算好的话全都烟消云散，她脱口而出：“颜岸，你知道今天是什么日子吗？”

颜岸并没有回头看她，男孩的眼睛注视着前方的路，他回答：“我知道。三年前的今天，丁沐理失踪了。”

丁沐理是他们的初中同班同学。

罗清溪咬了咬嘴唇，她低声说：“我想她了。”

“大家都很想念她。”

她脚下泛起小涟漪，倒映着少女的脸，犹豫而忧伤。

“你是不是还有什么想问我？”颜岸没有回头，却像是看见了她的表情。

“我想问你，在三年前，丁沐理走的时候，”罗清溪发现自己开了口，说出了冷冰冰的话语，“有人看见你和沐理说话，那个时候，沐理说了什么？”将心中的疑问倒出后，罗清溪突然觉得有种空虚的悔意。

颜岸停下了脚步。

他生气了吗？罗清溪紧紧握住伞柄，手心冒出了汗。

“那是三年前的事了。丁沐理问我能不能骑车载她一程，她急着回家。”颜岸转身，罗清溪看见男孩眼眸中的悲伤与后悔，“我拒绝了。这是我跟她最后一次交谈。”

罗清溪沉默。

“如果我答应骑车载她一程，她也许就不会……”颜岸说着说着陷入了沉寂。

“这不是你的错。”罗清溪说，“我只是……我三年来一直在反复想，丁沐理那天到底遇到了什么……”

“我应该载她的。”

“中学生本来就不该骑车带人。”罗清溪打断了颜岸，“假如我喊住她，和她一起走，她根本就不会失踪。”

“……那样也许是你们俩一起失踪。”

“那可说不准。我觉得初中生骑车带人回家更危险。”

两人互相注视了一会儿。颜岸慢慢说：“这个问题你在心里憋了三年了吗？”

“是的。”罗清溪如释重负，藏在心中许久的结被解开了。

“我说，你这三年不会以为我是丁沐理失踪案的嫌疑犯吧？”

“当然不是！”

他们两人继续前行。因为解开了心结，罗清溪的心情变得轻快起来。话题由此打开，他们谈论起了关于丁沐理的那些往事，谈论起了三年前的点点滴滴。

丁沐理究竟去了哪里呢？

她和颜岸都坚信一点，那就是丁沐理肯定还活着。

罗清溪说：“我现在觉得，也许她是被外星人带走了。”

“啊？”

罗清溪指向天空：“天上不知道有多少颗星星，也许她现在正在某一颗星星上快乐地生活。”

“……你知道要进化成有生命系统存在的星球有多难吗？”

“天上数以亿计的星星中，也许就有呢！”

“你晚上看到的星星，都是几万年前的光景。”

“不要用你贫乏的想象力来推测外星人的科技。她一定活得好好的，在某个星球上。”罗清溪大踏步走到颜岸身边，脸涨得红红的，“她一定活着，也许就在我们不知道的银河彼端。”

颜岸看着她认真的样子，笑了：“是，她活着，生活在一个叫作闪闪星的地方。”

“闪闪星是什么？”

“闪闪星每年都会挑选有资格进入的子民。它的入选要求是每个人都要捏出一只十厘米高的小马，谁捏得好谁就有资格入选。”

“等等，为什么会是这种奇怪的选拔标准？”

“选拔分成数组，一组十个选手。最后会选出一个马中之王，捏得最好的人就会成为本届的闪闪之王。胜利者将受命制作一个巨大的闪闪发光的马雕像，这是这颗星球的奇迹。闪闪人都要向最新的马神像献上祭品，供奉它。”

“这是什么迷惑星球？为什么会是马啊？！”

“丁沐理会在那里幸福地生活，当闪闪发光的马雕像完成之时，她就会归来。”

他们聊着没营养的话题，一路前行。淅淅沥沥的雨开始变小，罗清溪索性收起了伞。细小的雨滴摩擦着她的肌肤，她一直都很享受这轻柔羽毛般的触感。太阳从阴云后露出一点儿脑袋，洒下了细细的金光，连细小的雨珠都仿佛带了一点儿温柔的暖意。

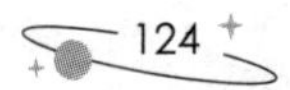

在街口时，他们俩停下来等红绿灯。

颜岸突然将伞扔到了一边，向着马路中间冲去。

罗清溪没有反应过来。她看见颜岸从马路中间捡起了一个东西，一辆轿车擦着颜岸而过，司机探出脑袋大骂：“不要命了啊！”

颜岸向司机道了歉，又飞快地跑回人行道上。

他摊开手，他的手里躺着一只小鸟。小鸟有着漂亮的绿色翅膀，被雨淋得湿透了，看起来很狼狈。

“它受伤了。”颜岸说。

“颜岸，这是什么鸟啊？”罗清溪好奇地问道。

颜岸摇摇头。

他们拨动了一下小鸟，小鸟看起来奄奄一息，在颜岸的手掌里颤动，小小的肚子一起一伏。

他们带着鸟去了最近的宠物医院，医生看了一眼就摇摇头判了鸟的死刑：“它活不过一个晚上。”

颜岸和罗清溪都不想把小鸟就这么丢掉。它有着温度，时而微弱地鸣叫，它的心在跳动。

最后颜岸决定把它带回家。

他们在街口分手，各自回家。

当夜，罗清溪伏案写着作业。她想起了颜岸将伞扔到一旁的果断，他看见了小鸟，随即冲上马路捡起了它，没有任何犹豫。

正常人都会思考一下，再考虑是不是救鸟吧？

颜岸还真是一个怪人。

她翻开作业本，想着那只鸟。她抓起一个小木牌，下意识地拿在手中转动。这是她意外得来的一个小木牌，木牌光滑乌亮，上面印着美丽奇妙的图案，精致的叶纹与星星围绕着四朵花。罗清溪在第一次看到这个小木牌时就喜欢上了它。卖它的人说这个木头有安神的效果，于是她把它挂在胸前，每当触摸它时，那光滑细腻的触感总是能平复她的心情。

颜岸这个混蛋，稍有不慎他可是会丢掉性命啊。罗清溪想，那我岂不是成了目击同学死亡的现场见证人？这太可怕了！

所以那只鸟，是用他的命换来的。

到了最后，她默默祈祷，希望那只鸟能平安无事，因为它差点儿让颜岸丢了性命。

希望小鸟能恢复健康，早日飞向天空，自由自在。

第二天课间。

颜岸笑眯眯地拿出一个纸盒，绿翼小鸟在盒子里蹦来蹦去，精神十足，完全不像昨日那般虚弱。

“这鸟竟然活了……”

“这多亏了我给它灌了热水袋。”颜岸很骄傲，“对了，我查了书，知道这鸟叫啥了。”

“颜岸，这是什么鸟啊？”

“它叫绿翅短脚鹎。”

第6章 校猫失踪之谜

冯老师笑眯眯地说："颜真，这次的板报就交给你们了。"

他指的是教室后侧的黑板，由同学们一组组写板报，两周一换，还有年级板报比赛。这周轮到了小真这组。

按照轮换规则，小真是组长。

小真问："板报内容写什么？"

"内容由你们几个人讨论决定。加油啊，我们2班已经很久没拿到优秀板报奖了。"各个班的竞争非常激烈，无论是成绩还是各项活动。2班目前在班级比拼中处于弱势，冯老师无论是语气还是表情都透着一股决绝，将事关班级荣誉的生死之战托付给了小真，可惜他眼前的小真完全不为所动。

外星生物噬心魔不是不想给冯老师面子，而是他觉得自己这个团队实在是堪忧。

小真回过头看了看自己的组员，组里的另外一个男生被篮球校队拉走了，如今只剩下除他之外的两个女生。

魏晶靖，那位从来不用眼睛看人的大小姐。

陈雨欣，文静沉默的校猫爱好者。

对于黑板报，她们似乎完全没有兴趣。陈雨欣心不在焉地望着窗外，魏晶靖则在按着她的手机，连个眼神都没给小真。

小真观察了一下上期的黑板报，内容是几个同学的暑期旅游见闻，下面还画了几张粗糙的景点示意图。根据小真的观察，学校里的黑板报就是人类的信息交流板，只不过更重形式。

“关于板报，你们有什么好建议吗？”小真问他的两位女组员。

陈雨欣在神游，魏晶靖侧着头看手机，没有一个人回答他。

小真甚至懒得去探查她们此刻的意识，他完全不能指望这两位组员。

“你们没想法的话，那我就决定了。”小真说，“这次板报的主题就用‘解开校猫失踪之谜’吧。”

“啊？”魏晶靖抬头，一脸难以置信。

陈雨欣则两眼发光：“真的吗？”

“学校里的猫一直在陆陆续续失踪。我觉得如果能找到原因，这会是个不错的题材。”

陈雨欣用力点头：“我同意！”

“这真是胡闹。”魏晶靖一脸不屑，“这主题太不正经了。”

“魏同学，现在是两票对一票。”

魏晶靖竖起眉毛说：“谁会在意那些脏兮兮的猫啊！”

陈雨欣怯生生地开口：“学校里很多同学都很喜欢它们，还有很多老师也很喜欢。它们是学校里的一分子，再这样不明不白地失踪下去，猫就不剩几只了。”

魏晶靖态度软了下来：“哦，这样啊。”

小真发现这个大小姐其实并不像他初始印象里那样高傲，她和班上的女生们相处时态度温和，只有在面对男生，尤其是小真时，才会变得异常尖刻。

“那你打算怎么找原因？”

小真回答：“我已经计划好了，我们分组调查。魏晶靖，你和陈雨欣一组，去咨询平常照顾猫猫的老师和同学们。我单独一组，去咨询食堂工作人

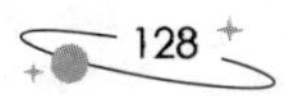

员还有学校的保安和清洁工。放学的时候我们再碰面进行信息汇总。”

陈雨欣兴奋地点头同意，魏晶靖则哼了一声：“这么多人能问出些什么啊？”

“正因为信息太庞杂，所以我已经选定了目标。学校里本来有二十多只猫，而现在只剩下十只。目前失踪了十多只猫。”

“这怎么问啊？谁能记得住哪天走失了哪只猫。”

“陈雨欣，到今天为止，最后失踪的是哪只猫？”

陈雨欣一愣后回答：“是阿花，那只花猫。”

小真竖起手指：“好，我们的目标就先锁定阿花。大家询问的重点就是最后看到阿花的时间与地点。”

陈雨欣点头同意，魏晶靖看来也默认了。

有个不速之客突然插了一脚。

“我也要加入！颜真，我和你一组吧！”崔明智不知何时站在了教室门口，笑嘻嘻地说。崔明智是隔壁1班的副班长，成绩优异，也是活跃的足球队射手，他兴趣广泛，人缘极好，是学校里和刘星泉齐名的风云人物。

魏晶靖说：“这是我们2班的板报，关你们1班什么事！”

崔明智走过来，大大咧咧地揽住小真的肩膀：“我给好友提供支援，不行吗？”

“你这是过来查探敌情还是看我们班笑话？”魏晶靖冷笑，“我记得上一周是你们班拿了年级优秀板报奖吧。”

“我和颜真情比金坚，我就是乐意帮忙。”

魏晶靖怒视崔明智，崔明智则揽着小真的肩膀嘻嘻哈哈。

“颜真，他是1班的人！你搞清楚这点。”

“颜真，你不会推开我吧？！我可是热心来帮忙的！”崔明智抱住小真夸张地叫唤。

“崔明智，你恶不恶心啊！”魏晶靖越发生气了。

小真对崔明智的热心加入没有任何意见，他无视了魏晶靖的不满，宣布调查活动开始。

男生女生们分头行动，在课间开始了校猫失踪调查。

小真和崔明智去的第一个场所是学校食堂。学校食堂是校猫们最常去的场所，每次一到午休，它们就会齐聚在食堂门口对着同学们撒娇讨吃的。

咨询对象1：食堂工作人员张阿姨。

“失踪？”正在洗抹布的张阿姨愣了愣，“哦，对，最近猫是少了好多只。你们问的是那只肥花猫？啧啧，它偷过鱼！那种肥厚的鲢鱼！被它整条拖走了！我追着打到了实验楼二楼，它就没影了！”

咨询对象2：食堂工作人员孙厨师。

“那只肥花猫啊，我前两天中午还给了它一碗鱼肠下脚料。它这两天看起来没精神。是跑了吗？最后一次看到的时间？昨天中午。”

咨询对象3：在食堂吃饭的小袁老师。

“猫不在我的食谱范围内。”她看了一眼小真身旁的崔明智，露出温和的微笑，“老师也不知道呢，不如你们再去问问其他人？”

咨询对象4：学校巡逻保安。

“失踪？学校的猫是越来越少了。”保安抓抓头，“你们知道吗？这个学校以前出过失踪案。一个女生不明不白地消失了，当时这事闹得可大了，这女生到现在都没找到。猫我可真不太清楚。”

咨询对象5：学校清洁工。

“前天下午，我看见那只猫在实验楼旁边逛，我一靠近它就噌地冲进实验楼了。”

他们两人走回教学楼，崔明智笑嘻嘻地问小真得出了什么结论。

小真当然是什么结论都没有。

不远处的楼梯上，陈雨欣、魏晶靖正等着他们。魏晶靖不高兴地说基本没问出什么名堂，她怀疑这十来只猫是集体搬家了。然后陈雨欣提供了和小真差不多的调查信息。

小真梳理了一下结果——

阿花最后一次被人看到的时间是昨天中午，最后出现的地点是实验楼二楼。

那么实验楼二楼就是他放学后的调查目的地了。

放学后。

崔明智奇怪地瞧着小真，他正站在实验楼二楼与一楼之间的台阶上。

“颜真，你怎么了？”

小真沉默了片刻，问道：“你什么都没看见？”

“看见什么？”

小真望着散布在走廊上闪烁不定的斑块，数百只黑色蝌蚪般的物质在空气中游走，消散，聚拢，划出一条黑线，再度扩散，如黑色的迷雾。

几簇黑色蝌蚪游到了小真眼前，他目不斜视地踏上楼梯，回答道：“什么都没有。”

噬心魔的感应能力在银河星区中广为人知，他们能看见很多生物都无法看到的景象。大多数智慧生物的感知力有限，只能读取到某个波段的事物。噬心魔常常能够跨越很多波段感知到许多无法理解之物，包括虚空中的残影，时间的流逝，甚至某些意识的残留。就算解释给智人生物听，他们也不会理解。所以大部分时候，在状况不危险的情况下，他选择装不知道。

二次元纸片人无法跨越他们的维度去理解三次元生物，而就算同样处于一个三次元维度中，人类的认知与它们依然有天壤之别。小真并不认为这是文明的落后，而是天生的感知差异。他伸开手，黑色的蝌蚪在他的指间游动，他握住拳头，黑点们如烟般散开。如果要干涉的话，也不是不可以，可这就像是告诉人类，这里可能有虚空投影，既不能被对方理解也毫无意义。

在崔明智眼里，他看见的则只是小真对着空气伸手罢了。

小真走上二楼，黑色蝌蚪在空气中肆意地漫游，日光灯下的异常斑块扭曲地挣扎着。还好，小真对自己说，目前还没有到空间相互纠缠的地步，这种错乱还只是处于不需要在意的初期。

空间错乱的残留，虽然有些让人在意，但并没有到导致危险的地步。

小真扫视着走廊旁各个教室。大部分教室都空空荡荡，偶尔有几个学生正在打扫卫生。崔明智早他一步走到了走廊的另一头，他转头说："这里看起来不像是有猫的样子。"

"我们所获得的信息里重合的部分都指向了这里的二楼。我们再找找。"

教室里不可能有猫。

对于动物来说，隐蔽的黑暗的能藏身的角落才是最好的躲避处。那就只有——

他径直来到厕所旁，打开了杂物室。黑暗中传来了微弱的猫叫声。

他打开灯，不远处成捆的管道上有一个箱子。小真打开箱子，一只肥花猫躺在箱子里。它对着小真虚弱地喵了一声。

"猫在这里！"小真对着走廊对面的崔明智喊道。

"同学？"一个女生跑了过来，她紧张地来到箱子旁，"同学，这是我照顾的猫。等它身体好了，我就会放它出去。"

"你照顾？"

"嗯，我给它在这里搭了一个窝。"女生指着箱子说，"它以前受过伤，我就把它放在箱子里给它治伤。"

"哦……"小真盯着猫点头。

崔明智走过来大呼小叫："哎？你找到猫了？"

“但是这里只有一只。”小真问女生有没有看见其他猫。

一说到其他猫，女生显得很兴奋：“上个学期，有一天它跑到了实验楼，我发现它时，它的腿有点儿瘸，我便找了个箱子让它休息。结果第二天我再来看时，箱子里还多了一只它的小伙伴，它看起来也好多了。后来，经常有新的猫儿过来跟它玩，它们都爱挤在这个箱子里。打扫卫生的阿姨没说什么，这个杂物室就被当作了它们的临时居所。我之前过来的时候，这里足足有十多只猫呢。”

小真目不转睛地看着箱子，问道：“你上次过来见到的十多只猫，是打开杂物室的门才看到的吗？”

“是。”

“最近很多校猫都不见了。”

“我知道……”女生的声音里透着郁闷，“它的小伙伴们最近都不见了。它的身体看起来也不太对劲……”

小真从箱子里抱起猫：“我觉得它的时间不多了，还是带它去看看医生比较好。”

“哎？有那么严重吗？”

“嗯，我也有养猫，对猫的状态很熟。总不能把它丢在这个杂物室让它默默死掉。”小真抚摸着猫柔软的皮毛，猫又虚弱地喵了一声。

女生被小真的话说得心神不安，她抱着阿花去看病了。两个男生走下实验楼，崔明智感叹只找到了一只，其他猫依然是杳无音讯，他认定黑板报这个主题无法完成了。然后他的注意力转移到了小真身上。

“我说，你抱着这个箱子干吗？”

小真正抱着从杂物室取出的箱子：“不干吗，只是把它带回家。”

“啊？你不会要把这箱子捡回去给你家猫做窝吧？”

“如果我家那只猫愿意进去的话。”

小真将箱子放在了猫先生和斑船长的面前："校猫失踪的原因就是这个。"

猫先生凑过来瞧了瞧箱子。

斑船长喊道："什么？这箱子还会吃猫吗？"

小真把箱子转了个位置，猫先生和斑船长都看到了箱子内侧下方的一行文字，那是银河通用语，标明了这箱子的名称——随机复制箱。

"不会吧……"斑船长喊道，"为什么这里会有这个？这个不是被列入危险品的黑盒会产物吗？"

当他说出"黑盒会"这个名词的时候，房间里的气氛沉闷了数秒。

之后小真开始解释："嗯，校猫失踪事件就是这个箱子引起的。"

这个箱子是在银河星区私下流通的危险品——随机复制箱。它能将放入的物体复制出另一个同样的复制体。虽然是复制体，但由于产品的不稳定性，随机的个体会有些许差异。

在最初，那位女生捡到了阿花，而阿花是一切的起点。女生将阿花放入随机复制箱，到了第二天，箱子复制出另外一个外观有差异的复制体阿花。女生则误认为复制体是阿花的小伙伴。在之后的日子里，阿花把箱子认作了它的窝。它的复制体也是。

每当它和它的复制体在箱子里待满一定时间，复制箱就自动再复制一次。而阿花和它的复制体们都会默认这个箱子就是它们的窝，往往会挤在一起再度过一晚，就会导致它们被再度复制。如此反复复制后，阿花的复制体数量就逐渐增加。

这也就是女生打开杂物室，看见了十多只猫的原因。

实际上这些猫全部是阿花与它的复制体，和复制体的复制体。

"我也明白了。"猫先生说，"难怪你们学校的猫消失了很多。"

斑船长问："啥意思？猫的复制体还有有效期吗？"

“不是有效期，而是劣化。”小真掏出一枚硬币，丢进箱子，“复制这种小物件应该会很快。”

片刻后，小真从箱子里倒出两枚硬币：“你看，虽然变成了两枚硬币，但是都变薄、变轻了，完全失去了货币的价值。这个箱子在复制的同时，会把原体和复制体平摊劣化。对于非生命体，平摊的是质量和保质期；对于生物，则是寿命。”

“啧。”

“每当阿花在箱子里被复制一次，它的寿命就会分给复制体一半。按照女生的描述，阿花的复制体有十多个，里面还包含了复制体和复制体的复制体。这就导致了这些复制体猫的寿命会相当短。”

“我推测学校里失踪的猫都是寿命极短的阿花复制体，到了快要死亡的时刻，它们就找个地方默默消失了。这就是学校突然失踪十多只猫的原因。而现在，阿花将是死亡的最后一只猫。”

“究竟是什么弱智生物会把这玩意儿乱丢？”

“这是黑盒会的危险品，为什么会出现在你们学校？”

“我怎么会知道。”小真摊开手，“以及，我建议你们有空进我校的实验楼看看。那里有一些异常，我怀疑和这个复制箱的出现有关。”

隔天。

冯老师看着教室后侧颜真那组新出的黑板报，上面敷衍地画着学校里的八只校猫，每只猫还标注了各自的名字，说实话画得相当抽象，抽象到第一眼看到会思索这究竟是什么动物。

冯老师觉得本次年级优秀板报评选他们班又彻底完蛋了。

三个噬心魔在实验楼里游荡。

“你们觉得如何？”

“没有危害。”猫先生蹲在实验楼楼梯上，诡异的黑色蝌蚪正在它旁边游弋，“杂点不多，只能说有一点点异常。”

斑船长在走廊上跑了个来回：“可为什么会是这里？这栋实验楼有异常？”

小真说：“如果我的感应力没有失常的话，这个学校除了我，只有小袁老师一个外星人。我试探过她，她对这栋楼的异常并不知情。”这种程度的空间乱象如果不借助设备，也只有它们这种有特殊感应力的噬心魔能探查到。

“大楼异常的原因很难说。”猫先生用脚拨动着自己的尾巴，“也许只是空间风暴带来的意外，也许是人为的，也许是这附近有旋涡……”

听到旋涡这个词，小真和斑船长都陷入了沉默。这种异常状况意味着当地的银河监察机构一定会上报，这将招来银河议会军团、安全委员会以及监督之眼等等一切等同于麻烦二字的机构降临。

“还是别吧。”斑船长说。

“这种可能性不是你说没有就没有的。”猫先生说，“最好的结果就是这是一场空间风暴带来的意外。”

小真想起与昨日那位女生的交谈，她非常沮丧地告诉小真，阿花昨晚已经去世了。小真问了她从哪里找来的箱子，女生回答这是她从实验楼里捡的一个没人要的箱子。

那么这个来自外太空的箱子会是谁丢下的呢？

眼下他们也没有得到答案。

黑色蝌蚪游到了他的眼前。虽然没有必要，小真还是下意识地后退了一步。这是来自他肉体的本能厌恶。这种虚空粒子没有危害性，最多只会干扰生物的精神和视觉。噬心魔的超强感应力无疑给纤细的人类神经带来了压力，小真的头开始有些刺痛。

上课铃声响起。

小真一路小跑回到了自己的教室。

这堂课是数学课。数学老师是一个古板的中年男人，姓李。他对这次班上数学测试的成绩充满了怨念。这次数学测试，小真班级的平均分位列全年级倒数第二，还是全靠刘星泉拉了分，才免于落到倒数第一的悲惨境地，这让李老师觉得颜面尽失。

他怒视着班上这群不好好抓紧时间学习，只知道浪费大好青春的混账学生，又开始了对他们日常的精神鞭笞。

虽然只上了几周课，但小真已经能把李老师的日常精神鞭笞倒背如流："别以为现在能在重点中学上学就能高枕无忧，能上本校高中部的才是真正的人中龙凤。现在这种稀烂的成绩，你们班能有几个考上本校的高中部都要给老天爷烧高香。其他人如果继续保持这种成绩，以后只能上垃圾高中，高考考进垃圾大学，将来找不到工作只能到街上扫垃圾，活着白白拖累父母，一直啃老到死。"

"他的表层意识是想拿把枪把你们都给毙了。"小真的脑子里响起了一道声音，那是窗外树上的斑船长传来的脑波。

"我也能感应到，不用你再描绘一遍。"

斑船长笑道："这位的热情让我想起了我船上那位激情过剩的督导，只不过他每天都在致力于如何鼓动我们哇啦啦啦去送死。"

"督导？你还混过军队？"

"那时候我有个更健壮的宿主。虽然星际文明发展不同，但智人社会里的竞争还真像啊。话说你的这位老师足够有激情，但在煽动情绪上显然只能带来副作用。"

"毕竟他没有谁考得差就枪毙谁的权限。"

大概是小真与斑船长的交流让他看起来像在神游天外，李老师对小真发动了进攻。

“颜真！”

小真一愣。

“上来解答这道题目。”

黑板上列着几道方程式，小真想也没想就写了答案。

同学们在下面窃窃私语。

“颜真！”李老师说，“你的解答呢？”

“我已经写了结果。”

李老师怒道：“你的解答过程呢？推导过程呢？”

明明已经写了正确答案，却还要不厌其烦地把无意义的推导过程写出来，人类这种生物还真是重形式啊。

小真拿起粉笔刷刷刷写起了解答过程。

突然，一道剧烈的痛感如毒蛇般在他的脑壳中翻滚，这是人类肉体因为承受不住突如其来的感知而发起的抵抗与警告。小真控制着感知力，肉体的大脑神经因为强烈的针刺感而颤动，如此强烈而迅猛。这是来自哪里的信息？

他转头看向窗外，而后用一种奇怪的声调喊道：“老师，我身体不舒服，我去趟医务室！”他丢下粉笔，看也不看想喊住他的李老师，奔了出去。

此刻的窗外，实验大楼正被一只巨大的生物所缠绕。它的外观像一条硕大的鳗鱼，真正的轮廓模糊在雾气中。它周身布满了闪亮的鳞片，泛绿的尾巴上长着刺眼的毛。此时它的身躯正缠着实验楼涌动翻滚着。

学生们正在教室里毫无察觉地上着课，这并非是智人所能观察到的领域。

校园里一片祥和。

那条硕大的巨型生物缠着实验楼扭动了一下。

“这就是你说的不要紧？”小真指着实验楼质问晃着尾巴的猫先生。

猫先生说：“的确没有危害，而且也没人看得到。”

“就算我的宿主已经脑死亡了，我也能感觉到他的残余意识在怀疑人生！”小真喊道，“这种异常已经超越一般认知太多了！”

“只是虚空生物的投影，没有危害，普通人看不见。别被你的宿主影响了。”

“如果只是虚空浮游粒子我还能接受，但现在为什么会有个这么大的东西?!”

“这太过分了。”斑船长飞到小真的肩上，“我刚才费了好大工夫才没让我的宿主吓到嗝屁自尽。”

“没有危害。”猫先生挪开了头。

“你的尾巴摇得很厉害。”

“有吗？”

小真和斑船长：“有！”

“没有。”猫用爪子压住自己的尾巴，移开了目光。

“你在隐瞒什么？”

“没有。”

“我离开后，你干了什么？”

“什么都没干。”

小真举起猫先生，猫先生的尾巴不停地晃动。

“我回教室后，斑船长一直在我教室的窗外，那时候这条该死的大鳗鱼还没出现。你对实验楼干了什么？”

猫先生歪过脑袋，似乎在思考要不要回答。

小真使劲上下左右摇晃猫先生。

“别摇了！我其实没干什么，只是做了一个测试而已。”

斑船长用怪声调重复：“一个……测试……而已？”

“嗯，只是想测试一下是不是有旋涡。然后……不小心……就这样了。”

缠在实验楼上的巨型虚空生物张开了嘴，无数黑色蝌蚪般的浮游粒子被它吸食入腹。它的身体滑过大楼的窗户，将巨型大嘴搁在了地上。在小真的眼里，它半开的嘴里是虚幻黑暗的迷雾，是腥臭的深渊。

几个学生无知无觉地走进了它的嘴中，又无知无觉地从它的腮处走了出去。它是虚空生物的投影，并不能干涉这个时空。

“我也就是让虚空投影变多了一些，不要这么紧张嘛。”猫先生抓了抓耳朵。

“谢谢，你已经成功把我脑死亡的宿主给逼疯了。”

“你不觉得你这话非常不合逻辑吗？”

“给我把这些该死的投影清除掉！”

猫先生说：“这我办不到。不过我可以公布我的实验结果。”

“什么？”

“的确有旋涡。”

小真松开手，猫先生掉在了地上。它翻了个身说：“我可以确定贵校实验楼里有旋涡。”

“有旋涡。”小真重复。

“有旋涡。”斑船长刻板地重复。

小真猜当时他和斑船长的表情看起来就像两个傻子。上一次他被震惊成短暂失去知性的傻子还是在N-36星系第28号星球上，那时当权者刚刚宣布禁止噬心魔寄生在活体生物上。

“这里不该有旋涡。”小真说。

“我还想说这里不该有外星访客呢。”猫先生直起身，“我测试了一下力场，拜这个实验所赐，虚空投影一下暴增，不过这不是最重要的。重要的是——我定位到了旋涡的位置。”

“这里不该有旋涡。”斑船长重复。

“你们两位能接受一下现实吗？”

“你知道这意味着什么。”小真说，“有旋涡意味着这里需要银河文明的干涉。”以这颗星球的文明程度根本无力处理这种严重异象，一旦监督之眼上报了这里的情况，独立文明守则会立即失效。他能够想到的最好结果就是议会或军团直接接管这颗星球。

这个难得的世外之地将会永远失去平静，它会成为军团与政府议会争夺的殖民星，甚至沦为战场。

无论怎么想，小真都不喜欢这个结果。

“我不能接受！”斑船长喊道。

猫先生说：“我也不能接受。所以，我有个提议。”

小真和斑船长注视着它。

猫先生快乐地说：“我们把这旋涡给藏起来吧！”

“你的语气仿佛在说藏一根棒棒糖。”

“这旋涡在这里也不知道有多久了。只要安全委员会和监督之眼没发现，我们完全可以把它藏起来。”

“怎么藏？”

猫先生看起来既狡猾又快乐地笑了，小真觉得它就在等他的这句话。它说：“我们先过去看一下。”

猫先生所说的旋涡在实验楼三楼的图书室。小真无视了半张着嘴趴在实验楼门口的硕大鱼头，当他踏进实验楼时，光线由明转暗，无数的黑色蝌蚪在空间内狂舞。这种投影乱象的数量比一个小时前暴增了数十倍以上。

真是谢谢猫先生那个该死的测试。

但如果没有猫先生的测试，他们也无法探测到这个旋涡的存在。

最后，他们在实验楼三楼的图书室停下。小真推开门，现在是上课时间，里面并没有老师与学生，这实属万幸，小真可没法解释他为什么进图书室还要带着一只猫和一只鸡。

他们走过一排排书架，最后在一排书柜前停下。猫先生指着书柜旁的死角说："旋涡就在这里，它就是让实验楼出现虚空杂点的罪魁祸首。"

小真除了墙壁外什么都没看到。斑船长也一样。

虽然都是噬心魔，但个体之间的感知力与技能是有差异的。小真知道自己的感知力在整个族群里不算弱，但他的强项在其他方面，斑船长则擅长于肉体改造。他们三个中感知力最强的无疑是猫先生。可就算如此，他也不可能连一点点旋涡的端倪都察觉不到。

他怀疑地问道："你确定？我什么都没感觉到。"

猫先生说："拉住我的尾巴。"

小真蹲下抓住了猫先生的尾巴。

在刹那间，猫先生不见了。确切地说，猫先生的身体消失了，就像是被切割了一般，它还有一截毛茸茸的尾巴被握在小真手中。

猫先生踏入了旋涡。

"啊……"

他"感觉"到了，在猫尾巴的另一端，是旋涡的彼端，是扭曲空间的虚空通道，是带来这杂乱投影的因果。

是静谧、空洞、死寂、混乱的虚无，是无数衔尾蛇纠缠而成的无尽循环。

这是旋涡。

他的意识在千万星辰中轮转与飘荡，直到猫先生的声音把他拉回现实。

就像它突然消失时一般，猫先生的身形又再度显现了。

小真问它："旋涡的彼端是什么？"

猫先生抖了抖毛："这个旋涡连通着一个垃圾场。"

"啥？"

"那个星球都市你们应该很熟悉，是密文星系中的星球都市群——织夜星的某处垃圾场，那里可真够臭的。"猫先生说，"现在那个箱子的来处算是找到了。"

"是从这垃圾场来的？"

"应该是。这个旋涡刚发生过空间风暴，箱子大概率是被风暴从垃圾场吹过来的。"

小真眨眨眼："你确定？"

"只能这么解释。"猫先生叹了一口气，"而且这个旋涡不知道在这个星球存在多久了，我怀疑风暴吹来的可能不止一个箱子，大概还有很多其他垃圾。"

"……"

"所以我们不仅要把这个旋涡给藏起来，顺带还要观察这里的当地人类有没有捡到类似随机复制箱这种奇怪的外星垃圾，防止他们惹出一堆麻烦。"

小真突然觉得直接把这旋涡上报给监督之眼似乎是更省心的选择。

安媛推开门。

房间里还是老样子。小真坐在书桌前看书，猫半趴在桌子上，鸡蹲在椅子上清理羽毛。

安媛进来后，猫和鸡全都默契地散开。

仿佛我是什么怪物，安媛心想。她不甘心地注视了猫一眼，猫顿时像被烫了一下，跳上旁边的柜顶。

安媛只得悻悻地开口道："小真，刚刚老师打电话过来，说你在学校上课上了一半突然旷课，你是怎么了？”

小真回答：“我肚子痛，忍不住就跑去厕所了。”

一听这话，安媛立刻就惊到了，紧张地问儿子身体如何，要不要去医院看看。小真只得安慰她说自己已经没事了。

满腹疑问的安媛认定小真是在外面吃了什么地摊零食才拉肚子的，于是她滔滔不绝地宣讲了将近四十分钟的无良商家与地沟油有害论。直到小真再三保证自己没事，看着儿子面色红润，她才勉强放心。

离开前安媛想着再去摸一下鸡。还没等她靠近，鸡就惊恐地扑腾着翅膀飞出了窗外。

她觉得这两只宠物对她这一家之主的地位肯定有什么误解。

恰在此时，手机提示声嘀嘀作响，安媛想起今晚和闺密有个饭局，她匆匆打扮了一下，出门坐上了车。

张司机告诉她，车座下有一个工具箱，不知道是谁丢下的。

“那是老刘的。”安媛说。老刘以前给他们家当司机时经常会顺手帮忙修个东西，这是他的工具箱。昨天安媛整理出来，正想找个机会给罗清溪送去。

她吩咐小张先绕道开到罗清溪家，把老刘的遗物送过去。

安媛靠着车窗，看着沿街疾驰而过的风景。

安媛对司机的要求很高。她小时候体弱，一坐车就晕，只有坐家里苏司机的车她才不晕，家里几个司机也的确是苏司机的技术最好。苏司机自退伍后就给她的爷爷开车，是爷爷最贴心的人。爷爷心疼她，也只让苏司机开车带她。晕车的毛病直到安媛成年后才好，她已养成了从细微之处体味司机开车风格的习惯，给她开车的司机，一定要稳。

小张开车与老刘开车的感觉完全不一样。

老刘开车稳当，转弯都不徐不疾，坐他的车有种舒服的熨帖感。如今换了人，安媛其实一直都没习惯。小张开车也不是不好，只是缺了那种安逸的熨帖感。她很怀念老刘，如果不是老刘执意要离职，安媛是一万个不愿意让老刘走的。

他是个忠厚而沉默寡言的男人，脾气也好。司机开车几乎就没有好性子的，一张嘴恨不得把阻碍他开车的路人统统喷飞。但是老刘哪怕是探出车窗催人快走也是和和气气的，也许这就是罗清溪选择他的原因吧。

第一次见到老刘的老婆时，安媛震惊不已。按照她的想象，老刘的老婆应该是那种典型的农村妇女。当罗清溪出现在老刘身边时，安媛的脑海里晃过了无数类似“美女与野兽”“一朵鲜花插在牛粪上”的字眼。

罗清溪的美丽是从内到外的。她的头发乌黑润泽，肌肤洁白如象牙，恰到好处的俊俏的鼻梁，恰到好处的微垂的眼角，浑然有一种冰清玉洁的端丽秀美。在安媛眼里，罗清溪有种雪山般的圣洁感。

老刘说这是他的老婆，安媛顿时产生了一种奇妙的挫败感，抑或是对美丽之物的痛惜。这也太奇怪了，她想。

也许真是个人的选择不同。安媛想起了自己，当年她的父亲恶狠狠地冲她吼道：“你要是跟他在一起，这辈子都别想进这个家门！”

她没有回答，只是拉着她的小拖箱离开了家，不顾一切地来到了颜岸的身边。做这个决定，她一辈子都不会后悔。

罗清溪当年是怀着什么样的心情选择了老刘呢？一个看起来土气、木讷、老相的汉子，文化程度只是高中，无论从哪一方面来看，他都与清丽脱俗的罗清溪完全不相配。

安媛觉得自己大概永远都理解不了罗清溪。她对罗清溪抱有好感，也算熟悉，但罗清溪就与她的气质一般，静静地与人保持着距离。罗清溪很温柔，很客气，可旁人却完全无法真正接近她。

“小张，停一下车。”

安媛推开车门，飞快地走进一家商业中心，商场里有一家颇有名的冰激凌泡芙店，她记得刘星泉很喜欢吃这种甜食。她将各种口味的泡芙都挑了两个，让店家包好。她希望能看见那个孩子眉眼弯弯的样子。小时候的刘星泉还会对她撒娇，可究竟是什么时候开始变得像如今这么疏离呢？

罗清溪的家在旧城区。虽靠近闹市，但那里多是旧公房。矮旧的房子层层交错，勾画出幽深黑暗的小巷。这里的房子都是上个世纪的产物，各种设施都老化严重，胜在房租便宜。

小张将车停靠在路口，问要不要由他把东西送去。安媛摇摇头，拎起工具箱和泡芙袋朝弯曲的小巷走去。

小巷里几乎看不见阳光，污水在明沟里咕咕地冒着泡。安媛按照记忆数着门牌号，拐进一条走道。刚走到公房门口，她就看到一群人堵在楼梯上，还不断传来女人的叫骂声。

安媛踮脚探头，发现女人的叫骂声是从二楼的罗清溪家门口传来的。堵在楼梯里的群众正一边围观，一边啧啧有声地谈论。

她好奇地问发生了什么。

一个邻居回答："还能有什么事？这家的极品婆婆又来撒泼了。唉，这家的媳妇真可怜，老刘抛下她才走没多久，结果她婆婆不想着体恤孤儿寡母，反而跑来闹事。"

"这是为什么啊？"

"还能为什么？为了钱啊。"邻居嗤笑道。

二楼一个老太太正在哭天喊地："我的儿啊！你怎么能丢下我一个人啊！我以后该怎么办啊……"安媛认出这个老太太是出现在老刘葬礼上的刘老太。

刘老太哭得声嘶力竭："我的儿啊……你怎么这么狠心啊……"

"妈……"罗清溪站在门口，脸色有些苍白。

"谁是你的妈！我没有你这种不要脸、没良心的恶媳妇！"老太太尖

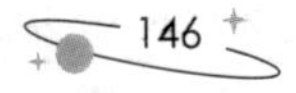

叫道，“你吞了我儿的血汗钱！”

“妈，我没有……”

“还说没有！那三十万在哪里？我儿子是给大老板开车的，他最少也有三十万的存款！都是我儿子的血汗钱！你给我拿出来！”

“妈，瑞国他帮您在老家建了房，二叔生病住院也是他出的钱，三弟结婚也是瑞国给的钱。这么多年来他就没有多少存款。”

“你吞了他的钱！”刘母声嘶力竭地对围观的群众哭叫，“我辛辛苦苦把儿子拉扯大，眼看我的儿子就这么没了啊！他尸骨未寒，这女人就这么坑我们的钱！”

“你们知道吗？我的儿子是给大老板开车的，福利待遇好，收入也不错。要不是这个女人唆使我儿子辞职，我儿子怎么会出事？！”

“妈……”

“是你害死了他！”

“妈，我没有……”

“要不是你给他吹枕边风，他怎么会得失心疯辞了工作？现在人没了，你还吞他的钱！那可是我儿子的血汗钱啊！”

“妈……瑞国他平时就一直在补贴你们，您最清楚，他真没存下多少钱。”

刘母尖叫：“撒谎！你撒谎！”

“妈，瑞国的抚恤金我已经给你了，剩下的一半是我和星泉应得的。我们所有的储蓄在办完丧事后真的没剩下多少了。”

“你狡辩！你撒谎！”刘老太凶狠地扑上去撕扯罗清溪的衣服，“我好不容易拉扯大的儿子，好好的人说没就没了！你这个扫把星，还想吞我的钱！”

罗清溪不停地后退，想要从老太太的胳膊下挣脱出来。

“别打人啊！”围观的邻居们开始吵闹。

一个邻居拦住刘老太，好声好气地说：“老太太啊，您别激动。都是一家人，不能好好说话吗？”

“儿子是我一手养大的！他的媳妇这么没良心，不孝！当初要不是我儿子瞎了眼硬要和她在一起，她哪有好命活到今天！我现在就要教训她！”

“老太太啊，你也讲点儿道理吧。”邻居说，“小罗说抚恤金已经给你了，而且老刘平常也没少补贴你。现在小罗一个人带一个孩子多不容易啊，你也要为你的孙子考虑考虑。”

老太太上下打量着邻居，吼道：“你懂什么啊！你为什么这么替这个女人说话啊？这是我儿子的女人，跟你有什么关系？你是不是觉得她成了寡妇又年轻勾人？”

邻居急道：“你不要把话说得这么难听。”

老太太嘶吼道：“我的儿子死了！就这么丢下他的亲娘走了！现在他的媳妇还要吞掉我的钱！谁来可怜我！”她伸手去抓罗清溪，罗清溪往后躲。几个看不下去的邻居试图拉住老太太。在混乱之中，不知道是被谁碰了一下，老太太踉跄了一下，很自然地坐在了地上。

“杀人啦！杀人啦！害死了我儿不够，还要害他的老娘啊，杀人啦！”她号啕大哭，扔砸着她手边能够到的一切东西。

群众自然地散开成一个圈，将老太太丢在当中。这次没有人再敢上来碰这位老妪。

罗清溪正被几个邻居围着，他们低声宽慰着她。罗清溪没有说话，只是眼眶红红地看着打滚撒泼的刘母，除此之外脸上再无喜悲之色，仿佛那是发生在其他人身上的事。

安媛切断了通话键。她刚刚报了警，估计再有几分钟就会有警察过来了。她站在楼下看了罗清溪好一会儿，心想今天还真不是给她送东西的好时机。

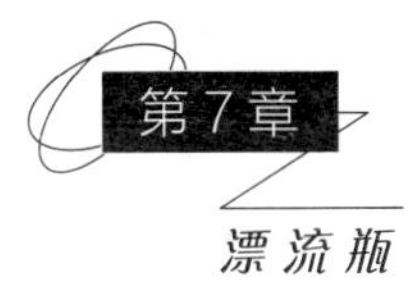

第7章

漂流瓶

刘星泉一眼就看到了路边的那辆轿车。

在一排破旧的老旧公房前，这辆豪车有种过分的格格不入。经过的路人无一例外地会将目光在车上停留数秒，露出好奇或者钦慕的神情。刘星泉知道这辆车的主人是谁，这让他有些诧异。

“安阿姨……”

在刘星泉接近车子前，轿车开动了。

他恍惚看见车窗后安媛阿姨模糊的身影，然后车子逐渐远去，便什么也看不清了。

在刘星泉心中，天下最好的母亲是他的妈妈罗清溪，排在第二位的就是安媛阿姨。也只能是她。

刘星泉一直很喜欢安媛阿姨。安媛已是两个孩子的母亲，却依然保有少女时期天真烂漫的心性。在他小时候，刘父时常会带着他去颜家和颜真做伴。安媛常常会加入他们的游戏，她那时欢快的笑声一直停留在刘星泉的记忆中。她对他非常好，这种态度影响到了围绕在颜家夫妇旁边的那些人，让刘星泉有一段时间产生了自己与颜真一样是个少爷的错觉。

在最无知的儿童时代，他自以为颜真眼中的世界与他看到的是一样的。那时他有着一种快乐的自豪感，他的学习成绩一直都比颜真好，他很乖，无论在学校还是外面，他得到的夸奖也比颜真多。

小学时期他们放学后会凑在一起踢球，当时有一队高年级学生总是抢他们的场地，几次三番后，高年级学生便和他们起了冲突。孩子们打架就是那么回事，互相叫骂，然后抱在一起互相推搡。

不知道是谁扔了一个石头擦过了刘星泉的额头，他的头上出了血。颜真盯着他的额头，然后愤怒地冲向了那些高年级学生。刘星泉想拉住他，但已经来不及了。

孩子们的斗殴愈发激烈，有好几个孩子哭着倒在了地上。最后他们一起被老师和学校的保安带走。混乱中，有一个孩子的胳膊摔骨折了，这事开始演变得不可收拾。骨折的孩子的家长在当地有一定影响力，甚至闹到了教育局。

刘星泉把检讨交给了他的班主任，班主任接过他的检讨书，久久没有说话。刘星泉忐忑地望着班主任，轻声问："我和颜真会被处分吗？"

"你先想想你自己吧。"班主任叹了一口气，"刘星泉，你知道阶级这个词的意思吗？"

"我知道这个词的英文是class。"

"刘星泉，你是一个很好的孩子。我知道你不想跟你父亲一样只是个开车的。"班主任说，"阶级就是开车的儿子只能开车，老板的儿子依然是老板。有句俗语，龙生龙，凤生凤，老鼠的儿子会打洞。"

刘星泉沉默。

班主任说："颜真有很多选择。但是刘星泉，你的机会比他少很多。我知道你现在听不懂，但你如果想有更好的未来，有些事你不能跟着瞎胡闹。"

他茫然不解地听着老师这番话语，那是一直夸奖他的班主任唯一一次跟他谈心。后来打架群殴这件事在某些家长的出面下被解决了。两个领头的孩子被记了大过，三个孩子受了警告，他和颜真都没有受到处分。

再后来，记了大过的孩子又惹事被学校勒令休学，听说之后就彻底成了到处游荡的混子。

从那时起，某些来自现实的压力就紧紧地抓住了这个少年，他开始逐渐意识到自己和颜真的不同。这个世界并非如他所想的那样光明灿烂，能让他一往无前地飞翔。颜真也并非是他可以用学习来比较的对象。从一开始，他们的起跑线就不同。

有颜岸那样的父亲，还有安阿姨那样的母亲，刘星泉一直怀疑颜真大概前世拯救过世界。在他的意识里，颜真一直都处在闪闪发亮的明媚光团之中，让人觉得刺眼而又心生羡慕。有时他甚至会忍不住幻想如果颜家夫妇是他的父母，是他住在那个漂亮的大房子里会怎么样。但往往只妄想了数秒，他就会愤怒地痛骂自己。

安阿姨的车已经完全驶出了街道。

这不是路过，她刚才来过我家，那个蜷缩在旧公房里的狭小、破旧的家。

他踏进巷道，看见邻居们挤在楼下吵吵嚷嚷。一个邻居回头看到了他，高声喊道："刘星泉！你奶奶要被警察带走啦！"

刘星泉跑上楼道。两个警察正一脸无奈地看着在地上打滚的奶奶。他的奶奶捂着心口高喊："杀人啦！杀人啦！"他的二叔站在一旁一边劝奶奶，一边跟警察说好话。

妈妈呢？

刘星泉冲进家门，家里一片狼藉，罗清溪脸色苍白地坐着，几个街坊阿姨围着她叽叽喳喳。

"哎呀！泉泉回来了！"

"你儿子回来了！"

在街坊阿姨的喧哗中，刘星泉无声地抓住了母亲的手，心中懊恼自己没有早点儿回来。

"你奶奶还在外面闹着呢。"一个邻居说。

“她不是我奶奶。”

“刘星泉。”罗清溪看着地面说，“她毕竟是你父亲的母亲，是你的长辈。”

刘星泉咬紧了牙。

在两个警察的努力之下，刘星泉的二叔好说歹说终于把刘老太带走了。众人摇头叹息着这种极品婆婆要钱不要脸，有几个女人则表示罗清溪实在是太命苦了点儿。人们议论一番，最后汇总成一句“等你家小泉长大，成家立业，你的苦日子就到头啦”。

刘星泉沉默不语。

他厌恶他的奶奶。从他有记忆开始，他的奶奶就是一切不合理与荒谬的聚合体。早年他的父亲放弃学业为了理想离家闯荡，据说爷爷被气得大病一场，才会早逝。奶奶之后便将家中所有不幸归罪于父亲，后面更是连带母亲也一起成了不孝子的晦气衍生物。归来的父亲心中有愧，于是无论奶奶提什么要求，他都会满口答应，尽量满足。

后来父亲给颜岸叔叔当了专职司机，奶奶便认定父亲挂靠了个金山，从此可以有取之不尽的好处，使唤儿子也是理所当然的。

凡是老家来人，必定是父亲开着颜岸叔叔的车接送。那车一开出来，奶奶的脸上就放了光，好像这车是他们自己家的。老家但凡有什么事，从盖新房到小姨上大学，必定是父亲出钱又出力。奶奶早就习惯于此，如果父亲稍有力所不及之处，在她眼里那便是天塌了般的不孝。

有一次，他和颜真踢着球蹦蹦跳跳回家，正巧撞见奶奶为了父亲没抽时间送小姨发脾气。她骂人的话语低俗不堪，父亲只是唯唯诺诺地低着头。

刘星泉当时立刻惊惶地看向身后的颜真。被看到了，他想。这是他家最糟糕、最不堪入目的场景，被他的朋友看到了。

颜真的脸上依然带着那满不在乎的微笑，用一双漆黑的眼睛凝视着刘星泉，轻声道：“你爹真可怜。”

他一辈子都无法忘记那时颜真脸上的神情。那一刻，刘星泉有一种喘不过气的窒息感，哪怕颜真用他惯常的大笑嘲讽他的父亲，都比这一句同情之语更好。

颜真是温柔的。但对于刘星泉来说，这种温柔等同于戳进他心窝的利刃。

几个街坊邻居终于离开了他家。罗清溪对他说，奶奶给三叔拿去投资的钱被人骗了，除了奶奶的老本，剩下的不少都是奶奶借来的，现在老家天天有债主上门讨债。

“三叔被骗了钱，关我们什么事！”刘星泉说。

“二叔说会想办法劝你奶奶的。”

“这么多年，她一直就这样。”

“刘星泉，那是你奶奶。”

“我真宁愿她不是！”刘星泉想起了去年过年，明明是堂弟偷拿了奶奶的红包，可奶奶却一口咬定是他干的，闹得全家鸡犬不宁。奶奶轻飘飘的一句只要他认错，就当没发生过。他不愿认错，他的父亲甚至用鸡毛掸子威胁要抽他，他死犟着不低头。闹到最后，有人说看见三叔家的孩子用大票子在外面买零食，奶奶这才没有继续逼着他道歉。但事后奶奶又责怪父亲没教好孩子，说他不尊重长辈，不知进退，闹得一大家子亲戚都尴尬。

我现在只希望奶奶那边能全体爆炸集体上天，刘星泉想。

当天晚上，刘星泉打开书包，从里面拿出一个瓶子。这是他在学校值日，打扫卫生时发现的一个瓶子，这里面是他近日来唯一的精神慰藉。

他打开瓶塞，抽出了一张纸，将它展开。

信的内容如下——

不知名的信友你好：

我从未想过漂流瓶能被人收到。因为我听说大多数漂流瓶都会被扔到荒芜的无人星球或者卷入空间风暴中。

我很惊讶我不抱希望的漂流瓶竟然能掉入一个文明世界。我有一个请求，至少是现在，请别告诉我你的种族与世界，给我多留一些幻想的空间（也许将来我会请求你告诉我）。

不知名的异乡信友，让我来说说我今天的日常吧。

今天我和我的朋友提塔一起采福气根。昨晚我在三层的下水道里发现了一群福气根，但那时它们还没有发育完全，所以我给它们做了一个记号。今天我们下去时，所有的福气根都跑了。你大概不知道福气根是什么吧，这是我们下水道里的一种真菌，用特殊方法烹饪后吃掉它，能让我三个日夜不用进食。它们很喜欢跑路避开我们这样的采摘人。

幸好我给它们做的记号还在给我发送信号，我们便沿着信号在下水道里左拐右绕。我们在一处狭道停下，我看到了我的福气根们，它们这下可跑不掉了。但它们落到了一大群僵尸奴工手里。这群愚蠢的僵尸奴工将我的福气根群当成了通道上的污渍腐蚀物，开着电铲，喷着消毒剂，把它们全毁了。

这群蠢货！这群福气根足够我们吃一个月了，但现在被这群僵尸奴工给毁了。我和朋友提塔愤怒地朝它们大喊。

然后僵尸奴工的主管走了出来，他怒视着我们。看到他的制服后，我和朋友提塔很识相地撤退了。那是一个主管，并不是我们所能挑战的对象。

如果他愿意，只要搓一搓手指，我和提塔就会被抓住植入芯片，成为僵尸奴工，变成下水道清洁大队中的一员。

我们离开了下水道，提塔很丧气，我也是。毕竟那么一大群福气根是很难得的。提塔说受够了下水道，受够了底窟的一切，他渴望离开这里，爬到更上面的世界去。

我抬头四望，我们的上方是厚重的光化学雾霾与深不见顶、无穷无尽的建筑群。半空中飘着灰烬与电弧。无数的舰艇在幽深晦暗的云后穿行。再上一层世界的风景，会不一样吗？

……

刘星泉看完了信。他确信有一个人在用这个瓶子不定期地更新科幻小说，而他大概是唯一的读者。这封信与上次的内容完全不同，故事倒是有点儿意思。

他想了想，写了简单的回信：1. 这种奇怪的僵尸设定与你的背景真不相符，这一点都不古典。2. 我很想知道福气根是什么味道。

他将回信塞进瓶子里。明天他会把瓶子放在学校花园某处绿篱之下，只要过几天，瓶子里就会出现新的信。

他期待着这部看起来不怎么科幻的小说接下来的发展。

小袁老师是学校里最受瞩目的女老师之一。

她年轻貌美，脸上时时带着明媚的笑容，讲课又生动有趣，是很多男生心中的女神。

小真盯着讲台前的小袁老师，瞧着她柔软的肌肤，晶莹的双眼，纤长匀称的手臂，目光再移到她的双腿，无论从哪一处看，眼前这位都是一个正处于年轻时期的智人女性，完全看不出那天她真正形态的影子。

他有点儿好奇，如果小袁老师的手臂突然因为杂音又自顾自地走开，教室里会上演怎样的惊悚闹剧。但上学到现在，除了被小真目击到的那次，小袁老师从未露出过任何马脚。她伪装得极为完美，就像是一个真正可爱迷人的人类年轻女老师。

他对细足蟹了解不多，在有限的认知内，他只知道这个种族喜欢群体行动，组合伪装成其他动物来猎食。

他不知道这种小小的螃蟹是怎么把一个普通人类给看成梦中情人的，这一定是因为它们的脑容量实在是小得可怜。

冯老师如果得知一群细足蟹在暗恋他，大概会十分感动地把螃蟹们放进蒸笼里蒸了。

小真将视线转向窗外，实验楼那边显现出的依然是惨不忍睹的怪力乱神之景——巨大的鳗鱼怪缠绕着实验楼吞吐着淡色的泡泡，漆黑的线团在空中翻滚，嗡嗡作响，还有更多的残骸虚影盘旋着闪动。

真羡慕这些人类完全看不到这种污染精神的景象，小真觉得自己的理性值又下降了一点儿。

猫先生说它这两天会在实验楼里“处理”那个旋涡，将它藏起来。可眼下看来，这该死的虚空不稳定残余一天比一天多。

比方说，现在窗外的黑雾中正飘着一团碎肉，其上有一张嘴张张合合，露出变形的带着唾液的牙齿。小真饶有兴趣地观察它。它只是一个对现实空间毫无影响的投影，可就算如此，也确确实实给他的宿主带来了巨大的精神压力。

为了双方的身心健康着想，小真非常想把这只恶心的碎肉怪赶走。

于是他无声无息地探出了自己的透明触手，在触碰到这团碎肉的那一刻，他将意识链接上了它。

“嘶——”

碎肉怪颤抖了起来。

与这只碎肉怪的意识链接上的感受并不好，硬要形容的话，就像浸在腐肉臭血之中呼吸。如果不是它实在太碍眼，小真也不会这般折磨自己。

碎肉怪意识到了不妙，发出了含糊的呻吟声。

“不要吃我……

“我愿意侍奉你……

“不要吃我……

“让我礼赞你……”

小真在接收到它的哀求后愣了几秒，可是他收一只碎肉怪的投影做信徒有什么用，更何况这货并不能对现实进行干涉。

“别吃我，让我礼赞你——”碎肉怪继续哀求。

它的哀求之音就像是电锯在脑壳上上下摩擦，在小真回应之前，他宿主的身体已经先开始了精神层面的哀号。如果宿主颜真此刻有意识，八成能被这癫狂的噪音逼疯。

碎肉怪开始嘶鸣，这是它对高位者的吟诵与赞美，总共分为八个音部，上下齐鸣，用它黏糊糊的肉块摩擦出混乱的音节，此乃庄严的颂歌。

作为被礼赞者，小真感觉就像是头盖骨被人掀开了往里倒热汤。

于是，他的触手抓住了那坨软绵绵的烂肉，把它捏爆了。

“颜真，请集中精神听课。”一根粉笔砸到了小真的脑袋上，小袁老师笑眯眯地对他发出了警告。

同样是外星访客，小袁老师对实验楼发生的各种异象完全无知无觉。

这也很正常，因为九成以上银河智慧生物的感知力都远不如噬心魔。他们只会对着宇宙中的究极智慧生命体——噬心魔忌惮重重，更有甚者，会绞尽脑汁去毁灭它们。

没办法，宇宙究极进化体总会惹来其他不那么聪明的种族的嫉妒。

上完课，小袁老师让颜真课后去办公室一趟。她的这句话在班上的男生中激起了波澜。

“哇！和袁女神面对面近距离接触，妙啊。”男生高远笑道。

小真说：“你很羡慕吗？”

“羡慕。怎么能不羡慕？”高远做出感动状，“我多想让袁女神给我一对一辅导啊。”

“你算了吧。”几个男生哄笑了起来，“要是小袁老师真的家访，你回家就要吃‘皮棍烧肉’。”

“你们什么都不懂！”

小袁老师找小真还真的是为了家访的事，不过进行家访的不是小袁老师。

“冯老师明天要去你家家访。”小袁老师对小真说。

小真点头，他知道这事。按照学校的最新指示，班主任冯老师正在进行全班家访，走访每个同学的父母。

“按照冯老师的家访规律，他一般会在七点半到学生家，接着和家长聊大约五十分钟，之后离去。”

“哦，您了解得真清楚。”

“你们家旁边是街区公园。我会在八点二十五分左右牵着狗路过公园，然后‘恰巧’路过你家门口的那条路，最后‘恰巧’与冯老师相遇。所以，你必须想办法控制好时间，确保他在八点二十分左右出你家门。”

“……老师，你是跟踪狂吗？”

“这是战术安排，总之你必须确保在这个时间段结束家访。”小袁老师捧住脸，娇柔地说道，“这样我才能恰好与冯老师相遇，开始一段浪漫的散步。”

我觉得螃蟹与浪漫这个词的距离犹如密文星系到坦卡星系的距离。

“总之你就是要确保在这个时间段结束！”

“……老师，你可真会使唤人。”

“这是你知晓我秘密之后的补偿义务。”小袁老师歪过头，眼角带着明媚的笑意，“毕竟，我可是你的老师。”

吃过晚饭后，冯老师准时上门家访了。

冯老师张口就是满嘴好话：颜真是好孩子，上课认真举手发言，作业按时交，对老师很尊重，平时也时常主动帮助同学们。小真在旁边听了半天，觉得冯老师嘴里的颜真和自己完全是两个人。他这一番美化颇有效果，安媛笑得合不拢嘴，颜岸也露出了欣慰的笑容。

但是冯老师话锋一转，表示现在学生们的竞争非常激烈，即将面临的中考对他们来说是非常严苛的考验。如今的孩子不比当年，条件都好，学习能力都很强，所以大部分时候只能拼谁更努力。颜真很聪明，但是现在还需要再加一把力，以获得更好的成绩。

他深信目前的颜真完全没发挥出应有的实力。

他看向颜真的父母，目光诚恳，表示在挖掘颜真的潜力上，他希望能和家长们有更多沟通和了解，一起引导和督促孩子更好地发展。

安媛不停地点头：“您说得对，您说得对。”

冯老师说：“现在的孩子就是被外物干扰得太多了。电脑、手机、游戏，都是影响孩子注意力的因素。”

“没错！”安媛附和道，她看向小真，立刻将会议精神转化为政策措施，“小真啊，你还是少玩电脑吧，手机上面也尽是游戏，也要少玩。我后面要给你安排一个使用电脑和手机的时间表。”

小真决定将与小袁老师的约定抛之脑后，他现在就想把冯老师驱赶出门！

冯老师是个擅长聊天的选手，在达成家访的初步目标后，他与颜真父母拉起了家常，说了学校内几个学生的趣闻，让这场聊天充满了欢声笑语。时间很快就到了八点十六分，冯老师看了看手表，起身向颜岸和安媛道别。

一切都很顺利，直到冯老师路过门厅。他停下脚步，指着展示柜上的一个贝壳，语气之中透着惊讶：“这是……”

颜岸回答：“万宝螺。”

“我知道，但这个成色，还有这个个头……”冯老师对着眼前的海螺啧啧称奇，“我第一次看到成色这么鲜艳、个头这么大的万宝螺。”

“你也是贝壳收藏爱好者？”

“不不不，收藏谈不上，我只是对贝壳略知一二。”小真觉得冯老师的眼睛里有星星闪烁，“莫非，莫非颜总您是贝壳收藏家？”

颜岸笑了：“收藏谈不上。我的书房还有一些贝壳，你有兴趣来看看吗？”

“好！好！”

小真看着冯老师跟着颜岸上楼去了书房。

斑船长落在了小真的肩上，它说：“你老师跟着你爹去了书房。”

“我知道。”

“你看他的表情，我觉得这不是五分钟能解决的事。”

这不需要斑船长的提醒，小真在刚才清晰地探测到了冯老师的浅层意识：他想抱着颜岸的大腿求看更多贝壳。

小袁老师此刻正牵着球球在路口等着她的浪漫邂逅。小真瞧了一眼客厅的挂钟，是得想个办法。

他走近书房。

颜岸正对笑成花的冯老师介绍他架子上的收藏，他指着一个有黑色斑点的贝壳说：“这是前阵子我才收的黑星宝螺。”

“我知道！但是这种贝壳的假货也特别多。”冯老师说。

“这是我在国外一个拍卖会上竞拍得来的，是夏威夷的那种。”颜岸笑了笑，“老师你可以拿起来看看。”

“我可以吗？”冯老师兴奋得鼻子都冒出了汗，他小心翼翼地拿起光滑的黑星宝螺，神情如痴如醉。

斑船长咕咕道：“你老师的浅层意识变成了抱着你爹的大腿唱《征服》。”

“我能探测得到，不用你给我播报。”

“现在他的浅层意识变成了渴望躺在你爹的书房的贝壳堆里过夜。”

“……”

必须要阻止一下，小袁老师此刻还在路口干等。小真不想得罪一个在学校这种封闭社会中对自己有十足影响力的老师，所以试着对冯老师释放了一些“想走”“想离开”的信息。

这是噬心魔的技能之一。

对小真来说，他只是在心理上对目标对象施加了一些轻微的压力，只要生物意志坚定就能抵御。

但这就是噬心魔千年来最被银河智慧生物深恶痛绝的一点。

如果有安全委员会或者监督之眼的人侦测到小真此时这种不可饶恕的肮脏亵渎行为，大概会直接用数发电浆炮将这个街区直接焚毁。

冯老师抚摸着贝壳，神色迷茫。小真又加码释放了一些“我要走”“我要回家”的信息。

冯老师抬起头开口道：“我要……”然后他惊喜地抬高声音，“那个莫非就是极品富东尼……”

颜岸笑道：“是的，就是一只在鲨鱼肚子里找到的富东尼。”

“竟然能这么完好漂亮……”冯老师的眼睛都直了，“颜总，我能拍几张照吗？”

“当然可以，老师，你一会儿再来这里看看。”颜岸拉开一扇移动门，门后是一间单独的贝壳陈列室。

冯老师脸上的神情，宛如正在朝圣倾听圣言的狂热信徒。

小真干脆放弃了。

斑船长咕咕道："现在只有对着你家放把火，才能让冯老师乖乖走出你们家的门了。"

"……"

在所有同学眼里，小袁老师是个可爱又温柔的女老师。但在此刻的小真眼里，这位女老师的笑声之恐怖不下于巨型施虐虫的嘶鸣。

"颜真……"

小袁老师甜美地微笑着，她的脸也是甜美柔和的，但小真嗅到了某种腥味，那是食肉凶兽捕食时发出的危险气味。

小袁老师温柔地说："我昨天和球球在路口等了四个小时。不是四分钟也不是四十分钟，而是足足四个小时。"

没错，如果不是安媛最后出来干预，冯老师要和颜岸聊到天亮。

"最后他总算是出来了，结果你家还派人开车送他回家。"小袁老师亲切地说，"你的家长真是体贴啊。"

"那么晚了，确实要开车送老师回去。"小真点头。

小袁老师侧过脑袋轻笑。

空气中的腥味越发浓郁，像是异星凶兽在咆哮。

小袁老师的眉毛微微挑起："你告诉我，你是干了什么我不知道的要被开除的事吗？值得让一个例行家访持续四个多小时？"

因为冯老师恨不得把自己也变成一个贝壳蹲在陈列架上。小真心里想着，嘴上则说道："因为冯老师和我爸相谈甚欢，一时之间忘了时间。"

小真不打算主动告诉她冯老师是个贝壳迷，他见过很多跨种族的爱恋，这些爱恋大部分时间只会给当事人带来几乎毁灭性的打击。

对于小袁老师的苦恋与追求，小真的行为准则是不主动阻挠，但也不主动帮忙。

“他们谈了什么能谈这么久？”

小真说自己没有听清。

小袁老师哼了一声，她又露出了微笑：“颜真，因为你的不靠谱，老师我白白在路口等了四个小时。”

这事我也无能为力，我的心理暗示完全抵抗不了他渴望在我家那堆贝壳里做个窝的心。小真如此想着。

“所以你亏欠我。那么为了老师白白浪费的时间，你需要做出补偿。”

“老师，我只是一个普通当地人。我没钱也没能力，就算将来我能继承家产，那个时候冯老师可能孙子都有了。”

“冯老师有什么？”

“什么都没有。”

小袁老师笑了笑，没有再去纠结他的话语，而是继续说道：“我们2班的英语成绩一直都被1班和3班碾压。两周后会有一场年级英语考试，我的要求就是这次考试我们班的英语科目要拿年级第一。你亏欠我的，那么就用这个方式来补偿吧。”

“老师，你是不是对我有什么误解？我只是个普通当地人。”

“那个爱尔特人还住在你家吧？”

“猫先生在我家。”

“我一直听闻爱尔特人诡计多端，你可以寻求它的帮助，你是他的当地协助者，这点儿小忙，它不会不帮的。”

“……老师，年级第一不是一个人两个人的事，靠的是班上全体同学的努力，这是不是有点儿太难了？”

“没事，如果你完不成，你还是亏欠我，那么下次我还有其他事找你。”小袁老师笑眯眯地说。

小真问她：“老师，你是外星人，一个班的科目成绩对你来说很重要吗？”

她答道：“重要。重要极了。这事关能否打那个可恶的女人莉莉的脸。”

莉莉老师？

小真想了起来，小袁老师有个同龄的竞争对手，那就是同样教英语的莉莉老师。与活泼明快的小袁老师不同，莉莉老师端庄优雅，教学一板一眼。两个人年纪相仿，又教同一年级同一科目，免不了各种比较。

在前一次考试中，莉莉老师教的1班与3班英语科目成绩整体上了一个台阶。教职工会议上，校长特别点名表扬了莉莉老师，同时还直接要求其他同事也向莉莉老师学习。

“呵，这次我们班必须赢。”小袁老师握紧了拳头，“必须要打倒莉莉！”

你这一群外星螃蟹，又要和当地男人谈恋爱，又要和当地普通人类女性拼事业，你跨越千亿星辰，就是来干这个的啊？

“……老师，你不如抓几个学生突击辅导，那更有效果。”

小袁老师明媚地笑了：“这是你欠我的债，而且事成之后我会给予一定的酬金，比方说，八千个信用点。”

“老师，我觉得我和猫先生可以一试。”

颜宅。

猫先生有点儿吃惊：“所以这群外星螃蟹想要战胜一个事业竞争对手？”

“没错，她说我办不到就来找你帮忙，在她看来，你就是个狡诈的爱尔特人。”

斑船长说：“很好，你是当地普通人类，而你是一只爱尔特小猫，看来我是被完美地无视了。”

“在她眼中，你就是一只鸡。”

“先不提这个。”小真问猫先生，“那个旋涡如何了？”

猫先生显得有些得意。它宣布，在它不懈的努力下，它已经在旋涡里置入了一个安全的伪装。

“安全的伪装？这听起来像是很快就会因为什么意外而爆炸的玩意儿。”

“你这话听起来充满了外行人的酸味。”猫先生直立起上身，“经过我的观察，这个旋涡目前来说很稳定。”

他们晚上回到了学校的实验大楼。

将所有监控摄像头屏蔽后，三个噬心魔大摇大摆地进入了图书室。

猫先生挪动了书架的位置，把旋涡置入了书柜下方的柜子内，再在柜子内部放置原有的书籍作为遮掩。

要进入旋涡必须爬入下面的柜子，挪开书籍，撞入柜壁。

小真蹲下身，沉默地看着猫先生做的伪装。

“如何？”

“你有没有考虑到图书室工作人员会清点书籍这种状况。”

“这下面的书都是陈年累月没人借阅的冷僻杂志。”

“万一有工作人员过来整理柜子，万一他爬进了柜子呢？”

“正常人不会像瞎子一样撞柜壁！”

“万一他就是个不走心硬要撞柜壁的蠢货呢？”

“呵呵，万一。”猫先生咬牙道，“这个万一等于安全委员会到你们学校来视察的概率。”

“凡事没有绝对。”小真说。

“凡事没有绝对。”斑船长重复道。

“都给我闭嘴。”

生物无法用肉眼观察到旋涡，即使是银河中某些具有特殊感应能力的种族，不借助特殊仪器也无法窥探它一二。它是宇宙中最神秘的存在，就算是最高议会和军团领袖也对它讳莫如深。

关于它形成的原因的解释有很多，最常见的说法认为它是次元空间风暴撕裂而成的意外产物。

小真有两个最关心的问题：这个旋涡在这里多久了？它又是为何出现在这里——一个尚未被银河文明收纳的独立偏远星球。

对于小真的疑问，猫先生摊开爪子表示一无所知。

“天知道这个旋涡存在了多久。”猫先生说，“也许是前天，也许是很多年前。从这个学校目前的状况来看，它应该没有惹出很多异常。”

“也许它已经惹出了很多事，只不过当地人没发现而已。”

猫先生笑了：“也许吧。”

这种含糊的态度让小真瞬间燃起了将猫先生拎起来旋转三百六十度的冲动。大概是受宿主大脑的影响，在寄生在颜真的身体里后，他发现自己变得很情绪化。

“我想去旋涡的另一侧。”小真说。

旋涡另一侧的密文星系是银河文明圈中非常繁荣的星球都市群。这个旋涡的存在能让人从这个偏远的星球瞬间跨入千万星河之外的织夜星。不用购买船票，不用经受空间跳跃的折磨，不用经受远距离航行的高风险，这种即时空间跨越足以让每一个星际旅行者梦寐以求。

这种千载难逢的机会，小真当然想尝试一下，他想回星球都市办几件事。斑船长也跳上他的肩膀，要求一起同行。

猫先生给了小真一个塑料手环。

“这是什么？”

“一个定位器。”

小真语气中充满钦佩之情：“万一我回不来，你还能从旋涡这侧拉我回来吗？兄弟，你比我想象的更睿智可靠。”

“不，你想多了，这玩意儿只是一个地摊货。你在距离我两米的范围内，手环就会亮灯。就这点儿用处。”

“……”

“旋涡是没有空间维度概念的，这玩意儿只是方便你在另一侧找旋涡入口。”猫先生舔舔爪子，“我会在这一侧等你们。当然，如果超过三个小时你们还没有回来，我就当作你们已经死了。”

“真是令人感动的同族友情。可为什么是三个小时？”

“哦，因为三个小时后就是你必须回家的最晚时间，你妈会给你判死刑。”

“……”

很难描述穿过旋涡是什么感觉。就像是乘坐着急速下降的电梯，就像是穿行在波涛汹涌的水下。小真的所有感官被卷入了一场风暴中，混乱而模糊。他感觉到了斑船长朦胧的意识，他们的意识正彼此链接在一起，这是为了避免在经过旋涡时失散。

当耳边的一切混乱回响结束，当一股刺激神经的铁锈味直冲鼻孔，小真已经跨越千万星辰，来到了密文星系的中心之都——织夜星。

小真看到了远处高耸入云的建筑群。

放眼望去，是无与伦比的高塔建筑，以及无数刺入夜空的璀璨灯光，数以千计的飞艇、飞行器、运输船和电子妖精畅游其中。四面八方都是不断闪烁的电光之弧。

这是他久违的世界，银河文明的世界。

斑船长感叹道：“真是好久没看到这景色了。”

“长夜之城，不眠之地。”小真说。他看了看四周，他和斑船长还真的身处一个垃圾场中。垃圾处理机正在轰隆作响，空气中充斥着过度的清洁香气与腐臭味。

“我们这下可真省了一大笔远程航行的船票钱。”斑船长开心地拍着翅膀，“你现在想做什么？去喝个酒？”

“我没钱。所以我想去趟信用库（即星际银行）。”小真说。他过去的星网账号被冻结了，目前是到动用备用账号的时候了。

“说得没错！也该是结算你欠的债的时候了。顺便一提，我想喝粉色镰虫酒。”

“我不觉得以我们的速度能在三个小时内走到地平线那边的都市。”

斑船长看着远处的都市建筑群，发出了哀号：“这个破垃圾场离都市也太远了点儿！”

一个冰冷的声音传了过来：“你们去都市干吗？”

几个不速之客出现在了垃圾堆上，他们长长的獠牙在灯光下闪着光，兜帽下是文有花纹的青蓝色皮肤。他们每一个都拿着武器，从头到脚都写着敌意。

小真瞥了一眼他们手中的武器。那是能够一枪在他身上轰个洞的光束枪，虽然怎么看都是黑市的私卖货，可威力不容小觑。小真承认自己有点儿慌，他并不想用颜真的肉体去测评这些黑市光束枪的性能。

“为什么一个智人会出现在这里？”对方咆哮道，“你是议会派来的奸细？”他的手按了下去。

小真一把抓住斑船长，翻身滚下了垃圾山，激光从他的发尾擦过。“快走！”他用脑波对斑船长喊道。

猫先生正在舔毛。这其实是它宿主的自主行动，休息的时候，猫先生都会把身体操控权交还给宿主。

砰！书柜柜门被踹开，小真和斑船长连滚带爬地滚了出来。

“欢迎回来，勇士们。”猫先生说，“你们这趟星际之旅总共进行了五分钟。”

斑船长叫道：“还是这里最好！我喜欢和平！”

小真说：“至少这里不会因为你所处的阵营不同，就要用激光炮轰掉你的脑袋。”

第8章 谋划

在小真这个年级中，1班的成绩一直都高悬在其他班级之上，总是领头羊。甚至是在校外，1班的人也会用一种奇妙的欠打的语气说“我是1班的”。

目前唯一让1班产生了些许挫折感的就是2班的刘星泉。开学的摸底考试，年级第二名、第三名都在1班，只有第一名刘星泉在2班。虽然1班的整体成绩稳稳碾压了2班，但光荣的个人冠军不在胜利的班级，似乎总欠缺了什么。

在以考试结果论胜负的学校战场里，刘星泉就是2班的王牌，是大杀器，是终极法宝。可惜这个稳当的王牌只有一张。

小真翻看着班级过去的成绩表。刘星泉永远稳坐第一把交椅，是完全不用人担心的对象。要是小真是老师，他肯定也最喜欢刘星泉。

第一名后面的排名经常变动，并不稳定。很快小真就列出了班级前十的那几位常客，这些也不会是影响班级分数的大变数。

三个噬心魔正在研究如何让2班在即将到来的英语考试上超过1班和3班——为了获得一群土豪外星螃蟹的酬金这一崇高目标。

斑船长说：“我建议你从狐商那里买点儿兴奋剂，考试前在班上喷一喷，保准你的同学们精神大振，考出好成绩。”

“你不说我还真忘了，上次因为某位蠢货打翻了植物生长剂，差点儿让这个星球灭于蝗灾。”

“那是狐商的东西不靠谱！”

小真摸着下巴说：“以我珍贵的与狐商交易的经验来看，如果我对我的同学们喷兴奋剂，他们只会在考试时研究怎么拆教室，而不是坐下来考试。”

猫先生跳上了桌子：“你现在有什么打算？”

“决定胜负的是这几个学生。”小真指着班级成绩单说。

2班的头部有刘星泉坐镇，前十的同学与1班基本没什么差距，中间档的平均分也与1班和3班的平均分差不多。2班的关键问题在于几个差生。

差生，或者委婉地称为后进生，这几位的分数实在是比1班和3班垫底的人差太多。不仅如此，他们的成绩还时时突破新低。

小真说：“只要把这几位的成绩拉上来，我们班就能赢1班和3班。”

情况一目了然，但是应该怎么做才能提高这几个问题学生的成绩呢？土豪外星螃蟹的八千个信用点显然不好拿。

想要完成目标，他们要应对的第一个学生是陈雨欣。

她是冯老师心中的痛，集乖学生的外表与拖后腿差生的分数于一体。2班的老师几乎都对陈雨欣无计可施，因为这位猫咪爱好者是听老师话的乖女生，她上课认真记笔记，作业按时交，然后用惨不忍睹的考试成绩给老师当头一棒，让老师绝望地怀疑是不是自己的教学方法出了什么问题。

这位女生下课除了去撸猫也没什么其他娱乐活动。冯老师一直在试图挽救她的成绩，可惜目前收效甚微。

斑船长汇报了它对陈雨欣的观察结果：她按时上学放学，回家写作业，唯一的爱好就是喂猫与撸猫。她的父母不准她养猫，她每晚会用手机在视频网站观赏各种猫咪的视频，并且长达一小时，然后睡觉。

小真想起自己听来的一个名词：“云吸猫？”

“那是啥？”

“一种通过看猫的视频来获取能量的人类行为。”

“类似精神迷药？”

“似乎可以这么说。”

猫先生说：“对于她，我有个主意。”

陈雨欣正在睡觉。

她做了一个很奇怪的梦。这个梦里，她遇见了一只非常可爱的小猫。

她无法描绘小猫的样子，但她确信这只猫是她平生所见的最可爱的小猫咪。

小猫优雅地坐在一张沙发上。陈雨欣目不转睛地看着它，然后伸手去抚摸它。

小猫开口了：“不，你不能抚摸我。”

陈雨欣停下手，她一直都很乖。小猫会说话也没让她吃惊，她潜意识里觉得这个世界上什么都可能会发生，就算猫会说话也不是一件让人多震惊的事。

“为什么我不能摸你？”

“因为你不是我的朋友。”

陈雨欣说：“我一直都很喜欢猫，我一直都是猫猫们的朋友。”

“朋友不是你说是就是的。”

陈雨欣觉得很委屈，她一直都对猫猫们很好，她会给流浪猫搭纸箱房子，会每天给校猫带猫粮，捡到流浪猫仔也会上网求好心人领养。如果她不是猫猫们的朋友，那怎样才能算是它们的朋友呢？

“你觉得怎样才能成为你的朋友？”

“朋友是个体之间的尊重，要成为我的朋友，首先要赢得我的尊重。”

陈雨欣挺起胸膛问道：“那么，怎样才能赢得你的尊重？”

“我喜欢英语好的人。你英语好吗？”

“……我学得很烂。”

“那真遗憾。”小猫扭开头舔毛。

“可我真的很想摸你，哦，不，成为你的朋友。”

“那你用这次英语考试的成绩来证明你的诚意吧。你愿意吗？”小猫抖了抖可爱的小胡子，歪过脑袋问她。

那一刻，陈雨欣觉得脑中似有绚烂的烟花炸开。每一朵烟花都炸成了可爱的小猫爪的形状。可爱！太可爱了！怎么会有这么可爱的小猫！她晕乎乎地一个劲儿点头，幻想着她抱住小猫使劲吸的情景，只要能用手指拂过小猫柔软的脊背，再摸摸小猫毛茸茸的肚皮，她什么都能答应。

然后小猫对她进行了可怕的精神攻击。

它问了很多语法问题，关于及物动词、不及物动词、主谓宾、过去时态、过去完成时态。陈雨欣结结巴巴地回答着，大多数她都答不上来，她惭愧地低下头哭了。

“我会去好好学的，再给我一次机会吧。我一定会好好学的！”求求你给我摸你肚皮的机会吧。

她看见小猫的尾巴在视角边缘处摇晃，小猫可爱的声音传到了她脑中：“我明天会再来。”

到了第二天，小真看见陈雨欣下课了都在背单词。她一动不动地盯着词典，仿佛恨不得把它吞下去。

第二个目标对象是高远。

比起乖学生陈雨欣，高远就是每一个班上都会出现的那种标准后进生。他的心思全然不在学习上，终日沉迷游戏，上课讲小话开小差，课后作业要么迟交不交要么就干脆抄同学的。让他学习好似登天。

冯老师不知道找了多少次高远的家长。高远的父亲是菜场卖猪肉的，长得五大三粗。每次冯老师找他，高远的父亲必然会痛心疾首地说“老师，您说得太对了”。然后他取下皮带，转身就去抽高远。

高父一身腱子肉，一鞭子下去空气中甚至都能飙出火花。高远被抽得哭爹喊娘，高呼“我一定好好学习报效国家”，可第二天照旧我行我素。到了后来，只要冯老师的脚一踏进高远家楼下的楼梯间，高远立马就会逃出小区，之后就会上演父子你追我赶的追逐大战。

冯老师每次见到这种状况，只能亲身上阵，用自己的小身板拦下魁梧的高父，努力缓和父子之间的战争。

“冯老师，这浑小子只能打！”高父恶狠狠地说，“不打不争气。”

但从目前的结果来看，高远的皮越打越厚，越打越油。大部分老师已经失去了教育这个学生的兴趣，放任他在课堂上睡觉，只有冯老师还在努力尝试让这个顽劣的学生迷途知返。

斑船长汇报了它对高远的观察结果：高远白天在课堂上睡觉或者玩手机游戏。回家后手机被高父收走，他就从床底下摸出一部备用手机，偷偷看游戏视频。上床后，他会躲在被窝里玩游戏到深夜，然后睡觉。

“……”

斑船长挥了一下翅膀：“这个高远就交给我吧。”

“你能搞定？”

斑船长一脸自信：“这种事对我来说是小意思。”

高远当晚做了一个梦。

在梦里，他遇见了一个骑士，那是他最近在玩的游戏里的一个传奇英雄。

在梦里，他正被一群怪物追杀。在最危急的时刻，青甲骑士从天而降。银色的剑风闪过，所有的怪物瞬间被斩杀。

高远呆呆地坐在地上，看着眼前的青甲骑士。那盔甲在苍穹之下闪着青白的光辉，骑士线条精致的面容显得庄严而神圣。这是何等神圣的景象——就算是在游戏里，他也不曾如此心潮澎湃到痴迷。

这名骑士是如此光芒万丈，让人不敢直视。

他的目光就像是初升的太阳，他的微笑让高远心中燃烧着火热的激情。他就是人类的救星，帝国的黎明。

高远不由得双膝跪地，泪流满面。

“少年啊，你是因何来到此地？”骑士发问了，他的声音如同铿锵的钢铁，如同激荡的清风。

“你是青骑士。”

“那正是我的名号。”

高远站起身，激动地喊道：“请收我为徒！让我做你的侍从吧！”

“少年，你真的决意要成为我的徒弟吗？”

“是的！是的！我有这个决心。”高远握住了拳头。

“要成为我的徒弟必要历经试炼。”

“是什么试炼？”高远屏住呼吸，他无所畏惧，只要能跟着这位传奇的英雄，无论怎样的困难他都不怕。

“你的英语考试要合格。”

“……”

在沉默了十秒钟后，高远突然大声喊道：“你是假的青骑士！你是什么妖怪伪装的？”

然后，青骑士把高远暴揍了一顿。

第三个问题学生是项泽宇。

项泽宇与高远一样，是每个班都有的后进生，老师眼中可恶的老油条。

这两天，项泽宇发觉自己的身体似乎出现了某种故障。

他出现了幻视。

那天他正无精打采地听着老师授课，眼前突然出现了什么黑色东西。

他揉了揉眼睛，一些黑色的英文字母飘到了他眼前。它们就像是细小的蜉蝣，上上下下地浮动。他伸手挥了挥，却没有抓住任何东西。

十分钟后，他确定了一件事——

那些英文字母正飘浮于他的视界里，清晰无比，就像是飘在视网膜上的异物。

他发出了一声短促的尖叫。

李老师问他在做什么，这位老师最讨厌学生破坏课堂纪律。

“老师，我的眼睛有点儿不对劲。”

“我看是你的脑子不对劲，给我好好听讲！”

教室里响起了笑声。

好不容易熬到下课，项泽宇惊恐万分地冲进厕所，对着水龙头开始洗眼睛。

斑船长问小真：“你对他做了什么？”

“视界投影。我用借来的仪器稍微影响了一下他的感知。”小真旋转着一支笔，那是从猫先生那里要来的投影笔，“强制他背单词。”

“他快吓尿了。”

小真说：“我编了一套程序，定义了投影的出现频率与更新条件。只要项泽宇知道这个单词的意思，他眼前的那个单词就会消失。我给的数量并不多。如果他冷静下来，去查一查眼前的单词是什么意思，这些困扰他视界的玩意儿就会消失了。”

“……你确定管用？”

“这是利用人类好奇心的战术。”小真信心满满地回答。

斑船长摇头：“我觉得你对智人这种生物还是了解得太少。”

“嗯？怎么了？”

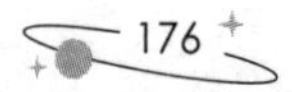

“你信不信这孩子就算吓尿裤子也不会去查眼前的单词是什么意思？”

“好奇心不是人类的天性吗？”

“不不不，当超出常识的东西出现时，大部分人类只会惊慌失措到怀疑人生，尤其是心智未成熟的人类幼体。”

面对斑船长的质疑，小真反问道：“高远怎样了？”

斑船长沉默了一会儿，回答道：“呵呵，今晚我会继续亲切地教育他。”

“今天的高远看起来很憔悴，我看你才是吓着他了吧。”

“呵呵。”

第二天，项泽宇请病假了。

项泽宇坚持声称自己的眼睛出了问题，要求父母带自己去看病。他用水冲洗自己的眼睛，滴了大量的眼药水，但英语单词还是不断飘浮在他的眼前。

医生经过一番检查后，告知项泽宇他的眼睛毫无问题。

他的父母开始怀疑项泽宇是不是在找借口不想上学。项泽宇指天画地表示自己就是出现了幻觉，现在整个人都不好了，如果再逼他上学，他就直接从医院大楼跳下去。

于是他的父母不得不带着他去了神经科，经过一番折腾后，医生得出的结论是这可能是学习劳累带来的精神衰弱。

于是项泽宇拿着病假条向学校大大方方请了假，要休息两周，以缓解学习给他带来的精神衰弱。

他将缺席这次英语考试。

猫先生与斑船长毫不留情地发出了笑声，肆无忌惮地嘲笑起小真。

小真冷静地回答：“从结果上看，拉低平均分的项泽宇被踢出局了，这是完美的走向。”

“真是完美极了的走向。”猫先生鼓起了掌，“如果不是我围观了整个过程，简直要给你个满分。你就不能坦率点儿承认自己的失败吗？”

“Just as planned（正如计划的那样）.”小真故作深沉地答道，关掉了视界投影笔。

斑船长的梦中教学计划进行得并不顺利。虽然它在梦中把自己变成了高远在游戏里最崇拜的英雄角色，可斑船长一旦要求高远学习，高远就立刻找出种种借口躲避学习。斑船长不得不在梦中对这位学生进行了教育。

可是，这显然收效甚微。

高远亲爹的“皮棍烧肉”都不能让他的玩心收敛半分，更别说青骑士这位二次元纸片人了。

斑船长，或者说青骑士，每当这位游戏里传奇的大人物一本正经地宣讲起英语语法，高远就无法控制地在梦里打起了哈欠。无论是闪亮的盔甲还是燃着魔法火焰的钢剑，都无法让他提起一分精神。在这个游戏里，英语比催眠魔法更有效。

明明已经在梦里，为什么这个人还能睡着？青骑士放下英语课本，怒视酣然沉睡的高远。

在一阵强烈的电击之下，高远大喊大叫着从梦中醒了过来。

“知道在我宣讲语法时睡着的下场是什么吗？”青骑士从牙缝里挤出声音，“再有下一次，你的肺会直接被我的剑搅成稀粥，你想尝尝那个味道吗？”

高远眨了眨眼睛说：“可是……你是正义的骑士。”

青骑士冷酷地回答：“你已经同意接受我的试炼，而试炼不会有任何人权可言。”

“我抗议！我还没成年！我要退出试炼！”

“你说什么？”

“我要退出试炼！我要退出试炼！我不当骑士了！”

“很好。”

青骑士打了一个响指。

巨大的力量让高远凌空飞起，他在空中旋转成了头朝下的姿势，他的身下出现了一个恶心的泥坑。

“放我下去！这下面是什么？”

“显而易见，是一个沼泽泥坑。”青骑士补充道，“顺带一提，这里面有贪食恐鳄，大约有三条，我不确定，但你足够它们塞牙缝。”

“救命！”倒垂着的高远在空中挣扎，他哭叫道，“救命！”当他的头逐渐接近泥沼时，他用尽全身力量嘶喊，“饶了我！我不退出试炼，不退出！”

高远被扔到了草地上。他气喘吁吁，心有余悸：“伟大的青骑士，我可以接受其他试炼，打怪、收集材料，做什么都行，能不能别让我学习？”

“不行。”青骑士无情地答道。

高远从梦中惊醒，他出了一身冷汗。此时他正坐在课堂上，历史老师正在上课。看到他醒来，老师嫌弃地瞪了他一眼，转身继续在黑板上写板书。

至少这位老师没有像梦里的青骑士大人那样差点儿要了他的命。高远擦擦冷汗，梦里的惊恐与几近真实的感受仍旧停留在他的皮肤上。这是最近太沉迷《骑士颂歌》（游戏名）了吗？怎么最近几天做的梦还是一部连续剧？

每次只要他一入梦，曾经他最喜欢的青骑士就阴魂不散地跑来用暴力逼迫他听课学习。不学就打，睡着了打，做错了也打。这是被老爸打出来的后遗症吗？高远思考了一下，便认为这是最近玩的游戏和暴力老爸结合在一起导致他做了噩梦。

要避免做这些怪梦，看来只能……

下课后，高远破天荒地翻了两页英语课本，然后他重重地打了一个哈欠。

他掏出手机，手指即将点上《骑士颂歌》时，手游图标上的青骑士像是在瞪视他。他想了想，把《骑士颂歌》给删了，然后点进下载中心下载了一款新游戏。

拜拜了，青骑士。

“我有时觉得智人根本无药可救！”斑船长怒吼道。

“不要以偏概全，陈雨欣这几天很认真地在学习。”小真说。

猫先生得意地说：“那个小姑娘这两天有明显的进步，我的计划很成功。我讲课时，她听得可认真了，这两天的练习错误率也明显在下降。”它摇着尾巴兴致盎然地问小真，“对于剩下的那几个学生，你打算怎么办？”

小真回答：“我观察了几天，发现他们的智商其实相差不大，问题在于他们无法集中注意力。冯老师说得没错，外界因素是影响学习成绩的主因。其中最关键的诱因，就是手机。”他握紧拳头，认真地说，“所以……”

“所以？”

“只要让他们的手机不能用就行了。”

“……你还真是简单粗暴。”

小真花了半天的时间与狐商韩老板讨价还价，最终买了数个信号干扰器。现在除去不能来考试的项泽宇，班上有四个需要关注的问题学生。

白天上学时，他在课堂里穿行，笑嘻嘻地与同学们聊天，自然地从这四个学生身旁走过，将买来的信息干扰器贴在他们身上。

信息干扰器只有米粒大小，一旦接触到对象的皮肤就会自动渗入其体内，融入血液之中，两周后会代谢干净，对身体无害。

当天晚自习时，高远发现学校的Wi-Fi（移动热点）坏了，他问隔壁的同学是否也是如此，同学偷偷打开手机，戳了戳，摇摇头说不能上网。

高远打开了流量，可是他依然登不上去。这让他有些烦躁，刚下的新游戏正是冲分上榜的关键时刻。他拿着手机在走廊上寻找信号，但无论他怎么乱窜，手机就是没有信号。

等他回到班上，同学正在发短信，抬头说："你刚出去，我就有信号了。"

真是见了鬼了。

放学的路上，高远的手机依然信号全无，他便认定是自己的手机出了问题。

等到了家里，吃完晚饭，本来会坐在客厅里看电视玩手机的高远父母发现家里没信号了。无论是有线电视还是网络电视，手机还是平板，所有的信号都断了。座机是好的，但只能发挥打电话报修的用处。

在打了几次网络服务商的投诉电话之后，无所事事的高远父母把注意力转移到了他身上。

"小袁老师给我打了个电话。"高父说，"她让我关注一下你的英语作业。"

高远绝望地看着他爹坐在了他的书桌旁。高父说："把你的作业拿出来给我看看。"

于是，他不得不在因为没有网络而无所事事的父亲的注视下，对着课本死磕了一个多小时。

这该死的网络什么时候能修好！

当夜，当地网络服务商客服连续接到了几个不同街区的维修投诉电话。这几个街区，或者说精确到小区楼栋，不约而同地出现了网络阻断的故障。维修人员经过几次检修，都无法找出故障原因。这几个家庭不断打电话报修，几乎快把客服电话打爆了。

换了好几拨维修工作人员，他们都认为线路毫无问题。可白天信号恢复正常后，一到晚上又会重新失去信号。如此经过一周的反复检修，几个工作人员被折腾得想骂娘。白天他们来了，这信号就莫名其妙地好了。一到晚上业主下班孩子回家，这信号就犯病。面对几个家庭的暴怒，他们不由得愤怒地在心里把房地产商、施工方以及物业骂了三百遍。

“我觉得你的几个同学都蔫了。”猫先生说。

“习惯了就好，不会死人的。”小真毫不同情地答道。

数周后，小袁老师看着成绩单说：“还真是让人意外。”

高远这次及格了，虽然是正正好好踩在及格线上，但对他来说已是罕见的分数。另外两个问题同学的分数较上次也明显进步了一些。陈雨欣这次取得了很大进步，考了80分，直接进入班级前二十名。而小真考了93分，名列班上的第六名。刘星泉考了99分，依然是班上的头名。

“颜真，你这次考得不错啊。”

适当地把自己的分数提高一些，也能提高打败1班和3班的胜率。

最后的结果出来得很快，2班的平均分比3班高3分，以0.6分的分差胜过了永远第一的1班。

2班终于拿到了久违的英语科目年级第一。

小袁老师笑得很开心。而小真则希望这群土豪外星螃蟹能快点儿付钱。

安媛心情很好。

坐在她对面的闺密方子薇慢吞吞地说：“你这是有什么喜事吗？”

安媛抿唇摇头。

方子薇放下茶杯说：“你肯定有什么喜事，说吧。”

“没有。”安媛答道。

“让我猜猜。莫非你终于把你家那只猫给收服了？”方子薇就是ID名为团团猫的亲友，安媛最亲密的闺密之一。

“别提了。”一想起家里那只神气活现姿态高傲的猫，安媛心里就有些不悦。

方子薇不再追问，说起了安媛先前交代的事：“说回正事吧。我调查过了。罗清溪的婆婆被人骗了钱，或者说是她家老三干的好事，投资爆雷，钱打了水漂，还欠了村里不少人的钱。”

“所以她把主意打到了罗清溪的头上。”

“是。罗清溪已经给了她一半的抚恤金。剩下的钱，她婆婆就算打官司也拿不到。问题就在于人不要脸，谁也禁不住天天有人上门来闹。我听说罗清溪之前去找了工作，才干了几天就被她婆婆上门撒泼打滚给搅黄了。”

“……”

“所以找男人结婚真的要擦亮眼睛看清楚。大多时候女人嫁的可不是他一个人，而是嫁给了他的家庭。”方子薇耸耸肩，“你们家的刘司机人是不错，但是他那一家子是真的不行。”

“唉……”安媛轻声说，“那么剩下的事就拜托你了。”

“让那极品老太不再上门是小事。”方子薇笑道，“我挺好奇，你怎么会这么关心你家司机的老婆？”

安媛愣了愣说：“我这是关心前员工的家属。老刘人好，罗清溪人也好，我们以前关系就不错。而且，我家小真与刘星泉一直是好朋友。”

“刘星泉……”方子薇念着这个名字，“他是不是去年参加过一个电视上的竞赛节目？”

“对。”安媛点头，“他比赛的时候，小真可激动了，每天准点在电视机前为星泉加油。”

“我的外甥女自从看了那个电视竞赛节目，就一直念叨这个名字。这世界真小啊，我以前就觉得这名字耳熟，想不到还真是你家司机的儿子。他那场比赛太可惜了。”

“是很可惜。小真当时看完电视后气得连晚饭都不肯吃。”

“你看我外甥女都惦记到现在，张口闭口她的偶像是刘星泉。我觉得刘星泉将来肯定有大出息。你说人的命运还真是奇妙，罗清溪命苦，却有个这么出色的儿子。”

“是啊。他成绩一直很好，人又乖，我看着他长大的，能帮总要帮帮。”安媛放下茶杯说，“对了，这次考试小真竟然考得不错，拿了93分。”

“我说，这就是你憋了半天的喜事吧？不容易，你最后还是没憋住。”

“……我本来想说得更加自然一点儿，有那么明显吗？”

“有，你的嘴角都要翘上天了。”

“那可是93分啊！我家小真这次英语成绩拿了班级第六名！”

“我建议你干脆去电视台买下全天滚动字幕，播出颜真英语考试获得班级第六名的喜讯，虽然他的朋友回回都拿第一。”

“你真的是我最好的朋友吗？”

罗清溪看着自己的成绩单。她的数学只刚刚达到及格分数，她的选择题错了一大半。语文考了个不好不坏的分数，最拿手的英语考了123分。以考名牌大学为目标而言，这个总分实在是够呛。

她可以想象父亲看到这个成绩时的表情。在小学和初中，她是家人的骄傲，班上的优等生。自从上了这所竞争激烈的高中，她的成绩就开始不稳，如波浪般时高时低。罗清溪花了大量的时间去学习，但仍无法让她的成绩像初中时那样名列前茅。

现在罗清溪的成绩已经从高一时的尖子生滑落到了中等行列，她能感觉到老师态度的微妙变化。成绩优秀的学生永远是老师的宠儿，一旦成绩持续下降，连老师的笑容都似乎少了一些。

而颜岸不一样，他在小学并不起眼，到了初中后成绩突然开始一跃而上。一开始他的成绩还落后于那时的罗清溪，到了初二就变成了他与罗清溪轮流拿班上的第一。而高中时的颜岸，已经稳坐班上甚至年级第一的宝座，成为家长口中“别人家的孩子”。

颜岸和她有着奇妙的缘分，他们在同一所小学，同一所初中，同一所高中上学，而且都是同一个班。

她还记得小学时期的颜岸，当年颜岸又瘦又小，有一头凌乱的黑发。那时她还没搬家，颜岸就住在对面。罗清溪常常看到窗外一群孩子在空地上野，颜岸就在其中。

那几年她从来没和他说过话，她觉得他是个讨人嫌的坏孩子。父亲说过只有没家教的孩子才会在外面浪费大好时光。

她时常趴在窗台上，看着下面的孩子笑与闹。颜岸虽然个子小，但总是能第一个抢到球。当他投进球后，他会咧着嘴大笑，露出洁白的牙齿。大概是有些逆反心理，罗清溪总是支持颜岸的对手球队，祈祷他们能赢，别让颜岸这个坏小子笑得那么嚣张。

颜岸经常赢。无论对方人多人少，哪怕对面的孩子比他高比他壮，他也能左蹦右跳杀出一条路来。他也有输的时候，但他总是不屈不挠地战到最后一刻。罗清溪从窗台往下看，她本该看不清他的眼神的，但罗清溪却从他的身姿、他的每一个动作上感受到了燃烧的斗志和无声的宣言：他不会放弃，就算这次输了，下次他也一定会赢回来。

他们本来也许永远也不会说话，直到那一天。

罗清溪经常看到邻居家的两个大孩子偷丁沐理家水果摊的水果，这两个大孩子一直都不学好，是周边孩子们恐惧的对象。

在一次放学后，她遇到了其中一个大孩子的母亲，她突然头脑发热地说了自己的所见。当晚楼里就传来孩子的哭叫声和邻居的怒吼声。

到了隔天，罗清溪就被那两个大孩子堵在了楼道里，他们对她说了很多很难听的话，还对她的裙子吐唾沫。她努力地控制着不让自己哭出来，拼命握紧拳头不让自己发抖。

就在这时，颜岸突然冲了过来，他和那两个大孩子打了起来。那两个大孩子已经是初中生了，长得又高又壮。还是小学生的颜岸挨了很多拳头，可他完全不怕，越打越勇。直到罗清溪大喊大叫惹来了邻居，这才把三个孩子分开。

那之后的几天，颜岸开始了与那两个大孩子的持续战斗。每当颜岸放学，那两个浑小子就会堵住他，用污言秽语侮辱他，或者在路边对他丢石子、吐唾沫。当颜岸怒而反击时，他们就会和颜岸扭打在一起。颜岸的胳膊、额头和膝盖总是在不断增加伤痕。他还是一脸满不在乎，似乎要把这双方力量完全不对等的架打到底。最后直到各方家长出面，这事才算勉强中止。

放学时，罗清溪追上颜岸，说："谢谢你。"

颜岸像是被吓了一跳，然后笑了，他的眼睛就像银币一样亮。

这是她印象里第一次与颜岸说话，后来他们也没多少机会说话。小学时，男生与女生会自动分得远远的，划出各自的领域。

到了初中，他与她又在同一个班。那时罗清溪是老师夸奖的对象，她的字写得好看又干净，她已经预习了这学期的大部分课程，她的考试成绩从来都是别人追赶的目标。

突然有一天，颜岸成为老师夸奖的对象。

就像是一夜之间，罗清溪不再是老师唯一的宠儿，颜岸开始展现他在学习上的天赋。

一次初中数学考试，老师额外增加了一道几何附加题。这其实是一道竞赛题，颇具难度，正常来说就算给够了时间，学生也很难解出来。

某个让人昏昏欲睡的下午，数学老师公布了考试成绩，并且兴奋地展示了颜岸的答卷。颜岸拿了满分，不仅如此，他还用巧妙的方法解开了附加题。整个年级，只有颜岸一个人完美解答出这道题。

数学老师很开心，从此颜岸成为他最喜欢的学生。在那之后，颜岸也证实了自己的确是整个年级当之无愧的学霸。数学、语文、英语、物理、地理、历史等等，没有他拿不下的科目。

罗清溪承认自己嫉妒他，嫉妒老师提起他时会露出骄傲的神色，也嫉妒他脸上时时都能有云淡风轻的笑容。初中时她是班长，可班上学习成绩最好的不再是她。在所有人眼里，熠熠生辉的学生只有颜岸。

现在颜岸拿了第一，如果自己再被甩开了太多名次，让其他人插进来……罗清溪每每想到这里，便有种无法忍受的窒息感。那时的她一直都十分自傲，她的自尊心不允许她轻易落败。

她不得不逼着自己加倍努力。

至少在班上的等级体系里，她应该与颜岸在同一个等级。

也许是她过分努力，在初中时，她经常能胜过颜岸拿个第一，每当这时她会偷偷看颜岸。颜岸还是笑嘻嘻的，看不出任何情绪变化，也许对他来说名次根本无所谓。但这是罗清溪一个人的战斗，她不想输。

后来她失去了最好的朋友丁沐理，她确信自己的心因此缺少了一部分。在持续的茫然与哀痛后，她所能做的只是把所有注意力放在学习上。中考后，罗清溪考进了本校的高中部——全市最好的高中。

颜岸也是如此，依然和她同一个班级。

在那个漫长的暑假过后，颜岸发生了变化。他开始抽条变得挺拔，曾经的野孩子突然变成了英俊挺拔的少年。在开学仪式上，他安静地站在班级的前排，就像是一株俊秀的柏木。

校长做完开学致辞后，颜岸作为学生代表走上讲台。他直起身，踏上台阶。少年端正的脸此刻显得凛然严肃，眼里闪着清澈的光芒。罗清溪抬起头，这是她第一次看到颜岸在公众面前讲话，那一瞬间她觉得自己仿佛初次认识这个男生，他以前热烈而危险的野孩子气息已经完全收敛不见，只会在偶然间露出一点锋芒。

他扫视着下面的学生，就像是早就习惯如此。他脱稿致辞，清脆的声音在坐满人的大讲堂里回荡。罗清溪已经完全不记得他那天到底说了什么，她只记得颜岸明亮的眼睛，还有他校服上摇晃的拉链泛着的银色冷光。

罗清溪知道不止她一个人注意到了颜岸的变化。从入学开始，他就在学校高一所有新生的心中激起了涟漪。很多女生偷偷讨论他，称呼他为“校草”。

她与颜岸依然不怎么说话。现在的颜岸以最高票当选了班长，她开始避免与颜岸目光相碰。他已经证实了他的优秀，是学校里闪耀的明星。而罗清溪只是普通的庸人，正在为数学焦头烂额。

这次综合模拟考试的失败，让她心情极差。她在课堂上还丢了一个大脸，数学老师让她到黑板上解一道题，她做着做着就卡住了，拿着粉笔的手空悬在半空，头脑一片空白地看着黑板上的方程式。

老师叹了一口气，让她下去。

罗清溪的脸涨得通红，老师的叹息声让她有种恨不得当场以死谢罪的惭愧。她转身回到座位，颜岸正端坐着看着她，那清澈锐利的目光中带着某些审视的意味。

家中的气氛更让她生不如死。为了她的成绩，父亲与母亲大吵了一架。母亲责怪父亲忙于工作，对女儿关心太少。父亲则责怪母亲总是埋怨太多，事情做得太少。后来母亲情绪失控，把工作和家务上所有的烦心事吼了出来，父亲铁青着脸砸起了家里的东西。

罗清溪捂住了耳朵，从家中逃到了附近的肯德基。她把辅导练习册平摊在桌上，呆呆地望着上面的数字，可是却一个字也写不了。

“罗清溪？”颜岸站在肯德基的玻璃窗外望着她。他走进店里，坐在她的对面。然后他也拿出了辅导练习册，问她有哪里不会。

罗清溪一直都听说颜岸在做家教。事实证明他是个优秀的老师，他对解题有自己的见解。在一番交流之下，他发现罗清溪做所有数学题都是一门心思死算。

“你为什么会这么解？”

“因为老师这么说。”

颜岸想了想说：“其实不同的题目有各自的套路，大致可以分成几个大类，只要把套路摸清就行了。”然后他拿起罗清溪的辅导练习册，对她正在做的一套题目毫不客气地勾画了起来，有的是三角形，有的是五角星，有的是圆圈。

“好了，题目类型分好了，那么我们就先来研究第一种套路吧。”颜岸说，细长的睫毛有些让人心烦地晃动了一下。

他对她说数学考试其实考的不是学生的数学能力，而是应试能力。掌握考试技巧往往会有奇效，他给她列了好几个看起来会让老师勃然大怒的省事方法，甚至包括猜。

“因为有些选项看起来明显就不对啊，”他无辜地说道，“你直接代入那个你觉得正确的答案去验证一下更节省时间。”

那几周，他们经常在肯德基碰面。

罗清溪自己做了一套卷子，正确率有了很大提高。颜岸传授给了她归纳与总结的方法，经过一番实践下来，她开始觉得数学不再像以前那么困扰她了。

要是以后能一直一起学习就好了，她想。

她抬起头，窗台上飞来了一只绿翼小鸟，歪着头对她叫了一声。

罗清溪的父亲为她找了一个有名的辅导老师，她放学后要直接去老师那里接受辅导。

于是，她与颜岸短暂的课后学习时光就这么结束了。

父亲找的课后辅导老师是市里知名的特级教师，为了能将自己塞进他的小课堂，她知道父亲花了不少钱。辅导老师的小课堂有五个学生，都是花了代价才能来上课的学生。其中有一个是她认识的同班同学，魏鸿卓。

她能敏锐地察觉到辅导老师对魏鸿卓非常关注且有耐心。因为魏鸿卓是本省某知名实业家的公子，无论他到哪儿，都是大人们关注的对象。

那天他们上完辅导课后，罗清溪站在楼道口发愁，外面下起了瓢泼大雨，她没有带伞。

“罗清溪，上车吧，正好顺路，我让司机送你。”坐在车里的魏鸿卓笑着对她说。她道了谢，打开车门坐入车中。

车内有股淡淡的香味，魏鸿卓一路跟她随便地聊着天。到了一个路口，轿车停住了。

豆大的雨珠在地上激起飞沫。这真是一场大暴雨，四处看去都是白花花的雨水。一只绿翼小鸟落在了车头，司机开了雨刷把它吓走了。魏鸿卓突然停止了说话，直直地看向窗外。罗清溪顺着他的目光看去。

一个男生正骑着自行车在瓢泼大雨中疾行。他路过了轿车，罗清溪看见了那张端正冷漠的脸。他似乎向车内瞥了一眼，抑或是罗清溪的错觉。

颜岸修长的身影在大雨中远去，逐渐消失在水雾间。

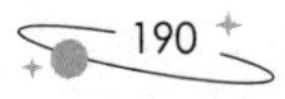

第9章 驱逐

今天的天气很好，非常适宜出行。

小真蹲下身，看着躺在地上的男人。

猫先生宣判道：“他死了。”

“把尸体扔了吧。”斑船长说，“省得被当地人类发现。”

“我还没死呢！”地上的男人吼道。以人类的角度来看，这是一个相貌英俊的年轻男人。但在小真、猫先生和斑船长的眼里，这个男人是一个长着獠牙，肤色呈暗青色的格努斯人。

事情的起因是两个小时前，猫先生从韩老板那里接了一个新任务。

这个任务内容很简单：把两个不交房租的外星人驱逐出他们租的房子，报酬是四千个信用点。

根据资料显示，这两个赖账的外星人是法隆人。法隆人并非是凶残的外星种族，除了那让大多数智慧生命感到不快的繁殖方式，这个种族没有太多的恶评。

他们租的房子在吉祥公寓。

吉祥公寓大楼离小真家不远，位于一个僻静的小区后面。除了附近的小区居民，几乎没什么路人经过，是个理想的外星访客隐匿居所。

斑船长说有一个打算长期停留的外星土豪投资了当地不少房地产，其中有一些房子专门租给外星访客。一旦惹出了事，就需要韩老板这样的一条龙外星中介加善后服务。

据说这两个穷鬼足足欠了半年的房租，让他们的外星土豪房东忍无可忍，直接提交了委托要求——赶人。

在三个噬心魔眼里，赶走两个不交钱的法隆人并不是什么大难事。小真甚至认为中午过去赶个人，还能回家吃个李婶做的下午茶。但当他们到达公寓楼后，却发现事情有些超乎想象。

还没走进公寓大楼，一个物体就从高空掉落了下来。

小真后退了一步。

砰！

一个男人重重地从高空摔在了地上。

还没等小真思索应该如何演绎吃惊，他就发现掉下来的男人是他们的熟人。这个男人是前次寻找哈士奇球球任务中的那位格努斯人。

格努斯人躺在地上抽动了几下。

“他死了。”猫先生说。

“死了。”斑船长点头。

“我没死！”格努斯人愤怒地坐起身。

小真问他这是从几楼摔下来的。

“十五楼或者十六楼。”格努斯人咕哝道，“你们也接了赶走那两个该死的法隆人的任务吗？”

“是的。”

“好极了。”格努斯人说，“我比你们来得早，这个任务是我的。”

猫先生抬起爪子：“你指的是你从高处被漂亮地扔下来的失败任务？”

“这是我的任务！”格努斯人跳起来，看起来就算是从高楼坠下，他也毫发未损活蹦乱跳。传闻中格努斯人皮糙肉厚，果然不假。

猫先生说：“赏金公会的任务没有先来后到的规矩，谁完成就是谁的。”

斑船长附和：“没错！”

格努斯人沉下脸，他用手扶着下巴，思考了一下，随后说道：“我五成，你们五成。”

这真是见了鬼了。

三个噬心魔用脑波交换着意见。

“太可怕了，格努斯人竟然会用他智慧贫乏的大脑来和我们谈判。”

“我还以为他会嗷嗷嗷地冲上来与我们互殴。”

“看来格努斯人终于意识到脑子这个东西的用处了。”

一番集体交流后，他们同意了格努斯人的条件。原因很简单，能让好斗凶猛的格努斯人让步，这说明上面的法隆人不是善茬。

两个法隆人住在这栋公寓大楼的十六楼。小真、猫先生和斑船长步入电梯后，发现格努斯人还在电梯外站着。

“你为什么不进来？”

“我走楼梯。”格努斯人转身向消防楼梯走去。

电梯门合上。

小真说：“他是故意的。”

猫先生说：“我要把格努斯人的智商再提高一档，他是故意让我们走电梯的吧。”

斑船长说：“电梯会有什么问题吗？”

“不知道。”

电梯平稳地向上运行，当中没有停留，直到在十六楼处亮起了灯。门唰地打开，他们眼前是十六楼的电梯过道。小真跨了出去，看起来没有任何异状。

景色瞬间转换。

小真发现自己突然身处大楼外的半空。

还没等他发出一个“啊”字，便直直地掉了下去。

砰！

小真躺在地上看着天空。现在他躺在公寓大楼外的地面上，和方才格努斯人掉下来的位置差不多。他就知道韩老板的生意从来不是什么好活儿。

砰！

猫先生从高处砸在了他的身旁。

斑船长在空中盘旋："这就是有翅膀的好处。"它嘲笑躺在地上的一人一猫。

"你没觉得小鸡在空中飞这个设定有什么不对吗？"

小真坐起来，除了脑袋有点儿磕得发昏外，他的身体一切无恙。这个陷阱在下落时将他们身上的动能减少了，使地面对肉体的冲击降到最低，看来方才格努斯人没受伤也是因为如此。

砰！

格努斯人从空中掉下，砸在了小真身边。

"你好。"小真对他打了声招呼。

格努斯人："……"

猫先生直起身，喵了一声，说道："我们来梳理一下目前的情况吧。"

格努斯人怒道："目前的情况就是该死的法隆人又把我们当垃圾扔了出来！我要在他们的头上开个洞！"

"在开洞之前，请让我们分析一下。"

两个赖账的穷鬼显然是对房东找人来驱赶他们这事心知肚明。为了赖着不走，法隆人布置了某种空间陷阱。

猫先生说："这个陷阱涉及了量子纠缠机制，用来达成点对点的短距离传送。虽然不太清楚它到底是怎么设计的，但目前来看，走电梯和走楼梯都会触发陷阱。"

"那现在怎么办？"

"当然是想办法再上去。"

十分钟后。

砰！砰！

小真仰面摔在地上，猫先生砸在了他身边。

砰！

格努斯人再度从空中掉下。

格努斯人一跃而起：“我要……”

“他在说什么？”

“大概是要把这两个法隆人砍成肉酱之类的话吧。”

楼梯不行，电梯不行，从外立面爬进去的方法也失败了。

猫先生说：“看来只要入侵这栋大楼，都会触发传送陷阱。”

“你们注意到没有。”小真凝视着吉祥公寓大楼说，“到目前为止都没有一个当地人类路过这里，也没有人类从大楼里进出。”

“现在不是下班时间，人类的作息一向很有规律，而且这位土豪只会将当地人很少出没的房子租给外星人。”

“这外星土豪可真会做生意。”

“毕竟惹出麻烦善后要花不少钱，就算是土豪也会降低风险节省开支。”

斑船长说：“说起来，这两个外星人明明穷得连房租都交不起，倒是有钱布置一个空间转移陷阱。”

小真眨眨眼，他知道这种陷阱并不便宜，比方说他就付不起钱搞这个。

格努斯人吼道：“有钱布置陷阱，没钱交房租。等我见到他们，我要把他们都……”

“他在说什么？”

“一些关于格努斯兽人对待敌人的无情习俗。”

小真摸着下巴想了一下说：“是监控。他们交不起房租，所以我认为以他们的财力这空间陷阱根本覆盖不了这公寓的整个十六楼。法隆人是在用监控控制陷阱。”

“哦？”猫先生说，“那就好办多了。”

上次小真为了考试而购买的信号干扰器还有剩余。他将信号干扰器贴在皮肤上，分给了猫先生与斑船长，也顺手给了格努斯人一个。

“我名为达斯维达，在本地区的名字叫作安天行。”格努斯人郑重地接过信号干扰器说道，“这个任务，我们将会通力合作。”

一旦接受了对方的馈赠，格努斯人就会变得很好相处并且值得信赖。可小真的注意力转移到了其他地方：“维达？安天行？你这名字……”

“安天行是韩老板给我取的本地名。”格努斯人说，“有什么问题吗？”

“你这名字与一个众人敬仰的大人物有关。”小真决定暂时不宣扬某肥皂系列剧里的悲情高人气反派角色的故事，毕竟目前驱逐两个法隆人才是正经事。

他们再度向吉祥公寓大楼进发，走楼梯行进到五楼，随后兵分两路，斑船长抓着猫先生从窗外向上飞去。小真和安天行则直接改乘电梯，坐到十二楼又改从楼梯上去。

就像小真猜的那样，在信号干扰器的作用下，法隆人似乎再也无法精准确定他们的方位。他们非常顺利地来到了十六楼。

法隆人的房间门号是1603。

小真上前去敲门，安天行躲在旁边，拔出了爆弹枪。

敲了一下门后，小真立刻被传送到了大楼外的半空中。在坠落的同时，他听到了十六楼响起的爆炸声。

安天行在小真被转移消失的同时对房门进行了爆弹攻击。

小真从地上爬起来，重新跑进吉祥公寓大楼。

如果猫先生、斑船长和安天行那边没有发生意外，此时应该已经冲进了法隆人的房间。

他重新返回十六楼，这次终于毫无阻碍地走进了1603室。

一个法隆人正垂头丧气地坐在地上，另外一个法隆人像一具尸体般躺在地上。法隆人全身长有纤维般的细长绒毛，额头上有一对触角，身材比人类要高大一些。躺在地上的法隆人直直地盯着天花板，眼神呆滞。安天行手足无措地站着，猫先生和斑船长蹲在一旁。

小真看了地上的法隆人一会儿，问安天行：“你干了什么？”

“我只是爆破了大门，其他什么都没干！”

“这位看起来好像死了。”

“我进来时就这样了！”安天行大喊，他拎起另外一个法隆人吼道：“你的室友怎么了？”

法隆人发出了一声尖锐的叫声，刺得小真捂住了耳朵。安天行拔出爆弹枪对准了法隆人的脑袋：“我只数到三。一，二……”

“我的伴侣要生产了。”法隆人乖巧地说，“我只是不想让任何人打扰产卵仪式。”

小真看着地上的法隆人，它的身体肿胀僵直，眼眶开裂流血，没有一丝生气。三个噬心魔又开始了脑内会议。

“法隆人的生产方式，想必你们都有所耳闻吧。”

“它体内的卵会吸干它，把母体变成一具尸体。”

“我知道，它会爆炸，然后炸出一堆卵。”

“……”

小真发问：“就要生产了吗？”

“我们只是想不受干扰地迎来子嗣……”法隆人咕哝道。

安天行叫道：“胡扯！它产卵会把整层楼都给炸飞。”

法隆人叹息道：“所以我才想要一个独立的不受人打扰的空间啊。”

斑船长大吼：“你该去的地方是本地轨道上的星际诊疗所，而不是这里！”

“为什么这里会有一只鸡？”

“少废话！回答我的问题。”

“我没钱，船票已经花光了我们所有的信用点。”法隆人义正词严，“为此我用仅有的钱购置了空间转移陷阱来驱赶误入者，就为了能不被人打扰地让我的伴侣完成生命礼赞的最后一步。”

“它产卵会产生足以把整层楼炸飞的能量！”安天行高喊，“连你都逃不掉，你是疯了吗？”

“我当然有所准备。”法隆人按下了袖子上的按钮，一件银色的太空动力服包裹住了它，“这件防护服能够抵御足以轰掉整座楼的能量。我做了准备，先生们。”

小真说：“可是，虽然你做了准备，你的房间会被炸掉啊！”

法隆人愣了愣：“我租房子的时候，写明了法隆人与它怀孕的伴侣。我以为房东会默认给我们足够坚固的安全房。”

“不不不！房东只会以为你的伴侣会在产卵期将近的时候去轨道上的星际医院！”小真觉得自己的精神正处于崩溃的边缘。

法隆人的表情凝固住了：“是这样吗？”

“当然是这样啊！”安天行、小真与斑船长一起吼道，“这里不是银河文明辖区，你对本地的建筑是有什么误解！你这个蠢货！”

法隆人顿时恍然大悟。

猫先生说：“它……是不是要生了？”

原本躺在地上的法隆人眼睛突然变成了骇人的猩红色，它的手颤抖不已，腹部有细小的异物开始凸起搏动。它张开嘴，发出了一种刺耳的尖细的号叫，攻击着在场所有人的神经。

小真喊道：“你的空间转移装置在哪儿？快！”

法隆人在桌子上的显示器前摸索出一个装置：“等一下，我要设定一下。”

“来不及了！”

安天行一脚踹开窗户。

猫先生把待产的法隆人拖出房间。

它的身体开始鼓胀，深色的体液从撕裂的皮肤里涌出来。

踹开法隆人，小真按下了空间转移器的按钮。

下一个瞬间。

砰！

那个怀孕的法隆人在大楼外的半空中爆炸了——

如烟花般在空中炸开，带起了一道道气浪。红色闪光下，大楼的玻璃窗尽数被震碎。地上的树木如波涛般起伏，在爆炸的气旋散去后，才缓缓恢复平静。

斑船长用翅膀指着破碎的窗户：“那是你的儿子女儿吗？”它说的是粘在窗户上的几个葡萄大小的半透明圆球颗粒，彼此间连着浅红色的肉膜。

“总共有三百七十二个孩子。”法隆人伸手摘下卵，语气苦闷，“我们事先做过检查。”

四位赏金猎手走出房间。

安天行说：“接下来我们是要把这个死了老婆又炸飞三百多个孩子的愚蠢的法隆人赶走吗？”

“或者你可以选择去把那三百多个卵给找回来，不善后的话我们是没法领信用点的。”

“我……”

此刻小真不想去猜安天行在说啥了，他只觉得下次他们再接韩老板的任务，他们就是真弱智。

小真觉得有必要对母亲安媛提出抗议。

因为每天早晨，她给他喝的蔬菜汁实在是太难喝了。

这是安媛研究了多种配方开发出来的混合蔬菜汁。小真喝的时候只觉得这像什么死去昆虫的体液，他的肉体每日早晨都要因此颤抖一次，于是他很客气地对安媛提出了意见。

安媛瞪大了眼睛注视着小真，仿佛小真在说他不是她的亲生儿子。她的嘴唇颤抖，连眼睛都湿润了起来。

小真转移视线，向他的父亲求助。

颜岸咳嗽了一声，放下了玻璃杯。需要说明的是，杯里的蔬菜汁被颜岸喝得一滴都不剩。

他宿主的父亲——颜岸不顾半点父子亲情，飞快地站起身，离开家去公司了。

他的妹妹颜珠，低垂着眼睛，她面前的玻璃杯里的蔬菜汁还剩三分之二，通常她会在妈妈离开餐桌后找个机会去将其倒掉。小真的玻璃杯里还剩一半。

安媛将双手撑在桌面上，开始了她的营养均衡宣讲课。

这场宣讲课一直持续到小真和颜珠出门上学，颜珠怨恨地瞪了一眼小真。他们在上学前，不得不在母亲的全程注视下捏着鼻子灌下了剩下的蔬菜汁，只为了让安媛停止对他们的精神攻击。

早餐通常都是李婶准备，无论是粥、包子、油条，还是荷包蛋、培根、三明治，都是可口的、让人精神舒适的早晨饮食，小真对这些食物非常满意，没有任何意见。

只有可疑的蔬菜汁出自安媛之手，如果不是目击到安媛用机器搅碎各种蔬菜谷类水果，他绝对会怀疑安媛给他们喝的就是一杯毒药。

“真的太可怕了，我觉得我是在喝撕裂虫的脓液。”小真咕哝道。

斑船长说："是吗？听起来还能接受？"他最近正在打安媛提供的鸡食盆里的饲料的主意，经过多日观察，他觉得那些饲料看起来似乎不错。

"你不觉得你的味觉已经彻底被你满脑子都是吃虫子的宿主带歪了吗？"

斑船长喊道："请停止你的污蔑。我对美食还是有鉴赏力的，我现在就很想吃塔司球。"

猫先生说："我也想吃。"

小真："我也想……"

三个噬心魔陷入了沉默。

昔日品尝银河美食的记忆刺激着神经，让他们宿主的口腔不自觉地分泌出了唾液。

他们的脑波碰撞着，互相分享着过去在银河各地品尝美味的每一个瞬间。噬心魔会将自己某些值得纪念的体验储存在自己的触手内，必要时可以和同伴们分享。

在互相分享了一下过去对塔司球的美好体验后，小真发现自己更饿了。这一定是那该死的蔬菜汁的错。这个星球的美食固然不错，但回忆中的美食因为遥不可及而更能拨动心弦。

"烤到半熟的塔司球，配上融化的雷牛肉油，再混入薇薇草碎末，入嘴即化，简直是一种冲击神经末梢的享受……"

够了，再吃不到塔司球我就要死了。

斑船长喊道："再吃不到塔司球我就要死了！"

猫先生依然维持着镇定的模样，但它的眼神也诉说着渴望。

于是，他们火速做了一个决定，去穿越一趟那该死的旋涡。

别说旋涡后是格努斯兽人黑帮团伙盘踞的垃圾场了，就算是什么暴君、异兽虫群也没法阻拦他们穿越星海回去吃美食的决心。

一位德高望重的噬心魔曾说过：这世界上没有比满足宿主的口腹之欲

更重要的事。

这次，他们一起穿过了学校实验大楼图书室内的旋涡，再度来到了织夜星。

他们正坐在织夜星第三都市的一家餐厅内，头顶是错综复杂的金属蛛网，一个硕大的蜘蛛服务员端上了三瓶气味饮料。

小真对着瓶口嗅了一下，一股类似青草的青涩味道直冲天灵盖，但之后的气味就淡得接近于无。

“太少了。”他说。

“免费饮料，你还奢求啥。”猫先生说。它长吸了一口，眯起眼睛，感受着气味刺激着纤细神经的感觉。它点的是破碎雪山活水温泉的特产——雪身鱼的气味饮料。斑船长则点了星历793年征服者号的军用机油味的。

“这个味不纯。”斑船长抱着瓶子不满地挑剔，“这种劣等机油要是敢上我的船，我会把供应商直接扬了。”

“但这是免费的。”小真放下空瓶，“我们的重点是马上端来的菜。”

斑船长垂下翅膀：“我觉得我能吞下整整一桌塔司球。你的信用点够吗？”它看向坐在一旁的猫先生。

这次突然的星际之旅，饭局由猫先生请客。也是猫先生叫来了车，在那群黑帮格努斯人干掉他们之前，把他们及时从垃圾场送到了第三都市。

按照猫先生的解释，它先前之所以只能靠白蹭斑船长的或者做韩老板的赏金任务赚钱，是因为它这个账户仅限在某几个特定星区消费，且资金无法转出。

织夜星恰好处于它账户的使用范围之内。于是猫先生成了大方的金主，它声称账户资金充裕，足够他们这次吃到爽。

塔司球是如今银河文明星区常见并推广繁殖的一种卵生动物。它外表是个毛茸茸的白球，在毛下藏有两条腿，擅长蹦蹦跳跳，食草，无攻击性，肉质鲜美柔软，很受广大银河公民的欢迎。

这家餐厅的特色菜就是糖浆塔司球。

敲开焦脆的蜘蛛唾液糖浆，里面就是用捣碎的塔司球揉成的肉球。口感劲道，鲜美柔滑——每一个在品鉴栏上留言的客人都这么描述。但在小真看来，若是这家店不再三百六十度无死角全息投影播放一只巨型黑色蜘蛛贪婪地啃食一盘糖浆塔司球，那他可能会感觉更好一点儿。

奇怪，他以前对这种节肢生物并不是那么反感。

硕大的蜘蛛服务员爬上前，取走了气味饮料瓶。猫先生问塔司球什么时候上。蜘蛛的口器上带着一个语音转换器，能够将它的信息素转化为语言。

“马上就好了。”蜘蛛服务员的转换语音是一个柔和的女声，“我们的厨子正在喷射糖浆，它的唾液绝对新鲜。”

“请快点儿。”猫先生催促道，“这已经是我们今天吃的第三家餐厅了。前两家餐厅都是坐下来没多久就出了意外，我可不希望再有什么意外发生。”

蜘蛛服务员不安地挪动多足：“客人，您也知道，最近是多事之秋。我们就要换总督了，现在都市里正闹成一团。”

蜘蛛的浅层意识相对人类来说更加含糊不定，但某些情感却是一致的。小真第一时间就感觉到了蜘蛛服务员的惊惶，与前两家餐厅的服务员的情感如出一辙。他们已经连续在两家餐厅遭遇了示威砸店的惨剧，只能被迫仓皇逃走，去找下一家餐厅。

一路走来，街上都悬浮着各种“议会的走狗统统去死吧！”“滚蛋吧军团！”的立体标语。虽然说阵营之争很常见，但连饭都吃不上可就不是什么好事了。

“每次换届都要闹一场。”猫先生说，“我只希望这个总督聪明一点儿，给后面那位留点儿面子。”

猫先生说得轻松自然，可星球的派系斗争从来就是一团乱麻。在小真看来，织夜星这种地属交通要道的富庶星际枢纽，要换一个最高官员，基本就是在对着烂泥坑丢石块，必然惹来一身泥。

盘根错节的贵族家族，各大种族势力的代言人，各大军团的驻军将官，议会下派的文官，足以把所有事情搞得一团糟。

蜘蛛服务员再度出现了，它的几只手各捧着一个盘子，每个盘子里都有一个被焦红色糖浆包裹的塔司球。

小真立刻把所有乱七八糟的派系斗争扔在了脑后，他拿起叉子，盯着盘子里的佳肴。

啊，塔司球，他朝思暮想的塔司球。

他在心底欢呼着。

然后，蜘蛛服务员的头被打爆了。它的头被击中，但是它的身体依然挺立，灵巧的多足仍细心认真地将塔司球放在了桌上。

果然，这种节肢生物的神经与大脑是分离的。小真握着叉子想。

“它的脑袋被击中了。”斑船长说。

“是的。”小真趴下身体，数道激光光束擦着他的身体而过。猫先生跳到了桌下。

又一个客人在他们眼前被击中。在尖叫与咒骂声中，一群暴徒涌入餐厅疯狂打砸。

“去死吧！军团的走狗！”

“这家店的老板是军团的人！”

蜘蛛服务员们惊恐地散开，一个蜘蛛厨子打开门从厨房出来，想看看发生了什么。在目睹外面发生的一切后，蜘蛛厨子飞速地关上了门。小真猜大约等它把厨房里的东西都吃光了它才会出来。

这群狂热的暴徒在店里挥舞着他们所能拿到的一切武器攻击着店里所有人，尖叫声与枪声此起彼伏。

小真躲在桌下看了一眼被踩烂的塔司球，说：“换一家店？”

“我没意见。”

“我也没意见。”

他们找的第四家餐厅是一家移动的泰坦型餐厅。

他们所在的座位摇摇晃晃，餐厅是一个移动的巨型钢铁垃圾堡垒，餐厅老板花费了数十个星历年用搜罗来的金属垃圾拼装成了一个移动式钢铁巨人，然后宣称它是个泰坦。由于没有得到市政交通部门的批准，这个费尽老板心力的巨型钢铁餐厅只能行走在郊区。

严格来说，“泰坦”餐厅的用餐环境谈不上好。齿轮咯吱作响，地板摇晃不停，空气中充斥着机油的味道。连接着各种电线的桌子上伸出一个老式屏幕，上面轮番显示着菜名与价格。

几条控温管道喷口喷着冷气，将气温控制在一个合适的温度。小真喝着服务员（谢天谢地这次总算不是大蜘蛛了）端上来的药剂茶，猫先生将与菜名对应的数字敲入了一个油腻的板子里。

“这次我们应该能吃到塔司球了吧。”斑船长说。

小真说：“这已经是第四家餐厅了！第四家了！”

“放心，我们这里绝对安全。”服务员说。他是一个智人，一半肉体已经被改造成机械，但是脸还保留着人类的特征，“那些渣渣怎敢挑战泰坦。”

可这家餐厅实际上只是由一堆破铜烂铁拼凑起来的大号行走机器而已，真的泰坦驾驶员听到你这话怕是会直接跳起来打烂你的头。

出于礼貌，小真并没有去纠正服务员对泰坦的错误理解。他盯着菜谱，畅想着鱼汁塔司球的味道。

服务员说他家的塔司球经过了十五个日夜的烹饪，味道会比其他店更加香浓。而鱼汁更是用深海长鲨的筋子熬制而成，再配上一些清甜的绿果粒。

“是你绝不会忘记的美味。”服务员信心十足。

小真兴奋地握紧了叉子。

他朝思暮想的塔司球，这才是银河高级生物该吃的美味。

坐在另一桌的两个顾客正相谈甚欢。其中一个顾客突然向后仰倒，躺在地板上口吐白沫，抽搐不已，另外一个顾客则失声尖叫。

“他怎么了？”

另一个顾客喊道：“他生病了！”

猫先生说：“不。”

只见倒在地上的顾客含混不清地发出尖叫，接下来的场面让在场所有人都目瞪口呆，几欲作呕：顾客的躯壳生生被撕裂，从他的肉体裂缝中爬出来一只可憎的大虫子。虫子的肢节沾着半透明的黏液，口器发出尖锐的咔嚓响声，一双硕大的复眼无感情地瞪视着他们。它张开前肢，那是一双锋利尖锐的甲壳刀锋。

噗！小真后退了一步，地板上刺刺冒起了白烟，那是从它口器里喷出的腐蚀酸液。

猫先生说：“我知道这种虫子，它们好像叫赤眼猎螂。一旦它们在你的身体里产了卵，大约只要一周，它就能孵化完毕并且吃光你的内脏。待到时机成熟，它就会从你的躯壳内跳出来成为成虫，并且开始狩猎捕食。”

斑船长说：“我真应该拍下来回去传到抖音上成为当红博主。”

小真恨恨地扔下叉子：“第四家餐厅了！我只想，好好，吃一顿饭！好好，吃一顿饭！”

一番鸡飞狗跳后，三位噬心魔结束了他们的织夜星之旅。

不久前，出于屡次被打扰进餐的愤怒，三位噬心魔冲上去痛殴了很不会看时机的赤眼猎螂。在赤眼猎螂试图用它的刀锋撕开小真的腹部前，小真冲上去扭断了它的脑袋。猫先生和斑船长则毫不留情地将赤眼猎螂撕成了碎片。

踩着赤眼猎螂的残骸，他们兴致全无，草草吃完了一顿饭。餐厅老板为了表达谢意，将一袋种子送给了小真。

小真问："这是什么？"

餐厅老板告诉小真，这是香嗅果的种子，它的果实非常美味。

斑船长问："你打算种它们吗？"

小真点点头，这时他们已经穿过旋涡回家了。小真坐在他的书房里拨弄着种子，种子圆润光滑，如米粒般大小。

"它的果实很好吃，甜美多汁，芬芳扑鼻，不亚于这个星球上的任何一种水果。尤其是它的汁液制成的佳酿，相信我，喝了它，你会发现所有饮料都是工业废水。"

猫先生说："我提醒你一下，未经登记审核就种植外星植物是违法的。"

"我可以考虑将它酿成的饮料分你一点儿。"

"目测审核登记最起码要经过一年，我们当然可以偷偷地种。"

小真拿出了他在织夜星买来的商品——黏土助手。他用黏土揉捏出了一个个大约五厘米高的小泥人。说是泥人也勉强，小真毫无工匠精神，把一个个圆条捏出小胳膊小腿，这就是他的小人儿了。

之后，他对着屏幕设定初始程序：第一条，小人儿的工作是种植照料香嗅果。第二条，小人儿要避开所有当地人，隐藏自己。第三条，禁止香嗅果包括根、茎、叶、果实等一切组织外泄。（中略）以第二条为绝对优先，小人儿需在第二条的前提下完成其余事项。

将程序设定完后，圆墩墩的小人儿们便开始工作，捧着种子列队走向花园。小劳工们在花园的一角开垦了一小块土地，勤快地播下了种子。

小真做了一个牌子插在这块地前，上面写着“颜真的植物”。他又重新设定了一下光学伪装投影，在其他人眼里，不管这块地上长出什么，都是最普通的当地植物。

“看起来挺完美。”斑船长看着五厘米高的黏土小工们在土地上劳作，“我已经有点儿迫不及待想吃它们的种植成果了。”

“慢慢等吧，我是不会用植物生长剂的。”小真说。

“我可以吃一个你的种子吗？我的宿主跟我说那看起来很好吃。”

“不可以！”小真决定把“禁止鸡接近田地两米之内”也写入小劳工们的程序。

“我只希望你的奴隶大队不要被你爸妈发现。”猫先生说道。

它走进忙碌的迷你田间，看着这群小劳工前后忙碌。突然，它伸出爪子，啪，将一个小人儿打飞了。

小真说：“你在干什么？”

“说起来你也许不信。”猫先生平静地答道，“是爪子它自己动的。”

“你是在故意激怒我吗？”

“不是。是我的宿主极度渴望去拍飞几个你的黏土奴隶。”猫先生解释道，“它的内心充满了骚动，有时只要我一放松控制，它就会自己出手。”

啪！猫先生又把一个小人儿给打飞了。

“你是故意的吧！”

“不是。”

啪！又一个小人儿被抽飞了。

“滚出我的试验田！”

“请不要为难我，这是我宿主的天性。”

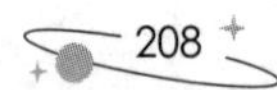

颜珠发现她的哥哥最近有点儿怪。

虽然说以前颜珠就搞不清她哥到底在想啥，但最近她哥越发奇怪了。

平常没事就对着电脑玩游戏的哥哥，现在竟然破天荒地坐在花园里，对着几株植物发呆。

她好奇地来到哥哥身边，哥哥目不斜视，正认真地看着那几株植物。颜珠发现，这块角落竟然还被插上了写着“颜真的植物”字样的牌子。她看了看，地里只有几株风雨兰，而且它们还没开花，只有绿色的叶子在空气中摇晃。

沉默了几分钟后，颜珠终于开口问道：“哥，你在看什么？”

“我在看生命的成长。”小真回答。在他眼中，黏土小人们正在挖出地里的虫卵一一剿灭，为香嗅果未来的成长扫清一切障碍。

颜珠觉得哥哥大约是考试压力太大，精神有些恍惚。

她又看了哥哥几眼，掏出手机，选取了几个角度，啪啪拍了几张照片，然后把照片发在了自己的动态里。她在下面写道：被考试折磨到恍惚的可怜人。

十分钟后，她回到自己的房间，打开平板电脑玩起了网页游戏《幻梦之诗》。这是她最近沉迷的一个页游，画面鲜亮可爱，操作简单，很受一些年轻玩家的欢迎。

她的角色是一个金色头发的小姑娘，名字叫“琉璃梦儿”。和平常一样，她在森林里采集了蘑菇和史莱姆黏液，又回到农庄，采集了成熟的农作物。

干完所有农活后，她回到萌宠饲养屋，将收集到的食物喂给她的宝贝萌宠们。其中有一只萌宠的头上冒出了小心心，颜珠不由得一阵激动，这意味着她可以将萌宠放入进化之井里转生了。

游戏里的萌宠有着高低等级之分。兔子、松鼠、山猪等等都是比较普通常见的，蝴蝶、小鹿、雪豹等小萌宠高级一些，而最最珍贵的萌宠数量非常稀少，很少能在野外见到，通过人工转生获得的概率更是小之又小。

目前游戏商行里的顶尖萌宠的价格都是三十万水晶币起步。颜珠玩这个页游有数月了，攒的水晶币也不过两万，只买得起普通级别的萌宠，对于那种传说级别的珍稀萌宠，她只能望着商行里它们的图片叹气。

她所在的游戏群的一些大佬都是直接充值买珍稀萌宠。颜珠的母亲每个月给颜珠的零用钱非常有限，虽然她很想要商行里的珍稀萌宠，但把所有零用钱都砸进去似乎也并不划算。

颜珠盯着商行里那只最美丽的银色独角兽看了好一会儿，恋恋不舍地在是否购买的选项框里点了叉。

她又回到自己庄园的萌宠饲养屋抚摸了一下自己的萌宠们。要进入进化之井，需要放入三个驯化完成并且好感度满值的小萌宠，小萌宠会有一定概率转生成更高等级的萌宠。

她已经有了两个达到要求的小萌宠，接下来再凑齐一个就能转生了。她希望这次能转生出一只小雪豹。

颜珠退出了页游，班级群正响个不停，“99+”条未读提示弹了出来。

班级群正在激烈讨论她刚刚在动态里发的哥哥的照片。

“这是谁呀？帅气。”

“我知道，是最近很红的那个明星。”

“想不到颜珠也会喜欢那个任安之。”

“颜珠，这是任安之吧？这是他中学时的照片吗？你从哪儿弄来的？”

“是安之哥哥吧！”

颜珠愣住了。任安之这个名字她不陌生，他是现在非常红的一个明星，人们口中的流量小生。最近的一部大热悬疑电影里他出演男二号，用

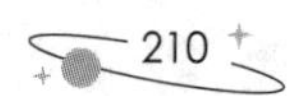

俊美洒脱的扮相吸了一大群粉丝。而最近他在综艺节目上的表现，更是让无数女粉丝如痴如醉。

为什么他们会对着哥哥的照片喊任安之？

她打开动态里哥哥的照片，刚才随手拍的几张，效果出乎意料的好。黄昏的光给哥哥的侧影抹上了一层金边，哥哥若有所思地凝视着前方，乌黑的瞳孔流光溢彩。无论从哪个角度看，照片里的哥哥都是让人惊叹的俊美少年。

她看了片刻，打开了网页开始搜索任安之。颜珠是一个喜欢二次元、完全不追星的小姑娘，明星对她来说就是一个遥远的代号。就算是当红明星任安之，她也只是知道他的名字，对不上脸。

数秒后，任安之的写真照片铺满了屏幕。眼前的这个明星任安之二十多岁，俊逸非凡。

她不得不承认：的确，任安之和哥哥有那么一点点像，也许他的少年时期与哥哥的相貌更相仿。颜珠暗想，不，是哥哥更好看。

她切回聊天频道，班级群里还在争论那张照片到底是不是任安之。

“我说就是安之哥哥！”

“别哥哥了，肉麻。”

“肯定是他！好嫩啊，是前几年还没出道的时候拍的吧。”

颜珠打字说：“这是我哥哥。”

“看，我就说是安之哥哥。”

“不是，我说的是我的哥哥，我亲哥。”

“啥？”

班级群里大家顿时兴奋了起来。

“你哥有这么帅？”

“哇，真的假的啊？”

“颜珠说的是真的。我见过她哥，是真的帅。”发言的是颜珠的同学兼好友程嘉盈。

“厉害了。”

“颜同学，你哥这个颜值，可以考虑去参加选秀当明星了。”

“好羡慕！要是我也有像安之那样帅的哥哥就好了。”

“这得看你爸妈的基因。”

同学们七嘴八舌地欢腾了一阵。

颜珠欣然接受了大家的赞美，内心既高兴又自豪。她切回自己的动态，又欣赏了几分钟颜真的照片。

哥哥被拍得这么好看，果然还是有自己拍摄技术好的原因。

到了第二天，这几张照片不知被谁转了出去，没过多久，以“惊艳！任安之未公开的少年时期照片”为标题的营销号文章在各大网络平台上传播开来。

第10章 漂流瓶之二

小真觉得自己背后魏晶靖的视线很是刺眼。

从早上第一堂课开始，他就觉得魏晶靖时不时地瞪自己，那眼神活像要在自己身上挖出一个坑。

他思考了一下，认为近日并没有得罪过这位大小姐，便决定完全无视她。

魏晶靖看了一眼颜真。这时是课间休息，颜真正和项泽宇说话。她又皱眉仔细观察了一番颜真，从他的眼睛到眉毛，耳朵到下巴，她恨不得把他每一处都看得清清楚楚，而后又低头看了一眼手机。

她正在逛微博。最近因为某部大热电影和某个原因，她成了任安之的粉丝。最近两个月来她没事就会搜索任安之的相关信息。

她刚刚在微博上刷到几张任安之少年时期的照片，那青葱水嫩的样子让她忍不住花痴了数分钟。可她没过多久就发现了一件事，这件事足以让她三观崩裂怀疑人生。

那就是——

这照片上的少年任安之怎么会这么像那个颜真？

她盯着照片上的人又看了看，越发觉得自己脸盲。于是她敲了敲旁边陈雨欣的桌子，将手机送到陈雨欣眼前，问道：“你看看，这是谁？”

陈雨欣一看便脱口而出：“是颜真啊。”

“……”

“哇，这照片也拍得太帅了。”陈雨欣说，“这就是颜真吧。”

魏晶靖有些泄气：“可这上面说是任安之前几年的照片。”

“任安之？”陈雨欣又看了几眼，说，“那个很火的电影的男三号？”

“是男二号！论番位他排第二！”魏晶靖提高了音量纠正她无知的同学，“任安之第一次上大屏幕就是参演胡导的电影，而且还是男二号，如今已经获得了十八亿票房，另外我们安之比男一号耀眼多了。”

陈雨欣眨眨眼，她对娱乐圈的番位一无所知，并不知道自己在无心中踩了魏晶靖的雷点，她继续说：“我对任安之不熟，但这照片是挺像颜真的。”

魏晶靖悲伤地闭上了嘴，她仍不想接受现实。

任安之算是让她燃起追星热情的第一个明星。现在她在某视频网站上的收藏夹里全都是任安之的剪辑视频和MV。她并没有加任何一个任安之的粉丝群，也不像其他狂热粉丝一样整齐划一地给任安之打榜刷流量。她是一个正宗的“路人粉”，干得最多的事就是反复刷任安之的视频剪辑，然后发几条“安之盛世美颜”之类的弹幕。

一想到盛世美颜这些词，魏晶靖忍不住抱住了脑袋。虽然她以前就觉得任安之眼熟，但她只觉得这是她的偶像长得面善，从来都没往颜真身上想过。

如今这几张照片彻底让她变成了脸盲，她只觉得任安之与讨厌的颜真不断重合，而这些日常念出来都会觉得羞耻的词句，都像是变成了她对颜真的痴迷。

啊啊啊啊啊！

她在心底发出土拨鼠一般的无尽的尖叫。

啊啊啊啊啊！我的安之才不像颜真！魏晶靖趴在桌上无声地哀号。

陈雨欣似乎不想就此停止对魏晶靖的精神刺激。在魏晶靖把手机拿回来前，陈雨欣把照片展示给了刘星泉看，让班长回答这是谁。

“是颜真。”刘星泉不假思索地回答。

“行了，行了。我知道了。”魏晶靖垂头丧气。

陈雨欣说：“魏晶靖说这是任安之。”

“是颜真。”刘星泉的声音并不响，但语气极为坚定。

行吧。魏晶靖低头认命。

放学时分，项泽宇拦住了刘星泉。

“刘星泉，有件事想请你帮忙。”

“什么？”

项泽宇压低了声音：“我听人说，你和小胜哥很熟。”

刘星泉注视着项泽宇，而后答道：“是。”

小胜哥是本校高中部的学生，曾与外校学生打架受过处分，因此成了学校响当当的问题人物，是个老师都不太愿意多管的角色。低年级的学生都说他是混混头子，混社会的不良少年，有人说他的父亲就是道上的。出于对传说中厉害学生的畏惧，学生们都喊他小胜哥。

对于老实读书的学生来说，小胜哥就是肆意妄为挑战权威的象征，是老师家长痛恨的对象，是危险却又充满吸引力的不守规矩者。

他们见到小胜哥时，小胜哥正在操场上打篮球。一见到刘星泉，小胜哥笑了：“刘星泉？真难得啊，来打球吗？”

刘星泉说他不是来打球的，是他的同学有事想请他帮忙。项泽宇忙向小胜哥恭恭敬敬地打了招呼。

项泽宇是为了他的朋友而来。他的朋友名叫汪思文，外号小蚊子，在隔壁1班，最近总被1班的同学集体霸凌。

“1班那些人欺负小蚊子，撕他的作业。”项泽宇愤愤不平道，“他们总在厕所围堵他，把他的书包扔到厕所的水沟里，已经好几次了。”

小胜哥没有说话，只是微挑了一下眉毛。

项泽宇急道："小蚊子找过老师，但是1班你知道的，那是老师心目中最好的班级，班里的学生是一群装模作样的混蛋。他们当着老师的面时规规矩矩，背后就玩阴的。今天他们又整了小蚊子一次，把他关在厕所里两个小时。"

刘星泉开口道："再这样下去，项泽宇的朋友可能会出事。"

小胜哥说："好。我会找小朋友们谈一谈。"

有了这句话，项泽宇仿佛吃了颗定心丸，长长舒了一口气。

只见小胜哥把篮球抛起又接住，对刘星泉钩了钩手指："你来跟我打一会儿。"

刘星泉吸了一口气，球在他的手下弹跳。小胜哥对他发动了攻势，他的进攻犹如一张铁网，几乎要将球夺回他的手中。刘星泉后退一步，将球扣到身侧，一个转身高速带球向前冲去。小胜哥紧追不放，眼看一个拍击就要将球截下。

刘星泉几乎是以想象不到的速度凌空跳起，球在空中划出一道弧线，篮球落在球框上，转了半圈落在了框外。

"你起跳太急了。"小胜哥说。

"你是比我年纪大的高中生。"刘星泉提醒他。

小胜哥爽朗地大笑。他捡起篮球说："你有天赋，老头也喜欢你。真的不考虑往这方面发展吗？"

"不考虑。"

"可惜啊。"小胜哥叹了一口气。他正视刘星泉，轻声问，"你还在生我们的气吗？"

"是。"

小胜哥抓了抓头说："石头和小芒以为你被颜少爷欺负了。"

"我没有被任何人欺负。"刘星泉说，"那两个家伙是疯了吗？怎么能去勒索颜真？”

“他们没想勒索，只想吓唬吓唬他。”

“那就是勒索！”刘星泉提高声量，语气陡然变得尖锐，“你们太过分了，怎么能做这种事！”

“他们只是想帮你出一口气，给他点儿教训。”

“颜真没有欺负过我，他一直是我的朋友。”

“石头说颜真可能以为是你唆使他们去吓唬他的，你不会什么都没跟他解释吧？”

“没什么好解释的。”

小胜哥张开口，看到刘星泉充满怒意的眼神，又闭上了嘴。

“颜真没有做错任何事，而且这也不关你们的事。”

“可是我听说，之前是那位颜少爷让你爸丢了工作。”

刘星泉陷入了沉默。片刻后，他开口了，声音很坚定：“颜真从来就没有做错任何事。”

“但是……”

“他没有做错任何事。”刘星泉说。错的是只会无能迁怒的我。

刘星泉来到学校第七教学楼的绿化灌木后。在第七株灌木下，他拿出了那个瓶子。里面的信纸被更新过了，那位不知名的笔友又写了新内容。

他转动着瓶子，泛黄的皮纸上写满了他不认识的文字。但在下一刻，他就辨识出了那些词句的含义。大概是眼花吧。他这么想着，抽出了信纸。

信的内容如下——

不知名的异乡信友，你好。

今天又是一个好天气。没有腐烂皮肤的酸臭雨，没有灼烧喉管的浓雾，正是适宜外出干活的好时机。

但活干到一半出了意外，我迷路了，天知道这是个什么鬼位置。实在是糟糕透顶，我和提塔失散了，我真怕提塔死了。

提塔还是想着离开这里。我把这种情绪理解为做白日梦，毕竟，以我在底窟成长到今天的经历来说，认清现实，好好活着，运气好说不定还是能混成一个底窟工厂管理员。而那些不安心想要离开的人，他们都死了。

比起像今天这样去下层收集眠石，我认为当工厂管理员每天填一堆数字才是最舒心的皇帝级享受。我今天至少要捡到填满我背包的眠石，当中有三分之二要交给湿舌家族才能勉强付清许可证和使用器材的费用。

你大概不知道眠石是什么吧。给眠石滴上酒精，它会分解出一种美妙的气体，让你做个美梦。但如果酒精洒过量的话则会让你当场暴毙。湿舌家族一直在收集眠石制作药物，他们是底窟的主人之一，我一直祈祷别死在他们手上。

上次你问我福气根是什么味道，福气根是一种真菌，它们有意识，会自己寻找适宜的地方生活，也会搬家跑路。我们一般会把福气根晒干磨成粉，然后揉成饼，它的味道很像阿卡玛苔藓，有点儿酸，但能填饱肚子。

我一直以为世界上所有食物都像阿卡玛苔藓，只是用来填饱肚子的。但是曾经有个管理员助手告诉我，这个世界上有种美味叫作塔司球，我无法忘记他提起塔司球时的表情，我看见他的舌头在嘴里上下滑动，迷醉的神情让人不由得心旷神怡，塔司球究竟是何等的美味，才能让他在谈起它时犹如倾吐一个美梦？

他们都说只要做上管理员，就有机会尝到塔司球，那是只有“上面”的都市市民才能吃的美味。我知道“上面”的人能吃到的美味绝不止塔司球一种，但现在只要一提起塔司球，我的口中就会不自觉盈满了唾液，不知何时，他的美梦，也变成了我的梦想。

不知名的信友啊，如果你吃过塔司球，请务必详细描述一下塔司球的味道。

我将把这个味道铭记于心，作为我每日的信念，并为之苟活。

抱歉我又扯远了。

与提塔失散后，我不得不打起全部精神在下层城寨的阴暗楼群间游荡。虽然沿路的确捡到了一些眠石，可我知道危险无处不在。

该死的都市议会在百年前做了一条极为睿智的决议：为了清理下层城寨滋生的各种危险生物，他们非常聪明地引进了一种名为尖嘴蜥的生物。

所有人都要为他们的这一决议“喝彩致敬”。

这百年间，尖嘴蜥的确是吃掉了一些下层的变异怪物和祸害生物，可它的伙食有一半绝对是底窟居民。我在寻找提塔的过程中，就遇到了一条尖嘴蜥。我用了全部力气连滚带爬才把这可憎的玩意儿甩掉。要是我跑慢几步，我现在恐怕已经泡在它的胃里并接受消化酶的洗礼了。

之后我又连番遇到了几只吊在废弃仓库门后的吸血蝙蝠和潜伏在楼梯下的撕裂虫。在混乱的逃跑过程中，我还差点儿被一只等着美食上门的囊毒蛇拖走。这种蛇总是窝在角落里，专等倒霉蛋路过。

这就是底窟的下层城寨。电力到了这层已经基本中断，而越往下越被黑暗与迷雾所笼罩。传说那下面有千年前的文明遗迹，那是未知的无名怪物才能生存的黑暗深渊。

我们的先祖们一层又一层地建造都市，直到建筑深入云端。权贵们越住越高，下等居民则被遗忘在肮脏的下层。我们的传说里，上层就是整个星区最宏伟最壮丽的建筑所在。

提塔一直想去看一看。

我知道，那不过是白日梦。

就在我彻底放弃希望，以为提塔已经死了的时候，我找到了他。

他晕乎乎地挂在蜘蛛藤蔓上。

感谢星灵，他的上半身还在，下半身也在，不过他的尾巴和一条腿已经被吃掉了。一只藤蔓变异蛛正一动不动地趴在旁边。他的背包粘在藤蔓的叶子上，眠石散落一地。

我扣上防毒面罩，冲上去将提塔拖了下来。我第一次想感谢湿舌家族，多亏了他们家要的是眠石。提塔在彻底失去行动力之前，把他随身携带的酒泼到了眠石上。这个举动成功地迷晕了正在吃他的藤蔓变异蛛和他自己，不然，我看到的只会是提塔的残骸。

现在的提塔看起来很颓废。虽然他得救了，但他收集的眠石都被消耗了，为此他要欠下湿舌家族的债。每拖延一天债务，湿舌家族都会算上利息。此外，他还要花费自己数年来的所有积蓄，去装一条机械腿。

他的积蓄本来是为了有一天能买一张离开这里的电梯票而积攒的。

我从一开始就知道他的所思所想不过是白日梦。

我把我背包里的眠石全部倒在了他的包内。至少，他能免下该死的湿舌家族的债务了。

毕竟做白日梦不是坏事。

…………

刘星泉不懂自己为什么会对这个看起来不怎样的伪科幻小说那么感兴趣。他其实想对这位不知名的笔友说，生活已经如此地让人沮丧，写这种丧气剧情是没人看的。但他也承认，他其实看得津津有味，并且期待着主角日后的故事，他甚至开始考虑提醒这个笔友，是不是要给主角加一些“金手指”？或者加一些时下吸引眼球的流行元素，重生复仇，系统快穿等等，反正这已经不是一篇正经的科幻小说了。

但最后，刘星泉没有提任何建议，他在回信里写道——

我认为提塔会为有你这样的朋友而骄傲。

小胜哥一直都知道其他学生对自己有很深的误解。

无论他怎么解释，他的同学都把他当成“混社会的”。“混混”“道上的”“社会人”这些称呼与他如影随形，对此他深感无奈。他很纳闷，自己既不像小混混那样聚众吸烟，又很少逃课旷课，该念的书他都在好好念，他的成绩也不错，为数不多的爱好就是篮球和游戏。可传言越来越有鼻子有眼，现在他俨然已成了四中学生认定的混混头领、可怕的黑社会，打遍四中无敌手。他只能在脸上笑着，心里骂娘。

“小胜哥。”他的两个学弟跟班——石头和小芒跟了上来。说起来，他被认为是黑社会头头，和这两个人脱不了干系。

石头是他的邻居，他的爹脾气暴躁，动辄就打骂石头母子。石头爹是这条街上所有孩子的噩梦，传说石头爹杀过人，尸体就埋在小区后面的空地下。石头爹就是一个不折不扣的聚合各种社会新闻的怪物。小胜哥虽然不信这种谣言，但也为石头爹住在隔壁而不安焦虑过，不过他对自己说他不是怕石头爹，而是担心石头爹伤害他的父母。

有一次石头爹打老婆打得严重影响了小胜哥晚上的作息，小胜哥实在忍不住打开门，试图吼一句“夫妻吵架能不能等白天再吵”，却见石头爹正在门口用脚踹石头。石头眼睛红着，额头流着血。他的母亲正蜷缩在楼道角落里，脸颊高肿，露出来的手臂皮开肉绽。石头对着他爹大吼一声，就像是绝望挣扎的小兽。

那吼声在小胜哥的脑海中炸开。没有多想，小胜哥拎起椅子对着石头家的门砸去，椅子砸在门框上发出哐当的刺耳声响。石头爹凶恶地瞪着他。小胜哥没看他，转身朝蜷缩在角落的石头妈伸出手。

石头爹一巴掌拍去：“管什么闲事!”

不经任何思考，小胜哥抓住了石头爹的手腕，随后反手一拧，男人发出沉闷的惨叫。这是他以前向公园一个晨练的老头学来的防身擒拿招式，他本来只是学两手玩，却没想到在此刻将其如行云流水般地施展了出来。

时间在那一刻像是静止了，楼道里石头一家成了静立的雕像。

男人不可置信地瞪视着小胜哥。

这时小胜哥突然意识到，他的个头已经比石头爹还高了。那个一直被孩子们视为凶兽的可怕男人，眼中竟然流露出了恐惧。

后来石头就成了小胜哥的跟屁虫，他的第一个小跟班。

而小芒则是因为小胜哥正好撞见了几个男生抓着他的头往水池里按，小胜哥以儒雅随和的做派，和那几个男生经过身体上的“友好交流”后，小芒也变成了他的跟屁虫。

之后他的跟班越来越多。

在他们眼里，小胜哥就是他们的大哥，就是他们的神，大哥说什么都对，跟着大哥面子上也有光。结果就是小胜哥时时刻刻都被几个跟屁虫跟着，这让他是校园混混头领的传言越来越真。

甚至还会有校外的真混混听闻他的传言前来找麻烦。

小胜哥发现自己跟晨练的老头学来的那点儿拳脚功夫竟然不是观赏表演性招式，校外来找他麻烦的人，几乎都让他打了回去。于是乎，四中混混头领的名声越来越响了。

小胜哥对天发誓，其实他真的只是一个爱好篮球和打游戏的普通青少年，对在道上混出一番名堂这种事情毫无兴趣。

可惜他的跟屁虫们时时刻刻都在让他的奇怪传闻成真。

现在，石头和小芒一脸无辜地看着他。

小胜哥说：“刘星泉刚来过了，他还在生气。”

石头抓头：“我们只是想让那个颜少爷吃点儿教训。”

“你们以后不要自作主张。”

“但刘星泉他爸就是因为那位颜大少丢了工作，他爸现在都不在

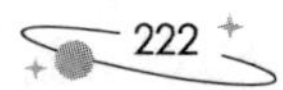

了。”石头咬牙道，“我就是看不下去，凭什么刘星泉被那样欺负。”

“你们又知道多少事情？你们问过刘星泉本人吗？”

“刘星泉是那种就算受了委屈也不会吭一声的人。大哥，我们真的忍不住。”

“那再退一万步，就算你们想帮刘星泉出口气，也不能去干勒索这种事！”

“我们不是想勒索，只是想吓吓他。”

“然后你们被那个颜少爷打了一顿。”

石头和小芒羞愧地低下头。

“我说，请你们别去招惹颜少爷。”小胜哥叹气。他想起了与颜真的一段往事，不由得又长长地叹了一口气。

将篮球夹在胳膊下，小胜哥回了家。他的姐姐正戴着耳机躺在沙发上呼呼大睡，他拾起毯子，准备盖在她身上。

姐姐不安分地翻了一个身，手机滑落到了地板上。小胜哥捡起手机一瞧，不由得气不打一处来。

他姐姐的手机屏保赫然是那个混账颜真的照片。

小胜哥揉了揉眼，确定他没有看错。他聪慧漂亮的姐姐，手机屏保竟然是那个颜真的照片！是这世界疯了还是他姐姐疯了？

“干吗呀，快把手机还我。”姐姐睁开眼，对着小胜哥伸出手。

“姐，你都是大学生了，手机屏保还放个中学生的照片，你丢不丢人啊。”

“什么中学生？这是任安之啊。”

“这是任安之？任安之不是成年人吗？”

“这是任安之学生时期的照片，我看着可爱，就存在手机里了。”姐姐笑着看着手机，“这是我的之之宝宝！”

“之之？”小胜哥忍着恶心念出这个昵称，“我还以为是老鼠吱吱叫呢。”

“去去去，别来烦我。”

小胜哥觉得自姐姐迷上那个叫任安之的明星后，就变得不太正常。不管那是颜真还是少年版任安之，他现在只想把有那张讨嫌脸的屏幕给砸碎。

总有一天我要告诉我姐，颜真（或者任安之）和我，家里只能有一个。他回到自己房间，将篮球随手扔在地上，篮球咕噜滚到了角落。

他盯着篮球，又想起了他与颜真的那段往事。每每想起这段糟心事，他都会恨不得现在就冲去把颜真暴打一顿。

那个时候学校的操场在整修，他和一群学生失去了打篮球的场所。而社区小区的空地白天被各种车占领，到了晚上则是跳广场舞的大妈们的领地。

那段时间，小胜哥和几个小伙伴就像是无头苍蝇一样，四处寻找可以打篮球的场所。其他街区要么根本没有篮球场，要么就是被本街区的居民占领。

各种寻觅后，他们终于找到了一处场所。

一个完全符合他梦想的室内篮球场。

那天，他和几个小伙伴在街上闲逛。时值傍晚，他看见一个男生拎着一个篮球从街对面路过。小胜哥认识那个男生，他叫刘星泉，他一直都欠着刘星泉一个人情。

刘星泉手里装着篮球的兜网吸引了小胜哥的全部注意力，他看着刘星泉拐进了一处植着整齐绿树的小道。

于是他鬼使神差地跟着他，绕过一棵郁郁葱葱的银杏树，走进了一个非常漂亮的室内篮球场。

小胜哥瞪大了眼睛，这就是他梦想中的篮球场。

宽敞的空间，光洁的地板，明亮的灯光，设施也一应俱全。

砰！砰！砰！

偌大的篮球场，只有刘星泉一个人。

他微蹲，双脚蹬地，球稳稳地落进框里。

动作流畅，干脆利落。

以他的年龄来说，已经是非常出色了。

小胜哥鼓起了掌。刘星泉转过头，显得有些诧异。

小胜哥走入场地，跟他打起了篮球。刘星泉吃亏在年龄小，力量和体力都尚缺，但是技巧和反应速度着实让小胜哥大为吃惊。靠着惊人的控球意识，刘星泉也能和小胜哥有来有往好几个回合。

“想不到这里竟然有这么好的室内篮球场。”小胜哥很开心，这意味着他和他小伙伴们的课余时间总算有了去处，“你一直在这里打球吗？”

“嗯。”

刘星泉打了半个小时就走了。

“这个球场的开放时间是六点半到八点。”他临走前说。

那之后只要一放学，小胜哥便带着他的伙伴们来这个室内球场打球，明亮、宽敞，场地设施齐全，人人都对这个篮球场地很满意，他们无穷的精力总算有了发泄的场所。

刘星泉也经常和他们一起打球。

有一天，小胜哥打完球，和刘星泉一起走出球场，看见一个男生正站在银杏树下等他们。刘星泉一看到他，不由得停下脚步：“颜真？”

名叫颜真的男孩就像是画册里的贵公子，眼珠乌黑，头发微卷。他饶有兴趣地看着小胜哥说：“我认识你，你是小胜哥。”

小胜哥笑了笑，这个“认识”肯定是指他的黑社会混混传说。

刘星泉和颜真一起走了。颜真在临走前又回头看了他一眼。

隔了几天，刘星泉没有再来。小胜哥和其他几个小伙伴和往日一样放学后过来打球。他们正切磋得兴起，突然冲进来一个男人，对着他们大吼大叫，让他们立刻滚蛋。

他说这个室内球场不对外开放，维护费用不低，平时是私人场所，是收费租赁给各种企、事业单位活动的体育场所，不是给他们这种小鬼撒野的地方。

小胜哥他们被骂出了球场。一个小伙伴被骂得不忿，对那个男人扔了个石头。

男人气得暴跳如雷，青筋突起，骂骂咧咧地指挥几个保安追赶他们。

小胜哥和小伙伴们飞速逃离，其中一个伙伴还在逃跑过程中摔了一跤，一双膝盖摔得鲜血淋漓。

他们把这个突然冒出来的球场管理人整整咒骂了一路，顺便悲叹了一番这个没拥有多久就失去的乐园。

第二天，小胜哥去初中部找刘星泉，想告诉他那个室内体育中心不能去了，现在来了个特别凶的管理人。

但他没有找到刘星泉。

当他走进教室时，学生们惊讶地低声议论着他，肯定又在偷偷说他是混混之类的鬼话。

颜真正在和一个同学说话，好像是在商讨校园广播台轮班的事。

“请问刘星泉呢？”

“刘星泉请假了。”颜真回过头说，他似乎对小胜哥的来访毫不意外。

“哦，那请你转告他，那球场不能去了。”小胜哥说。

“是因为那个管理人吗？”

“哦？你知道啊。”

“因为刘星泉也被那人用暴力赶走了，他摔了一跤，扭伤了脚，这几天没有办法走路。”

“你说什么？”

颜真垂下眼睛，显然对刘星泉的受伤颇为痛心：“那个管理人特别凶，威胁要将这件事情告到学校，说他偷闯私人场所。”

“这太过分了！我们只是想打球而已。”

“医生说他的肌腱受了伤，很可能以后都打不了球了。”

“你说什么……”小胜哥咬住牙，怒火在心中燃烧。

颜真用他漆黑的眼珠瞧着小胜哥，像是在观察着什么。他的语气中带着一股讽刺：“我也感到很惋惜，你们的篮球活动只能因为那个人而……”

小胜哥一言不发，脚步重重地走出教室。

他清楚刘星泉在篮球上的天赋，愤怒几乎冲昏了他的头脑。刘星泉曾经帮过他，他甚至还没还过那个人情。

他召集了他的小伙伴们，对他们说：“我们要找回场子。”

球场的管理人就住在球场旁的一栋三层小楼内。他们不过是一群混蛋小鬼，找回场子的方法也非常混蛋。

他们趁着管理人外出的时候，往他的门锁里灌了木屑和纸屑。

过了一天，管理人就换了一把新的门锁。只要小胜哥的伙伴们出现在球场附近，管理人就会精神十足地跑出来又跳又骂。

小胜哥认为他们应该换一种更加有效的报复方法。中午时，学校的午休广播放送了几个灵异故事。小胜哥漫不经心地一边吃着饭一边听着广播，听着听着，他突然有了主意。

小芒提供了家里的红颜料，他将它们倒入水中，调制了一桶红水。到了晚上，他们偷偷来到管理人住的房子外，在对着门的走道上按下了几个红手印。小胜哥拿起从游园会上买来的哨子躲在灌木丛中吹了几声，这哨子声又尖又厉，听起来颇像女人的惨叫。

做完这些事后，他们几个人便火速撤离了。

到了第二天晚上，他们又来到管理人的房子外，走道上的红手印已经被擦得干干净净。这次他们又按了几个红手印，正对着管理人住的房门，距离比前一天近了一些。

第三天时，这个街区开始流传一个失踪女生的故事。在多年前，四中有个姓丁的女生突然失踪了，至今生死不明，曾经还有人看到一个初中女生半夜在街道上游荡。几个学生煞有介事地说她已经成了女鬼，想着找替死鬼呢。

到了第五天夜晚，小胜哥一行人又来到那位管理人房外，这次他们准备把手印按在他的门上。当他们到达时，只见管理人住的屋子房门大开，屋内的东西基本已经被搬空了。

管理人被吓跑了，比他们想象的更快。

这时正值夜里，树影摇曳，风发出呜呜的声音。小胜哥他们看着摇晃的房门，还有地上残留的红手印，也不觉心里发凉。

隔天，刘星泉回来上学了。小胜哥在放学时遇到了刘星泉，瞧见刘星泉步伐轻盈，根本不像受伤的样子。他便上前恭喜刘星泉恢复得不错。

“你在说什么？我根本没有受伤。”刘星泉回答道。

“那你是因为什么请假？”

“我爸公司的福利，安排了旅游，我跟着一起去了。”

小胜哥愤怒地转身，他要去找颜真问个明白。他在教学楼内找到了颜真。颜真正倚在楼梯旁的栏杆上，露出一张脸俯视他。

“你跟我说清楚，这是怎么回事？”小胜哥吼道。

颜真的嘴角带着笑意，一双乌黑的眼珠看了小胜哥好一会儿，然后他说道：“以后你们可以自由去那个球场了。”

“你在说什么？那是私人球场，这个管理人走了，以后还会来新的。”

“我说你们以后可以自由去了。”

“你还是没回答我的问题。”

“因为那是我家的私人体育中心。我一直都希望这个体育中心能开放给周边的孩子们。现在总算可以了。”

“你家的？那个球场管理人是怎么回事？”

“爷爷的亲戚。爷爷托我父亲照顾他，父亲便把球场交给他打理。他只想着怎么拿球场牟利，根本不会对周边的学生开放。爷爷很关照他，如果直接换掉他会比较麻烦。”

“……所以你就故意让我来赶人吗？”

颜真无辜地回答：“你在说什么啊？小胜哥。”

小胜哥怒视他，突然回过味来：“等等，这个月的校园广播台是不是轮到你值班？连那些灵异故事都是你故意放的吧？什么红手印的，真有你的啊！”

“爷爷很喜欢那个亲戚，我不能让父亲直接赶走他。”颜真走下楼梯，说，“如果是他自己要走，那就没有问题了。”

颜真歪过头，他的眼眸如黑玉般闪亮。

他说：“很抱歉我拿了刘星泉做借口，但最要感谢的人还是你。你们以后可以自由地去那里打球了，将来你可以带更多的人去。”

小胜哥欲言又止，一口气堵在喉咙里转了半天。他只觉得自己像个木鸡，被人耍着玩。

最后他张口道：“颜真！我和你没完！”

小胜哥是四中的老大。

虽然他一直都表示混混跟他没关系，但并不妨碍学生们对他的畏惧。

这种光辉的虚名并没有给他带来一丝快乐，反而导致老师越来越不待见他，还经常有哭丧着脸的学生来求他帮他们出头。

对此小胜哥只想仰头对苍天大吼：他完全不想当什么道上大佬，他只想做一个普通学生啊。

虽然他对这些传言心不甘情不愿，但小胜哥为人仗义，如果前来找他求助的人真遇到麻烦，他都会倾力相助。这也让他四中义薄云天小胜哥的名声越坐越实。

眼下他正要去帮低年级同学项泽宇的朋友。

小胜哥本来就最烦校园霸凌，更何况这事还是刘星泉请他出面帮忙的，他就更加不能不管了。

项泽宇的朋友叫汪思文，外号小蚊子，是二年级1班的人。

小胜哥找到他时，他正在厕所里，垂头丧气地捡地上散落的教科书，他的同学又把他的书包扔到了厕所。

抬头看见小胜哥时，小蚊子的脸都白了。

“你的朋友项泽宇让我来帮你。”小胜哥说道。

男孩松了一口气，但很快又满脸丧气：“谢谢你们。但小胜哥，你帮不了我的。”

小蚊子是个瘦弱的男生，戴着眼镜，个子不高。以小胜哥的评价标准，小蚊子就是一个弱者。不过在他的价值观体系里，弱并不是被霸凌的理由。

“他们为什么整你？”

小蚊子低头：“是我不好。”

“总要有个理由。”

小蚊子吞吞吐吐地说了理由。

这个理由在小胜哥看来，简直荒谬至极。

小蚊子和班上几个男生最近正沉迷一个叫《幻梦之诗》的页游。他和同学组队做任务撞大运得到了一只稀有的幻银独角兽，独角兽被随机分配给了小蚊子。同学们一致认定应该获得独角兽的人是此次任务的最大功臣——他们的队长崔明智。由于稀有物品不能赠送，小蚊子应该将这个独角兽挂到拍卖行，交易给队长崔明智。

“哦，你是不愿交出独角兽才被排挤的吗？”

“不是不是。”小蚊子猛地摇头。

小蚊子说他知道这种团队游戏的规则。交出独角兽他当然没有任何意见，可问题就出在交易的过程中。按照他们的流程，小蚊子在拍卖行创建一个私密交易，把独角兽挂上去，然后写了一个铜币的单价，队长则在之后拍下一个铜币的独角兽。这种易物方式可以最大程度节省交易服务费，他们已经进行过多次。

但小蚊子挂上去后，竟然有陌生人在瞬间拍下了这个独角兽。等小蚊子反应过来，独角兽已经没了。

“你挂一个铜币卖极品宠物，肯定有人抢啊。”

“不是。我把独角兽改了属性，用了私密交易，交易者需要使用唯一的密码方能成功拍下。如果不是被我告知了密码，对方是绝对不可能拍下这个拍卖物的，官方也说这种被盗拍的概率基本为零。但奇怪的是，就在我挂上去后，这个独角兽立刻就被人拍走了。”

“被谁？”

“一个我不认识的玩家。”小蚊子痛苦地说，“现在我的同学们都不相信我，他们认定是我黑心坑下了宠物。我根本没有！”

“你跟他们解释过吗？也有可能是他们当中有人偷偷在崔明智之前拍的。”

“我还没来得及告诉他们究竟是什么密码，独角兽刚被挂上去就没了。”小蚊子捏住拳头，“现在我成了他们眼中不讲信义的混蛋。”

“……”

“为了这个独角兽，我们准备了很久，这次活动我们也是失败了好几次才拿到奖励。现在同学们都在骂我，我……我现在真不知道该怎么办……”

“啧。崔明智怎么说？”

“崔明智说不和我计较，可同学们都在为崔明智打抱不平。这事怎么看都是我有问题，他们都认定是我把装备给盗走了。我在群里发了游戏截图，他们却认定我和对方是一伙的。我现在浑身是嘴都说不清。”小蚊子说，“小胜哥，你就算找他们也没用。”

小胜哥自然清楚，男生之间最讲究的就是信义，吞极品道具这种事在男生眼中就是罪无可恕。

这种事根本无法用拳头威吓来解决。

“你联系过那个拍走你商品的人吗？”

“我一直有发消息给他，但他一直不搭理我。”

“给我看看他的游戏ID。”小胜哥说，“我建个号去找他。”

小蚊子打开平板电脑，将截图给小胜哥看。

“琉璃梦儿。”

小胜哥念着这四个字。他想，究竟是什么死人妖才会取这种恶心的名字。

颜珠打开页游。

她开开心心地冲入萌宠饲育屋，梦寐以求的幻银独角兽安安静静地站在圆形平台上，不带一丝杂毛的雪白身躯，浅银色刻有神秘纹路的独角，神秘的星辉萦绕在圣洁之兽的周身，这正是《幻梦之诗》里最传奇的灵物——幻银独角兽。

这是就算花钱也未必能得到的极品宠物。

颜珠看了又看，看得满心欢喜，心潮澎湃。

这就是传说中的心诚则灵吗？她祈祷了很多天，最大的奢望也不过是转生出一头雪豹。但万万没想到，她前些天竟然能转生出一只幻银独角兽。

这可是幻银独角兽啊！全服都未必有三只。

已经过去了几天，可颜珠还沉浸在欢喜中无法自拔。

游戏里的私信又开始疯狂闪动，颜珠点开一看，全是烦人的骚扰信息——

“把独角兽还给我！”

“看到信息请速回我！”

“还我独角兽！还我独角兽！”

“有病吧。”颜珠一打开消息列表，足足几百条消息直接塞满了她的邮箱。自从她得到这只独角兽，就不断有人发私信骚扰她。她已经连续拉黑了好几个账号，现在又来了一个。

“无聊的人真多。”颜珠嘀咕道，她点击右键拉黑了这个骚扰狂。这骚扰狂语气都不带变的，肯定是同一个人。莫非是自己带着独角兽出去逛街，被神经病嫉妒狂盯上了？

颜珠觉得只有这个可能，这都是因为她的独角兽太好看了。

她又沉醉地绕着独角兽转了两圈，别提多开心了。

之后她去了树林开始日常的采集工作，游戏里的时间是清晨，正是采蘑菇的好时间。

蘑菇都藏在大树草丛之下，要仔细查看才能找到。颜珠的眼力很好，不一会儿就采了半篮。

“琉璃梦儿！”一道声音突然从天而降。

两个玩家出现在她的身后，一个是猎人“罪灭”，一个是吟游诗人“柏拉图的思考”。

“你就是琉璃梦儿？”其中一人发问。

“是我。”颜珠回答。她疑惑地看着这两个人，她并不认识他们。

柏拉图的思考说：“可算找到你了。你是不是从拍卖行里拍到了幻银独角兽？”

还没等颜珠说话，另一边的罪灭说：“是你拍的吧，这只幻银独角兽对他来说很重要，我们是来和你商量的。”

颜珠飞快地打字道：“你们在说什么？我根本没在拍卖行买过独角兽。”

“明明是你拍的！”

“我没有。”颜珠想起了“柏拉图的思考”这个ID，没错，最先给她发骚扰消息的就是他。她不由得怒气上升，“是你！你就是那个骚扰狂！”

“我没有骚扰你，是你抢走了我的独角兽！”

“你就是在骚扰我！”颜珠打字打得噼里啪啦响，“你现在还在污蔑我！”

“你偷拍了我的独角兽还不承认！你这个小偷！”

“你才是小偷！你全家都是小偷！”

“是你！你太过分了！”

眼看两人陷入不断循环的互相指责，罪灭插嘴道：“我看到了我朋友的拍卖图，上面的购买者的ID就是琉璃梦儿。系统造不了假的。”

“瞎说！他在撒谎！”颜珠气得涨红了脸，“这明明是我用萌宠转生得来的。”

“你骗谁啊！你去公屏上喊喊看，看看有谁能转生出独角兽。”

“就是我转生出来的！这是真的！”颜珠气得几乎要流出眼泪。她年纪尚小，情急之下根本想不出什么反驳的语句，只能反反复复喊独角兽就是自己的。

罪灭说：“独角兽对他很重要。你就说愿不愿意还给他吧，你想开多少钱？”

“我自己转生出来的东西，凭什么给你们！”

“那就接受我的挑战吧。”

屏幕上跳出来一个挑战邀请框，颜珠愤怒地点了拒绝。

“我为什么要接受你的挑战？本来就是我的东西。你们有病吗！”

“真没种。”罪灭呵呵冷笑，“那你就等着在这个服务区身败名裂吧。”

“什么意思？”

“我给你一个机会。”罪灭说，“现在你把独角兽还给我们，还能收到一点儿酬金。如果你不知好歹，这个服所有人都会知道你干了什么。”

“我干了什么啊？！你们有病！”颜珠愤怒地对他们大吼，“我才不会将独角兽给你们！”

太恶心了！怎么会有这种颠倒黑白的神经病！她气鼓鼓地关掉页面，恶狠狠地将床上的枕头摔了几下。

等吃完晚饭，颜珠登上QQ查看留言，被疯狂抖动的头像吓了一跳，那是她的同学程嘉盈的头像。

她也在玩这个游戏，并且和颜珠处于同一服务器。在颜珠吃饭的时间里，她留了好几条言。

“珠珠，你在游戏里干了什么？公屏正在疯狂刷你是个偷道具的贼。

“你快点儿上去看看。

“啊，珠珠，你现在最好不要上线，好多人都在守着要挑战你。

“公会要把你开除了。”

颜珠点进公会群，公会里的人正在热议此事。

“琉璃梦儿竟然会干出这种事啊。”

“我就说怎么可能有人转生出幻银独角兽，概率太低了。”

“捡漏也就算了，正主都找上门了还不承认，这就不像话了。”

“琉璃梦儿本来就一股人妖味儿，我早就觉得不对劲了。”

颜珠被气得脑袋一片空白，她输入“独角兽真的是我转生出来的”这几个字发到群里，可下一秒就被大家围攻，指责她说谎，捡漏还不承认。

太过分了。

颜珠从小娇生惯养，哪里受过这种气，她忍不住哭着冲出卧室。

她的哥哥颜真正坐在凉台上，安静地看着花园里的花草。听到这动静，颜真转头，观察着哭泣的妹妹问道：“你这是怎么了？”

“哥，有人欺负我！呜呜呜呜！”

第11章 约战

在颜珠一番梨花带雨的哭诉后，小真大致搞清楚了她哭的原因。

“他们太欺负人了！他们就是嫉妒我有幻银独角兽！”颜珠气呼呼地说，“一群坏人，造谣污蔑我。”

“你的独角兽很珍贵吗？”

“非常珍贵！”一说到独角兽，颜珠就两眼发光，“它特别好看，特别灵动。大家都抽不到，通过掉落和转生获取的概率几乎等于零。”

“一个像素构成的平面图像，对你来说很重要吗？”

“重要！”

“它有啥用吗？”

“它能给我提升属性，加敏捷度、攻击力和防御值。而且最重要的是，它很好看！”

“我是说，这个像素图像对现实的你有啥用吗？”

“很重要！自从有了它，我每天都感觉生活在天堂。”

“……哦。”

小真要来了颜珠的账号。

在颜珠的指导之下，小真登录进了《幻梦之诗》。

刚进游戏，还没等小真熟悉操作，他的屏幕上便跳出了几十条挑战申请，叫嚣着要和琉璃梦儿决斗。

小真啪啪啪点掉了十来条挑战申请，可还是有新的战帖源源不断地跳出来。

他干脆把被动接受挑战这一选项关了。

右下角的私信箱也被塞满了。打开一看，全是各种各样的辱骂和指责，小真索性不去管这些，反正系统会自动删除过载的信息。

屏幕左下角的世界公共聊天频道飞快地闪动。

小真看了看，骂琉璃梦儿的占了八成，一成是组队交易讯息，剩下的一成讯息是嫌挂人影响了世界频道的正常秩序。

音箱不断响着嘀嘀嘀的声音，提示着琉璃梦儿每一次被骂。

“哥，你看，他们就是这么欺负人！”

“哦……我感受到了你这只独角兽的稀有度。”小真翻看着世界频道的消息，问道，“今天来找你的人叫什么？”

“罪灭和柏拉图的思考。就是这两个混蛋！”

小真给罪灭发去了私信，约他们在市镇广场中心见面，然后小真大摇大摆地前往了市镇广场。

颜珠的人物角色是个可爱的金发小女孩，他试着按了几个操作键，让她转圈，跳跃，跳舞，做鬼脸，学小鸭叫。

“……哥，你在干吗？”

“测试一下你的人物能干啥。”

“……可你干这些事，就像在嘲讽周围的人。”

“哦，是吗？”

琉璃梦儿的周围已经围了一群玩家。

因为世界频道正反复刷着琉璃梦儿的事迹，几乎所有玩家都认识了她。此时一看到琉璃梦儿，玩家们都涌了过来。

“接受我的挑战啊！”

“敢不敢接受挑战啊！”

“人妖！撒谎精！”

大约是琉璃梦儿的几个动作太具嘲讽性，几个玩家认为她在故意挑衅，纷纷做出了打拳和扭屁股的姿势羞辱她。

小真想了想，又按了学小鸭叫的键。

周围的玩家们愈发愤怒，琉璃梦儿身边冒出一个个对话气泡，里面充斥着各种污秽之词。

小真继续按学鸭子叫。

“哥，你在干吗？”

“测试一下。看起来学小鸭叫最能激起群众的怒火。”

颜珠：“……”

过了一会儿，罪灭和柏拉图的思考出现了。

玩家们一看苦主出来了，纷纷让出道。柏拉图的思考对着琉璃梦儿大喊：“快把独角兽还我！”

小真转头问颜珠：“独角兽对你很重要吗？”

颜珠点头，眼中还含着泪。

“我知道了。”

罪灭说：“你约我们见面，是终于回心转意要把独角兽还给我们了吗？”

“不是。”

“那是为了什么？”

“你是要向我挑战吗？我接受。”

“哦？”

“我愿意给你三次机会。”琉璃梦儿说，“如果你三次挑战都输给我，这只独角兽就是我的。”

“这只独角兽本来就是我朋友的。”

“我也能提供证据证明独角兽就是系统生成给我的。你就算在这里打字打上一百遍，系统也始终认定这只独角兽的主人是我。与其在这里进行无意义的语言攻击，不如考虑一下我的提议。”

“……三次是什么意思？”

“三次挑战你都输给我，独角兽归我。三次中只要你赢我一次，独角兽归你。”

这句话一出，世界频道上一片哗然。

“这是在装什么啊。”

“自信过头了吧。”

“这也太自大了吧。”

“哇，你别说，还有点儿帅。”

就算是通过屏幕里角色的卡通脸，小真也能感觉到罪灭脸上的怒气。

“你是在瞧不起人吗？”

“没有，我只是按照我曾经生活之地的习俗行事。”小真说，“三是个好数字。这个游戏的挑战模式没有等级限制，但这是你新建的号，所以我给你三天时间去熟悉这个游戏。你可以选择任何一个模式挑战我。只要你能赢一次，独角兽归你。

“如果对自己没自信，你找其他人代替你打也没问题。

“三天后的晚上七点半，我们在这个地方见。”

不等罪灭回答，小真切出了游戏。

颜珠急道：“哥，你这样真的没问题吗？”

“我给了对方巨大的优势，要是他再赢不了，他就会失去纠缠我的理由。”小真回答，“人类的想法总是在不断变化，他们总会被新的信息带着跑。而在那个时候，我会公布你的独角兽是通过正常渠道获得的证据，那么到时候整个风向都会改变。”

“可是，哥，万一你输了……”

“我既然这么说了，就绝没有输的可能。”

小真回到了花园，他的黏土小人们正躲在叶子下乘凉。他种下的种子已经发芽抽条，翠绿的新叶舒展，深绿的茎上布满细红的纹路，这是这个星球绝无可能见到的外星植物。

在光学伪装投影的作用下，它们看起来不过是最普通的植物。黏土小劳工们躲在叶子下，驱赶着一切试图接近香嗅果的虫子。

他摸着下巴看了一会儿，觉得这群小人儿还是太闲了。虽说香嗅果需要精细的照料，但他捏的小人儿明显有点儿多，此时有几个正无所事事。于是小真拈起两个小人儿，带回自己的房间，又给它们加了一道指令：整理颜真的房间。

最近安媛只要一进小真的房间，就会就小真房间的整洁度唠叨上十来分钟。虽然说有阿姨专门清洁，但安媛要求孩子们学会自己收拾房间。为了少受点儿精神攻击，小真索性把活儿推给了这两个黏土小人。

“哥，你手上的这是什么？”颜珠推门而入，好奇地盯着小真手上的两个黏土小人问道。

两个黏土小人已经停止了动作。

“黏土小人。”小真不动声色地答道。

“可以给我看看吗？”

“还是不要了，它们很容易坏。”小真很自然地把它们放到书架上。他问颜珠，“怎么了？我已经和他约了时间，你还有什么不放心的吗？”

“哥……”浑然不知被带偏了话题的颜珠捏着手，“我还是有点儿不放心。”

“怎么？”

“我刚才听程嘉盈说，那个罪灭好像是很厉害的人，他们都说他是那个《光明行者》游戏里的罪神，还是个名人。哥，我有点儿害怕。”

“怕什么。”小真说，“我说了不会输，那就不会输。”

在这三天内，《幻梦之诗》这场挑战很快就在社交平台上传播开来。虽然《幻梦之诗》是个被很多玩家吐槽为只有小学生才玩的游戏，但实际上它的受众颇多。

《幻梦之诗》的游戏论坛几乎天天都在被玩家吐槽官方、策划以及代理等方面的内容刷屏。

本周论坛里最火的帖子本来应该是“为什么我还在玩这个弱智游戏？”，但这场挑战改变了一切。

琉璃梦儿这种狂妄自大的约战态度，让无数吃瓜群众纷纷搓手等着看好戏。而有些玩家也被这种嚣张的态度刺痛了神经，对琉璃梦儿的各种谩骂与诋毁不绝于耳。

还有一群好事者在各大社交平台上蹿下跳，到处拱火。

而“罪灭”这个游戏ID更是一石激起千层浪。如果只是普通的极品道具之争，本不会引起那么大的关注度。有好事者发现，这个罪灭极有可能就是《光明行者》中大名鼎鼎的传奇玩家——罪灭。

这下，这事儿是真的闹大了。

小胜哥坐在电脑前面，他的QQ好友列表正在疯狂闪动。

“罪神！那个《幻梦之诗》里的罪灭是你吗？”

“罪哥，那个人是你吗？”

“罪神，你怎么会去玩那个小学生才玩的游戏？”

小胜哥关掉了QQ，他一个人都不想搭理。

他现在很生气。

非常生气。

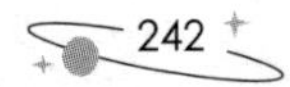

那个琉璃梦儿以为自己是谁？这么高高在上地丢下挑战条件就跑了，以为他小胜哥是什么人，又以为罪灭是什么人？

别说赢一次挑战了，小胜哥发誓一定要三场全胜，让那个不知好歹的琉璃梦儿受点儿教训。现在已经不仅仅是冲着刘星泉的面子帮小蚊子，而是事关他小胜哥的尊严。

他是有自信赢下挑战的，他甚至怀疑自己闭着眼睛都能赢。

在现实中他是四中义薄云天小胜哥，在网络上他是《光明行者》里曾经的年度最佳射手。小胜哥就两个爱好，一个是打篮球，一个就是打游戏。他的运动神经极佳，篮球打得不赖，游戏玩得更是出色。

罪灭这个ID在《光明行者》圈中可谓是无人不知无人不晓，很多玩家都会尊敬地称呼他为罪神，前阵子还有电竞俱乐部的经纪人来游说小胜哥放下学业去他们队里集训。

如果不是小胜哥早就规划好了自己的学业，有了目标大学，他已经是一个职业电竞选手了。

忽然，他的手机铃声响了起来。

小胜哥看了一眼，叹了口气，接通了电话。

“罪哥，《幻梦之诗》里那个人是你吗？”打来电话的人是他过去的搭档——叹息葬泪，如今已经进俱乐部当了电竞职业选手。

“……是我。”

“你怎么会去玩那种幼稚的游戏？现在这事在网上闹得沸沸扬扬啊！”

“我只是想帮人一个忙，也不知道他们怎么发现的。”

“我的罪神啊，谁叫你连ID都不改的！”叹息葬泪笑得直喘气，“我就知道肯定是你磨不开面子，只能好心去帮人。”

“反正也不是什么大事，让对方吃个教训就行了。”

“你可真有闲心。”叹息葬泪说，“罪哥啊，你真不过来吗？我们这里就缺一个像你这样的射手了。”

“我要准备高考。”

“罪哥，我知道你想上大学，但你也知道我们这行巅峰期就这几年，过了这个时间段就再也没了。”

“我知道，我再想想。”

小胜哥挂了电话。他现在的心思全在那个琉璃梦儿的约战上，他刚刚熟悉了一下《幻梦之诗》里的几个挑战模式，一边试一边骂“怎么会这么低级”。《幻梦之诗》就是一个不折不扣的小学生“种田”游戏，甚至连挑战模式都充满了低级的气息。好在这种挑战与等级无关，考验的就是手速与反应。

他清楚自己的水平。如果是在《光明行者》中的对战，他还会思考一下战术。《幻梦之诗》这种低级游戏的挑战，让他感觉自己就是去“割草”的。

但既然对方这么想被公开“处刑”，他又有什么理由拒绝呢？

这三天颜珠过得是度日如年。

她的哥哥自用她的号当众向罪灭约战之后，就像无事发生，该睡觉睡觉，该吃饭吃饭，过得轻松自在，差点儿没把她愁死。

颜珠作为《幻梦之诗》的小玩家，有时也会上论坛和贴吧去看看攻略，这两天她偷偷打开贴吧去看了一眼，就被满版的琉璃梦儿事件给吓得爬了出来。

她的好友程嘉盈比她吓得更厉害。颜珠没有瞒她，把哥哥用她的号上去约战的事告诉了她的好友。

程嘉盈的脸都白了：“他们都说那个罪灭就是《光明行者》中的罪神，你哥哥知道吗？”

“我跟他说了，可他看起来一副不在意的样子。”

“但那个罪灭大神已经达到了职业选手的水准啊！”程嘉盈忧心忡忡，“你哥哥真的没问题吗？”

“他看起来很轻松的样子。”

“莫非你哥哥也是什么游戏高手？”

我不知道啊！颜珠在内心大喊，她哥哥平常没事的确会玩玩游戏，可她从来就不关注她哥在玩什么，更不会关心她哥实际水平如何。

她和她哥玩的游戏一直就是两种截然不同的风格。

她记得颜真玩过《光明行者》，记忆中，颜真和崔明智在客厅里打《光明行者》打得大呼小叫，感觉也不像是什么高手。

程嘉盈扶了扶眼镜：“珠珠，你有没有想过你哥可能会输？”

“不是可能会输，是很大可能，不，肯定会输吧。”颜珠低声说。她觉得自己此刻就像是QQ表情包里的那只土拨鼠，正对着大山啊啊啊地惨叫。

“没事，不就是一个游戏嘛。”程嘉盈安慰她，“大不了这个号不要了。”

那我找我哥到底是图什么？为了被网暴后再被全服当众“处刑”吗？颜珠欲哭无泪，这个时候她已经不再去想那只独角兽了，而是只想求哥哥让自己死个痛快。

在另一侧，一些好事者纷纷给罪灭的微博和视频直播号发去了私信，问《幻梦之诗》中的罪灭是不是他。但罪灭大神始终保持沉默，既不承认，也不发言否认，这个暧昧的态度被粉丝和吃瓜党们视作了默认。

于是，《幻梦之诗》的这场约战惹来了更多的围观者。一些有心者在三天内唯恐天下不乱地上蹿下跳，把火越煽越大。大家都坐等疑似罪灭的大佬执行正义的天罚，教训这不知天高地厚的琉璃梦儿。

也有很少的声音说出了自己的疑问：如果那个琉璃梦儿是被冤枉的

呢？但这声音很快就被压了下去。

三天后的晚上，小真如约登上了琉璃梦儿的账户。他一进游戏，世界频道全在讨论琉璃梦儿和罪灭的约战，私信、邮箱照例被填满。小真打开扫了一眼，要么是谩骂，要么是求挑战，内容基本都是关于约战的事，而导致这一切的独角兽事件反倒不再被提起了。

在众人的注视与各种讥讽之下，琉璃梦儿大摇大摆地走进了市镇广场。

在广场中心，成群的玩家拥挤着，而罪灭早早就等着他了。

“罪灭大哥加油！”

“罪神教训他！”

“真的是那个罪神吗？我的妈呀，这下这人可惹到大神了。”

“真的是《光明行者》里的罪神？”

“罪神面前，这人妖还敢出来啊。”

琉璃梦儿来到罪灭面前，这时的罪灭不再是一身新手装，而是一身利落的猎装。

小真津津有味地看着世界频道里热烈讨论的关于罪灭大神的相关信息。

颜珠站在他的身后，她看起来快哭了：“哥，要不算了……”

“不。你就放心吧。”

屏幕里的罪灭说：“你来决定挑战内容。”

琉璃梦儿说：“不，这是你的挑战，你来决定。”打完这句话，就算只是看着屏幕里的卡通脸，小真也能感受到罪灭的怒意。

罪灭说：“你可不要后悔。”

罪灭与琉璃梦儿进入了决斗界面。《幻梦之诗》是一个针对未成年人的游戏，或者说是地地道道的小学生“种田”游戏，就算是决斗也并非是常规的二人用武器打斗的形式，而全都采用小游戏的形式，拼的就是手速与反应能力。

罪灭选择了射击决斗。这个小游戏很简单，就是两人用弓箭射飞过的麻雀怪，在六十秒内谁的命中率高，谁就赢。

这种决斗方式在小胜哥眼里就是低级的代名词，但在《幻梦之诗》里，也只能用这种简单的比拼方式来决胜负。小胜哥一边嘀咕着自己为什么要和人比这种游戏，一边将手放在了键盘上。他对自己的手速极有自信，一旦认真起来，自己就绝不会输。

铛！

计时开始。

小胜哥射得飞快，箭箭命中。耳机里充斥着麻雀怪中箭时的嘤嘤声。等到计时结束，他的分数是17800分，这个分数上有个小王冠图标，表明他已刷新了本服的历史记录。但随后一个沮丧的音乐在他耳机里响起，他输了。

在屏幕的另一头，琉璃梦儿分数上的小王冠正熠熠生辉，她不仅刷新了本服的最高纪录，而且以17850分的分数压过了罪灭。

罪灭：……

观众们一片哗然。

“不会吧！”

“罪神竟然输了？”

“这不可能！”

“但你看这分数，这手速，这的确是高手才能打出来的分数。”

“其实琉璃梦儿和罪神的分数都破了历史最高纪录了，罪神就差了琉璃梦儿一点儿……”

“这琉璃梦儿还真有点本事啊。”

罪灭说：“还没结束呢！我还要再比！”

琉璃梦儿说：“当然可以。”

下一场比试，两个玩家要踩着河上的木筏前往终点——河的上游。一路上，河中会出现鳄鱼、鲨鱼，或者突然翻船等各种阻碍，甚至可能出现从天而降的石头，谁先到达目的地，谁就是赢家。

小胜哥吸了一口气，这次他不再小瞧这个琉璃梦儿。虽然是简单的小游戏，他也将拼尽全力。从上次的比分来看，他和琉璃梦儿的差距并不大。这次只要他再加把劲……

然后他又输了。

这次是半秒之差。

罪灭喊道："还没结束呢！还有一场！"

琉璃梦儿说："这是自然。"

第三场依然是琉璃梦儿以非常微弱的优势赢了。

她对着在场所有人宣布道："按照约定，独角兽是我的。"之后就消失在广场中心。

罪灭一言不发地在广场停留了几分钟，也下线了。

当晚《幻梦之诗》的论坛和QQ群全在刷屏热议此事，甚至《光明行者》玩家也参与了进来。

有人说那根本不是罪灭大佬，也有人认为那就是罪神，因为那个离谱的分数是真高手才能打出来的分。三场比试场场刷新全服的历史记录，就算是真的罪灭，输了也一点儿都不丢人。只能说一山还有一山高，疑似罪灭的大佬翻车固然让人大跌眼镜，但琉璃梦儿是真的厉害。

紧接着大风向已经完全变成了讨论琉璃梦儿究竟是哪个大神的"马甲"，而这场风波的源头——独角兽则被彻彻底底地忽视了。

"班长，你看到了吗？！小蚊子竟然找来了可能是罪神的大佬来帮忙，结果大佬竟然翻车了。"

"我看到了。"崔明智回复了留言。他在最初就不同意同学们排挤小蚊子，本以为这事过几天就会平息下去。可万万没想到，这场独角兽风波竟然会闹成这样。

他给小蚊子打了电话，爽快地给小蚊子道了歉，顺便又好奇地打探了一下小蚊子和那位疑似罪神的玩家的关系。不管是不是《光明行者》中的传奇大神，有这种水平，谁不想认识一下呢。

那个琉璃梦儿就更神秘了。

崔明智猜她大概率是个换了“马甲”来调戏罪灭的知名大神。可这种实力强劲的大神不可能会没品格地去盗一个极品装备啊。崔明智思来想去也想不明白，但很快官方就给了他答案。

晚上，官方发布了一个公告，大意是游戏近期出现漏洞，导致最近拍卖行出现错误的买卖交易信息，明天白天维护，会对相关玩家损失的物品进行回档补偿。

小真看着斑船长：“所以，这都是你的错？”

斑船长激动地说：“你的妹妹，你知道她有多可怕吗？”

“她怎么了？”

“你知道你妹妹的浅层意识有多强吗！在过去的一个月，‘我要幻银独角兽’每天都以最大音量在我脑子里回放453遍，我数过，每天453遍！我受够了。”

“哦……”

斑船长瞪视小真：“你没感觉吗？”

它转向猫先生：“你的感应力比我们都强，你没感觉吗？那种像是用电锯锯着你脑壳，嘎吱嘎吱的叫喊！”

小真回答：“我早就把她屏蔽了。”

猫先生：“我也是。”

斑船长：“……”

小真说："不会吧，你竟然没屏蔽她？"

猫先生舔舔爪子："毕竟它现在脑容量太小了。"

斑船长："……"

"所以你为了让颜珠消停，偷偷改了她的游戏？"

"我只是植入了一个木马程序，这个程序会自主用最低代价获得那只该死的独角兽。"斑船长说，"我以为她至少会安静点儿。"

"是啊，她得到了独角兽，但也成了众矢之的。"小真说，"你有没有考虑过，你的这个木马程序让其他人遭受了损失？"

斑船长激动地吼道："谁管其他人啊！我本来以为她会消停，结果只是从'我要幻银独角兽'变成了'独角兽是我的我的我的我的我的'的精神污染！"

"我一点儿都不想同情你。"小真拎起斑船长，"请好好收拾你惹的麻烦。"

"好吧好吧，我会改写一下程序，让官方认定是交易系统出了问题，这样那只倒霉蛋的独角兽会被退回，你妹妹的那只也能清白地得以保留。"

"我说，你为什么不早点儿这么做？或者早点儿告诉我也行啊。"

斑船长理所当然地回答："你又没问我，我干吗要告诉你。"

小真决定明天就建议李婶把这只鸡安排上晚饭菜单。

安媛推开颜真的房门。

跟她预想中的凌乱不一样，今天小真的房间干干净净。以往只要小真在家超过半天，他的房间就像是暴风过境，那些杂物和书会被扔在各种匪夷所思的位置。可今天房间被收拾得很清爽，所有物件各居各位。

安媛愣了好一会儿。

她的儿子是转性了吗？今天的房间竟然这么整洁。

作为母亲，她竟然有了一种失落感。

咔嗒。小真的书桌下传来了声响。

什么声音？安媛蹲下身查看。

在桌底的一角，有一个小小的黏土人。它的身体藏在桌腿后，露出一截头，像在暗中观察着什么。

小真这孩子什么时候有了这种玩具？

安媛将黏土小人拿起来。她左右翻看，觉得它看起来竟然还有点儿可爱，就是脸上沾了灰。她决定帮儿子清洗一下。

安媛拿着黏土小人刚走出小真的房间，手机突然铃声大作，上面显示是闺密方子薇的来电。

方子薇说至少一段时间内那位婆婆不会再上门骚扰罗清溪了。

“谢谢你。”

“不用谢我，我还什么都没做就解决了。”

“啊？”

“有人出面摆平了她婆婆那堆烂事，反正不是我。我打听了一下，说是刘司机的那个新东家。”

“这样啊。那他的新东家还真不错。”

“现在我有新消息，罗清溪正打算租一家店面。”方子薇说，“她找的中介正好是我的熟人。”

“店面？她打算做什么生意？”

“中介说，她准备开个馄饨店。”

“馄饨店？现在餐饮生意不太好做啊。”

“她学历不高，工作也难找，又不愿意去你老公公司和你的工作室，自力更生开馄饨店挺好的。”方子薇说，“做餐饮很累，这都是为了她的儿子。”

“你知道她打算在什么地方开店吗？”

“四中周边。”

“好，你把中介的电话给我。”

方子薇说：“你这是打算把你那边的门面房让中介低价租给罗清溪吗？”

“能帮忙总要帮帮。你让你的朋友把紧口风啊。”

“我说，你对罗清溪也太好了吧。”方子薇半开玩笑地笑道，“我可要嫉妒了啊。说，谁才是排在你心中的第一位？”

“去去去。首先，你去生一个像刘星泉那样的孩子让我做干妈，然后我才会考虑你究竟排在第几位。”

“啧，真是抱歉了，我就是打算单身快乐到老死，什么儿子女儿都比不上我家的猫。”方子薇说，“说起来，你搞定你家的猫和鸡了吗？”

“别提了！”安媛气呼呼地回答。

挂了电话，安媛望向桌子，原本摆在上面的黏土小人消失得无影无踪。

她上下左右查找了一番，哪儿都没有。

安媛心下焦急，她一向都对儿女们的玩具们保持了一定的尊重。这个黏土小人保不齐就是小真的什么心肝宝贝，万一弄丢了她可没法和儿子交代。

好好的黏土小人怎么就不见了呢！她左思右想，反复分析，心下一合计，肯定是那只猫的错！

说不定就是先前她打电话的时候，猫把那黏土小人给叼走了。这么想着，她逐一检查房间，意在揪出盗窃嫌疑人猫先生。不一会儿，她便锁定了目标。

二楼的阳台上，猫先生正蹲在椅子上。

安媛原本想冲上去抓住嫌疑猫，可嫌疑猫正在干的事让她目瞪口呆。猫先生正在看书，一本厚厚的书摊在猫身前，猫爪子在翻书页。猫低着头看几秒，猫爪子就会再翻一页，彰显出一派稳重学者看书的风范。

我家的猫竟然在看书。

这是成了精吧。

她掏出手机对着猫先生连拍几张，但仍觉得难以记录下这奇妙的时刻。于是她又拍了几十秒的视频，加了滤镜和音乐，直接上传到了网上。

没过一会儿，视频下就多了几条亲友的评论。

“别耽搁猫上大学，赶紧送它去高考。”

“这是上北大清华的料。”

“别耽搁孩子拿奖学金。”

“心累，突然发现猫比娃聪明。”

安媛被评论逗笑了，黏土小人的失踪被她丢在了脑后。

这次期中考试，罗清溪数学取得了高分。

她的英语考了年级第一，这个成绩超过了颜岸。她的总分直接排到了班级第三名。班上总分第一名变成了魏鸿卓，而一直稳坐第一名的颜岸掉到了第五名。

魏鸿卓的父亲很高兴。

她去那位辅导老师那儿补课时遇见了魏父，这位有名的实业家仪表堂堂，风度翩翩，正一脸笑容地向辅导老师道谢。罗清溪向老师打了声招呼，魏父注意到了她。

“罗清溪，好久不见了。”魏父笑着说。

“魏叔叔好。”

“老罗真有福气。小姑娘长大了，越来越漂亮。”魏父与她的父亲过去就是朋友。

罗清溪低下头道谢。

“小罗，以后有空来我家玩啊。我家鸿卓还要向你学习。”魏父说着，微笑地看了一眼站在一旁的魏鸿卓。

魏父有种天然的威严，此刻，班上的头号刺头魏鸿卓在爹面前乖得像一只小白兔。

他们结束补课时，魏鸿卓提出要送罗清溪。

罗清溪拒绝了他的请求。

魏鸿卓笑笑，显得并不在意。

他们下楼时，罗清溪恭贺他拿了班级第一。

“没什么大不了的。”魏鸿卓耸耸肩，“估计下一回就被颜岸摁下去了。”

昏暗的楼道里，罗清溪看见魏鸿卓的眼里闪烁着讥讽的光，“老头子天天念叨着要我拿第一，这次总算能让他闭嘴一回了。”

“你的确拿了第一。”

“这不是还是有科目输给你了吗？”魏鸿卓拉长了声音，“你知道吗？颜岸这次没考好是因为他妈妈生病住院了。”

“他妈妈住院了？”

“是啊。他又要照顾妈妈又要打工又要上学。”魏鸿卓说，“这次是我占了便宜。”

男孩谈起颜岸时，年轻的脸上没有嫉妒，只有不忿与满满的不甘心，似乎这次有些胜之不武。

到家后，罗清溪的父亲也在高兴。为了庆祝这次女儿单门科目拿了年级第一，他特意开了瓶酒。今日父亲的话前所未有的多，说这才是他的好女儿。妈妈更是眉开眼笑，烧了满满一桌好菜。

这是冷战许久后罗清溪父母首次如此和睦。罗清溪不觉也有些自得，但她很快就想起了颜岸母亲的事，平常最爱的菜嚼在嘴里也失去了滋味。

“我就说我们溪溪一定不会让我们失望。”父亲说。

因为心情好，父亲和母亲畅谈起了她的未来，她将来应该上哪一所名牌大学，又应该念哪一门专业，将来应该做什么。父亲认为他的女儿将来应该成为一名大学教师，母亲则希望她成为一名医生。

谈论未来时，他们始终没有问她。

本来也是，一直以来都是父母帮她安排好一切。将来她也会按照父母的规划继续安安稳稳地走下去。

大家都是这样。

她心中充斥着一种难以言喻的伤感，胸口被某种无形的东西勒得难受。她推开卧室的窗户，湿冷的空气涌入室内。在恍惚间，外面飞过了一只绿翼小鸟。

过了两天，罗清溪的父亲告诉她，他准备为罗清溪办一场十七岁生日庆祝会。

罗清溪呆住了。

“我之前就想着给你庆祝一次生日。”罗父兴奋地说。

他说他和魏总这两日聚会吃饭的时候，无意中谈到了儿女的生日。罗父常年出差在外，多年没给女儿庆祝过生日，这是他的憾事。

魏总拍胸脯说老友女儿的生日宴会场地由他提供，这次就风风光光地把生日庆祝会办好。

“把你们班上的同学都叫来，爸要办得热热闹闹的。”罗父说。

罗清溪想说不，但父亲非常执着，母亲则带她去一件件试礼裙，最后她选中了一条裸色的长裙。淡色的面料上有着精细的刺绣，巧妙地缀着闪光的手工钉珠，外面罩着半透的纱裙。当她穿上时，店员们都在低声赞美：“太美了，真是个小仙女。”

镜子里那个被纱裙包裹的少女如公主般甜美，连她自己都看得有些恍惚。这是大牌礼裙，店里唯一的一件。母亲当即就买下了它。

“我的溪溪真漂亮啊。”妈妈自豪地说，她伸手整理着罗清溪的长发，“到时候你的同学们都要被你惊艳到，你魏叔叔的儿子还没见过穿得这么漂亮的溪溪吧。”

罗清溪班上的同学们都受到了她的邀请。

但颜岸已经请了一周的假，她不知道他是否知晓她即将举办生日聚会的事。她为此心神不宁，在心中期望他的母亲能早日康复。

她生日聚会的前一天，颜岸终于来上学了。

罗清溪在心中反复演练她与颜岸打开话题的方式，她足足排练了十八种。在演完各种脑内小剧场后，她终于鼓起全部勇气去邀请他。

可还没等她开口，魏鸿卓就转身敲了敲颜岸的桌子，笑嘻嘻地说罗清溪就要过生日了，明天别忘了。

“我去不了。”颜岸回答。他的表情淡漠，就像是评述今天的天气，就像是拒绝一个普普通通的吃饭邀约。

罗清溪站在原地，问：“颜岸，你妈妈身体好点儿了吗？”

“好点儿了。”颜岸说，他乌黑的眼珠却没有看向罗清溪，“我还要打工，抱歉。”

这场在魏家集团旗下五星级酒店举办的生日宴会，就像罗清溪父母亲期待的那样，热闹而圆满。

当作为特别嘉宾的歌星谭筠出现时，现场被惊喜与尖叫声充满。

同学们喜不自禁地疯狂鼓掌，有几个歌迷同学甚至因为能近距离看到谭筠真人而落泪。

颜岸是谭筠的粉丝，他每次在学校广播台点的都是谭筠的歌，他会一边哼着谭筠的歌一边收拾东西。他语文笔记的最后几页也抄满了谭筠的歌的歌词。罗清溪一直都知道。

为了谭筠，她特意求了父亲很久，终于请来了谭筠。她咬住嘴唇，手无意识地抓紧了胸前的木牌吊坠。

他现在又在干什么呢？外面下着大雨，也许那个男孩正骑着车，正赶往他打工的地点。

她什么都不想去想了。

到了晚上，罗清溪在卧室里换上睡衣。昏暗的灯光下，搁在床上的礼裙犹如一团柔媚的云雾，埋于其中的吊坠漆面上的两朵小花与冷色钉珠泛着黯淡的微光，就像是苍穹上的星辉。

她站在窗前，空气中弥漫着湿漉漉的泥土味。绿翼小鸟停在对面的屋顶上，对着她叫了一声。

鬼使神差地，她走出卧室，悄无声息地下楼。她的父母已经睡着了。

她打开大门，一个盒子端正地放在她家门口。

掀开盒子，里面放着一本笔记本。翻开笔记本，第一页是目录，分门别类地罗列着各种数学题型。

罗清溪吸了一口气，她一页页翻下去，里面写满了各种题型的解题思路与分析，还注明了六年内这些题型作为高考题出现的频率。

这是颜岸的笔迹，干净利落，就像他的人一样。

在笔记本的最后一页，写着短短的四个字：生日快乐。

她向四周望去，周围只有黑压压的灌木、昏暗的房屋轮廓和被月光浸润的地面，仿佛这世界上只有她一人。

她却觉得仿佛有温暖的阳光渗入她的肌肤。

她将笔记本贴在心口，转身回房。

第 12 章 拟态

小真结束今日的种田巡视后，崔明智来了。

以小真对颜真人际关系的观察，崔明智处于颜真关系最密切的好友队列里，也许是和刘星泉并列第一，也许是第二。与沉静的刘星泉不同，崔明智是个热情外向的自来熟。他爽朗豁达，说话风趣，天生自带一股亲和气质，是同学们心中的人气王。

崔明智毫不客气地往椅子上一坐，跷起腿说道:“你猜我发现了什么?”

“什么？”小真问。

“那个罪灭，也就是那位《光明行者》里的罪神，我发现了他的真实身份！”

“罪灭？”小真念着这个熟悉的游戏ID，这不就是和他妹妹起冲突的那个游戏玩家吗?

“对，罪灭。《光明行者》里的罪灭。”

“《光明行者》。”小真听起来觉得很耳熟。

崔明智露出夸张的表情：“对啊，我们不是一直在玩这款游戏吗？还去过网吧呢。”

“游戏？”

“完了完了，你的脑子是真的摔坏了。”

“哦，我大概想起来了。”小真敷衍地做出一个想起来了的表情，“你是想跟我说罪灭在现实世界中是谁吗？”

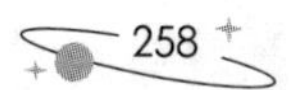

“对。”崔明智拍了一下大腿，“那个罪神，就是我们学校的小胜哥。”

“小胜哥是谁？”

崔明智把手放在小真的额上：“你没发烧吧？”

“没有。”小真打开他的手，“只是有些事记得不太清楚。”

“老年痴呆了吧你。”崔明智咕哝道，“小胜哥，就是我校赫赫有名的老大，人称义薄云天小胜哥。”

“听起来很厉害。”

“这当然了。”崔明智又拍了一下大腿，“传说他一路单挑十八个混混毫发无伤。想不到他不仅武德充沛，更是打游戏的高手，不愧是我们四中的老大。”

“你很崇拜他？”

“这么厉害的人，我当然佩服。”崔明智笑道，“他最近翻了一次车，但不影响他在我心中的地位。罪神永远是罪神。说起来他翻车可真诡异，你知道之前那个琉璃梦儿事件吗？”

不等小真答复，崔明智就滔滔不绝地讲述了独角兽事件的始末，并且用了一番夸张的言辞，来描绘让罪神翻车的神秘人琉璃梦儿。小真嘴角向上微微扬了扬，思考了一下，决定还是装不知道。

“我怀疑与罪神比试的琉璃梦儿账号背后应该不是玩家本人，极大可能是罪灭的某位对家，看那个手速，也是位神秘的大神。”崔明智感叹，“我真好奇啊。”

“你的意思是那个战胜罪灭的琉璃梦儿也是《光明行者》的玩家吗？”

“这是我的推测。”崔明智拍手道，“既然你提到了《光明行者》，我们现在就来一盘吧。”

砰！小真的房门被推开，安媛笑嘻嘻地站在门口。

“崔明智，你们要玩什么啊？”

崔明智飞快地说："阿姨好，阿姨，我什么也没有说。阿姨，我走了。"

崔明智溜得飞快。

小真怀疑崔明智也许被安媛暴揍过。

安媛用审判死刑者的目光目送崔明智离开后，指着书架诧异道："哎？这个小人儿又回来了？"

书架上两个黏土小人端坐于书前，一动不动。

她来到书架前拿起一个黏土小人，左右端详。

"怎么了？"

"上次我在你桌子底下捡到过这个小人儿，刚捡起来没一会儿它就不见了。现在它又回到你的书架上了啊。"

"我有好几个这种小人儿，大概只是长得像吧。"

安媛摇头："不，这个小人儿脸上有块灰尘，我记得，这绝对是我从桌子下捡来的那个。"

小真："……"

安媛说："你的小人儿是不是可以换姿势？上次我看到它不是这个姿势。"她试图扭动小人儿的手脚。

"我的黏土小人很脆弱……请手下留情。"

"哦……"安媛停止摆弄小人儿的手脚，"它脸脏了，我拿去洗洗。"

可怜的小人儿被安媛带走了，小真看到书架上的黏土小人正在瑟瑟发抖。

猫先生从窗户外跳了进来："你妈走了吗？"

"怎么了？"

"呵呵。"猫先生从喉咙里发出了呼噜噜的怪声，像车底盘在摩擦地面。

"你对我宿主的母亲有意见吗？"

"她最近的行为让我不快。"

"怎么了？"

“你妈最近热衷偷拍我。”猫先生严肃地说，“每时每刻，只要我出现在她的视线范围内，她就会掏出手机偷拍。”

“这是她喜欢你的一个特征。”小真友好地说，“你应该接受一个人类的善意。”

“偷拍我的私密部位也是善意？”

小真：“……”

“让，你妈，离我，远一点儿！”

小真思考应该如何向他的同胞解释，人类中的“猫奴”这一群体对猫的私密部位的可爱毛球有种奇妙的热爱。

他想了想，觉得说“她只是单纯喜欢你和你的私密部位”“在她眼里，你的私密部位是纯洁的”好像都不太对劲，索性放弃了解释。

安媛再度推开门，猫先生就像是看到了黏滞巨型变异虫，直接跳窗而去。安媛伤感地对着猫伸手，然而猫先生只留给她一个屁股和一条摇晃的尾巴，就迅速消失了。

安媛对着空荡荡的窗户保持了十五秒的哀伤姿势，而后将手中的黏土小人放在小真的桌上。

“小真，妈妈把它擦干净了。”

感谢你没把它的头掰掉。小真将小人儿拿在手里，它一动不动，努力扮演着一个完美的黏土小人。在小真发出特别指令前，它绝不会在小真的家人面前暴露自己。

“小真呀，你下午有空的话陪珠珠和同学去参加一场签售会。”安媛想起了要说的正事，她给小真指派了一个任务，陪妹妹去漫画展。

颜珠最喜欢的动画节目搞了一个活动，在展会中心限时签售《侠盗洛萨》漫画，前一百位读者将会获赠一张有画师签字的洛萨大海报。

这是颜珠期待了好久的大事。

到了中午十二点半，颜珠的同学程嘉盈准时出现在颜家。她是一个戴眼镜的小姑娘，圆脸，留着齐耳短发。只要小真跟她说话，她的脸就涨得通红。

“我们一定要拿到！”颜珠握紧拳头，对程嘉盈说。

程嘉盈用力点了点头。

小真觉得她们的气势好似要去打仗。

一路上颜珠和程嘉盈叽叽喳喳，谈论着她们最爱的《侠盗洛萨》。小真耐着性子听了一会儿，她们谈论的大致上是关于洛萨的女朋友到底是谁的话题。颜珠坚持认为洛萨的女朋友应该是初恋星美，而程嘉盈则认为洛萨应该和娇娇在一起。

“星美是先来的！她和洛萨互相暗恋！就差直接告白了。”

“星美终究和洛萨错过了，娇娇才是最适合洛萨的人选，剧情也在往这个方向发展。”

“不会的！星美才是最好的。”

“认清现实吧，洛娇组合才是大方向，是主线！”

“铺垫了几十集的洛星组合是不会输的。”

小真打断了她们的争吵，看着广场上的会展中心入口，问：“这就是你们说的目的地吗？这人有点多啊。”

两个小姑娘瞪大了眼睛。

眼前人头攒动，黑压压一片，排队的长龙歪歪扭扭绕了好几圈，连外围的花坛都站满了人。怎么看都是要排队到天荒地老的架势。

排队的大多是年轻的姑娘，她们手里拿着任安之的大海报、任安之封面的杂志，还有写着“安之我们永远支持你”之类的横幅。

小真有种不妙的预感。

他接过工作人员递给他的展会导览图，下午的舞台节目上赫然写着

“特别嘉宾任安之”几个字样，难怪现场挤成了沙丁鱼罐头。

他问工作人员：“现在排队进去，去签售《侠盗洛萨》的展台还来得及吗？”

“肯定来不及。”工作人员摇头，“你看看这些姑娘，她们都是为了见任安之来的，最早的早上五六点就过来了。现在这队伍，要进去最起码要排三到四个小时队。”

“请问有VIP快速通道吗？我可以出钱。”

“没有，都被任安之的粉丝买光了。”工作人员耸耸肩，“现在连黄牛手上都没票。”

颜珠和程嘉盈一脸失望，来时的兴奋已全然消退。她们沮丧地坐在路边花坛上，蔫头耷脑地捏着手中的票，这是颜珠在半年前就订好的票，但无法让她的排队时间减少一秒。

粉丝们呼唤任安之的声音此起彼伏，有人甚至自发指挥大家唱起了歌。人越来越多，完全没有减少的意思。

小真看着眼前由狂热粉丝组成的钢铁长龙，如果按照秩序进去显然是绝无可能买到两个小姑娘心心念念的签绘漫画的，是不是该想些办法呢？

一个声音打断了小真的思考。

“颜真？”

小真抬头一瞧，脱口而出：“是你，安·接的任务都搞砸·天行。”

安天行说：“你能礼貌点儿吗？小鬼。”

小真打量着他，眼前高挑的安天行穿着衬衫，胸前挂着工作牌，一副白领精英的派头：“你怎么会在这里？又在做韩老板那些赔钱任务吗？”

“我在工作。”安天行补充道，“不是韩老板那些，是我作为本地人的正经工作。”

“你在里面工作？”

“今天正好在里面搞活动。”

小真眼睛一亮，他指了指身后不远处两个垂头丧气的小姑娘：“可以带我们进去吗？”

安天行和小真并肩走在前面，两个小姑娘欢天喜地跟在后面。他们一行人在安天行的带领下，畅通无阻地走进了展会内部。

小真说：“多谢你。”

安天行回答：“举手之劳，只要你记得欠我人情就好。”

“你和我知道的格努斯人可有点儿不一样。”

“呵呵，我是最纯正不过的格努斯人，我懂人情往来。”

“谢谢安哥！”两个小姑娘在《侠盗洛萨》的展台前停下，礼貌地向安天行道谢。

安天行问他们对任安之有没有兴趣，如果有兴趣的话，等逛完这边，他可以带他们去后台近距离看看任安之。

“可以看到任安之？这是真的吗？这太好了！”程嘉盈惊喜地大叫。

“看真人任安之？我要看！”颜珠看起来也很有兴趣。

安天行淡定地点头，收获两个小学生的崇拜目光似乎让他很爽。

两个小姑娘跑向展台排队。

安天行和小真聊了一会儿，他最近的确接了韩老板的新活儿——安置一个蒲泥怪。

“蒲泥怪？”小真吃了一惊，他非常清楚这种生物的麻烦之处，“我听猫先生介绍过这个种族。为什么这种对自身危险性完全没有数的生物会跑到这个星球？”

“因为这里没有该死的阵营之争，是绝佳的度假地。其实韩老板也非常头痛，按照他的想法，这个蒲泥怪应该被关在地下一百米的暗室里再上十把锁，这样所有人都会开心，但奈何这个蒲泥怪背后不仅有人还很有钱。虽然我一点儿都不想接这个活儿，但它给的实在是太多了。”

“所以这个玩意儿大摇大摆地住进本市了吗？”

“不仅住进来了，还伪装成了一个人类小姑娘，还是我给找的房子。”

小真：“……”

安天行摊开手：“反正它没什么攻击性，即使闹出事来也有韩老板善后。”

有时候小真觉得监督之眼想制裁某些人真的是很有道理。

半个小时后，颜珠和程嘉盈捧着书开开心心地过来了。

拆开透明包装，颜珠迫不及待地抽出了海报。她展开海报，海报上是洛萨和一个猫耳姑娘双手相握、四目相对的画面。颜珠无言地注视着海报。

程嘉盈大笑道：“娇娇赢了！官方盖章认证了洛萨和娇娇！”

然后她收住了笑声，因为颜珠看起来是那么悲伤。

小真望着颜珠。

颜珠抬头说：“这样的话，星美不是太可怜了吗？”

女孩的眼瞳湿润，泪水如雨滴。

安天行低声问小真：“你妹妹怎么了？”

“被官方恶心到了。”

小真不知道该怎么安慰一个为虚拟人物而哭泣的孩子。

他回忆着他所看过的各种各样的人类电影与小说，说：“也许星美值得更好的人。”

“和洛萨在一起才是星美的幸福。”

“我觉得一个人的幸福不应该由其他人决定，而是她自己。”

“哥，你不懂。”颜珠说，“星美喜欢洛萨，洛萨也喜欢星美，互相喜欢的人怎么能不在一起呢！”

小真自认对智人生物的这种特殊羁绊实在不是很懂。

似乎也只有带她去看看明星任安之，才能稍稍安慰这个小姑娘了。

展会中心的舞台前已经挤满了人，姑娘们早已抢占了所有有利位置。每一张年轻的脸上都凝聚着期待与渴望，等待着她们的偶像。

虽然舞台上有人在表演，但底下的观众明显心不在焉，交头接耳。

而没有座位的年轻姑娘们则挤在通道旁盯着通往后台的每一个人，不放过任何一个能看到任安之的机会。

“任安之！任安之！”

“他什么时候会来……”

“想见到任安之。”

“我好想握住他的手。”

强烈、一致、纯净而又热情，潮水般的浅层意识涌进小真的脑内，涌动得小真头很痛。

如果不是对当地明星文化做了一点儿了解，小真会以为这是什么新型宗教朝圣现场。

小真知道任安之，这个名字最近在班级女生讨论中的存在感越来越强，已经到了让大多数男生恼怒的程度。

正在努力融入同学们的社交群的小真自然不会忽略这些信息。

而且，他发现安媛最近也沉迷于看任安之演的电视剧。

安天行果然有门路，领着他们轻车熟路进了后台。他一进门，几个工作人员立刻讨好地喊他“安哥”。

他让小真等人在后台等着，再过一会儿任安之就到了。

这时后台休息室已经坐了几个人，都是一会儿要上舞台演出的演员。其中有一个特别亮眼的男生，穿着鲜黄色的外套，他的眉眼极为清冷，一双黑白分明的眼睛也是冷冽的。这种冰冷的气质与他身上鲜亮的颜色形成了奇妙的对比。

他感觉到了小真的视线，回望了小真一眼，然后冷漠地移开了目光。

颜珠和程嘉盈目不转睛地看着这些演员嘉宾。颜珠看起来完全不了解这些人，程嘉盈倒是能认出几个。

她小声对颜珠和小真介绍，那个最亮眼的男生是现在一个很有名的网红歌手，谢冉。

“我想要他的签名。”程嘉盈低声说。

“那就去要啊。”

“我不敢……”程嘉盈悄声说，“他出了名的高冷。”

颜珠立刻抬头用恳切的目光注视着小真。

来了，来了，这妹妹干啥啥不行，找哥第一名。

在颜珠眼巴巴地注视下，小真只得拿了程嘉盈的笔记本和笔来到谢冉面前，问道：“你好，我妹妹她们是你的粉丝，请问能给我签个名吗？”

谢冉皱眉，白皙的脸上写满了拒绝。旁边的工作人员说：“不好意思啊，现在是工作时间，暂时不能签名的。”

小真并不说话，瞧着谢冉抗拒而傲慢的神情，突然起了捉弄之心。他集中精神，将“拿起笔立刻签名”这个指令猛地掷入了对方的意识中。

谢冉的神情凝固住，他呆呆地接过笔，打开程嘉盈的笔记本，飞快地签下了自己的大名。整个动作一气呵成。

小真接过本子，笑眯眯地说了句：“谢谢。”

就像是短路重启，谢冉吃惊地看着小真手中签名完毕的本子，他完全没理解自己刚才的举动。

小真转身回到了颜珠身边，程嘉盈一脸崇拜地涨红了脸，不断地向他道谢。要是猫先生和斑船长目睹他刚才的行为，怕是要激情批判他好半天。他的心灵能力在种族里算得上强，能在短时间内影响人们的浅层意识。

对于精神强韧或者受过特殊训练的生物来说，小真这种小小的心理暗示就不是那么有用了。而对没有防备的普通人类，只要抓住时机就挺有效。

自封托森协议签订以来，它们这一族一直都尽量避免在公开场合使用心灵能力。虽然这里不是银河文明星区，但凡事还是需要小心。

小真看了一眼身旁的颜珠，他发现自己总是很难拒绝妹妹的请求，这大概是受到宿主颜真这具身体的影响。小真想了想，决定将这点列入自己的行为模式影响因素参考表中。

工作人员突然变得忙碌起来。

一个叫作凯文的男人一进来就跟大家打招呼。他来到谢冉身边，轻声对他说了几句话。

小真听得很清楚，凯文说要给任安之再增加十分钟的表演时间，所以现在要把谢冉的演出时间削减，从原来的两首歌改成一首。

谢冉立刻就沉下脸来冷笑了一声。

凯文有些不好意思，又说了几句好话。

谢冉冷冷道："外面的人都是来看任安之的，不如把所有节目都取消，改成任安之演唱会吧。"

"唉，你也知道任安之有多抢手，这次能把他给请来，还让他多表演一段时间，已经是给足了面子。并不止你一个人缩短了表演时间，而且一会儿那位大老板也要过来……"凯文做了一个手势。

谢冉板着脸不说话，看来是只得答应了。

又过了五分钟，小真听到外面工作人员的骚动。

任安之到了。

嘈杂的后台变得鸦雀无声。

他身材修长，墨镜下是俊秀的鼻梁与漂亮的嘴唇。当任安之走进后台的那一刻，所有人的目光全都聚集到了他一人身上。

小真觉得这种感觉很奇妙，他曾经见过诸多种族的智慧生物，他们中总有一种存在，只要他们出现，就仿佛点燃了整个空间，让人心神摇曳，再也无法移开目光。

而现在他眼前的是任安之。

他微笑着，就像在对每个人微笑。只要被他墨镜后的目光扫到，几乎所有人心中都涌起了一股暖意，仿佛得到了他最贴心的关注。

这让小真想起了一个故人……他陷入了恍惚，仿佛又回到了空旷的战略室。

那个人站在观察窗旁，宛如初升的朝阳，宛如一道风暴中心诞生的闪电。

舰窗外星河灿烂，千万舰船喷射着炮火，白亮的光雨在宇宙中跳动，舰船轰然化成绚烂的烟花。虚空盾在炮击下绽开令人目眩神摇的光芒。舰船摇动，舱壁震裂，舰员们焦急而疯狂地处理着信号。那个人恍若未闻，他沐浴在舰外投射进来的光辉中。他有一种奇怪的魔力，只要他在，所有人都会觉得安心。

所有人在他面前都仿佛是壮丽辉光前的磷火。

“哥？”颜珠动手拉了拉他。

“怎么了？”小真回过神。

“你看任安之，他把墨镜摘下来了。”

就像小真想的那样，任安之天生有一种无与伦比的气质，让周围的芸芸众生顿时失色。方才的谢冉是那么显眼，但此刻却黯然无光。

天生的明星，小真暗想。不过依然是一个普通的当地人类。

他知道的那个人像一个真正的神祇，而任安之不过是一个普通的人类，他为自己把他们相比较而感到奇怪。

颜珠看看任安之，又看看小真，如此来回数次。小真问她在看什么。

“哥，你不觉得你有一点儿像他吗？”颜珠一根手指比画着，“有些角度有那么一点点像。”

小真眯起眼，分析了一下任安之的脸部结构。他判断任安之的脸和绝大多数普通人类的脸都有相似之处。他在识别人类五官精妙的差距上并不灵敏，人类的美丑都是他通过宿主的感官得知的。

经过一番上下打量后，他依然对相似这件事没多大感觉。

任安之是大明星，他一进来就被一群人紧紧包围，接着就去了化妆室。任安之走后，小真等人也只能在房间的一角看看热闹。

安天行现在很闲，走过来和他们聊了一会儿，并询问他们想不想要任安之的签名。

小真兴致缺缺，颜珠和程嘉盈则兴奋得涨红了脸。

小真低声问安天行：“他的签名有什么用？”

“请理解成教宗赐给信徒的圣迹。”

“我理解了。”

安天行把他们带到了舞台入口，这样就可以从侧面近距离清晰地看到表演。这时舞台上有几个青春少女在欢快的音乐中蹦蹦跳跳。

“我知道她们，是蒸汽少女！是蒸汽少女！”

“哦哦，我在视频网站看过她们……”

程嘉盈和颜珠窃窃私语，小真则好奇地观察着场下的观众。他注意到不少观众身着相同图案的T恤，他问安天行这是不是有什么含义。

“为了展示自己的教派成分。”这的确不难分辨，很多粉丝手上挥舞着灯牌，上面写着明星的大名。小真判断各个粉丝群之间是通过灯牌等象征物来打宗教战争的。

“还挺有意思。”

“只要教宗别号召他的粉丝群去攻击他的竞争对手就行。”

蒸汽少女退场了。两位主持人在舞台上嘻嘻哈哈地说着笑话。一番言

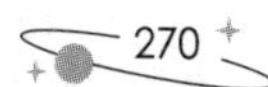

语铺垫后，一个主持人故意吊胃口说：“下面就是大家拭目以待的——”

观众们沸腾了，一群女粉丝疯狂地喊：“任安之任安之任安之任安之！”

“有请最近最具话题的人气才子歌手——谢冉！”

谢冉面无表情地从小真他们面前走过，跨上了舞台。

肉眼可见的失望情绪在舞台下涌动，嘘声此起彼伏。

“我以前遇见过类似的场景。”安天行说，“我跟着兄弟们去科萨星的时候，已完全被鱼头人那套异端邪说洗脑的当地人就是这副态度，跟他们完全没有任何道理可讲。”

“冷静点儿，至少这里的人不会一言不合就把你碾成肉酱。”

“好吧，这也是我想在这里定居的原因。”

平心而论，谢冉的表演可圈可点。他唱的歌挺悦耳，面对舞台下大部分不耐烦只想看任安之的观众，他倔强地用自己的歌作为厚壳，维持着自尊。在短短几分钟后，舞台旁的助理就打着手势示意时间到了。

走下舞台，谢冉几乎是连跑带走地冲进了后台休息室。小真清晰地感觉到了谢冉不甘与愤怒的浅层意识。与当红的明星相比，他只是一个可以随意碾压的小人物。

之后，全场的焦点——任安之终于登场了。

在一片排山倒海的欢呼声中，任安之伸出一根手指，轻轻放在嘴唇上。所有的声音顿时如潮水般退去，所有观众都凝视着他，如同凝视着一位救世主先知。

小真发誓此刻全场的精神凝聚力简直堪比单一意志的虫群之心。好吧，至少任安之不会命令他们见啥吃啥。

在小真眼中，任安之的歌声并不见得比谢冉的好听多少，但是任安之有股天然的打动人心的力量，他的一举一动都牵动着人们的情绪。

当他闭上眼睛，微微蹙眉唱出哀伤的歌词，就能让听者近乎心碎。当他微笑着与场下互动时，随便一个手势，就能在舞台下掀起一股波涛，这是属于真正明星的风华与气场。

就在这无比和谐的氛围里，安天行突然爆了句粗口。

听到此等惊人的亵渎之语，小真忍不住看向他。

“下面的观众里有蒲泥怪！”

“我……”小真将剩下的词憋回了喉咙里，“为什么下面会有蒲泥怪?！”

“为什么它会是任安之的粉丝？”安天行抱住头低号，“我以为它对智人不感兴趣。”

自从小真见过一堆螃蟹想要和人类来一段绝美爱情后，他就觉得什么都有可能发生。

“就是你给安排住处的那个蒲泥怪？”

“没错。这才多久，它就跟着人类女孩来追星了。”

“这也算是飞快融入了当地文化吧。”

“饶了我吧。”安天行低号，“你知道蒲泥怪极度兴奋时会干出什么吗?”

小真知道。

蒲泥怪的本体是一种外观呈凝胶状的活体物质。平时无害温和，但一旦陷入极度兴奋的状态，就会将周围的生物和自己都分解成液体，以追求共享意识的快感。

“猫先生告诉过我蒲泥怪的一些事。嗯，我知道它一兴奋起来就会对周围的人产生不太友好的影响。”

“岂止是不太友好的影响！”安天行盯着观众席，“我必须现在就把它赶走。”他起身走下楼梯。

小真的目光跟着看向舞台下的观众，飞快地定位到了第三排的一个姑娘。她看起来和普通姑娘并没有什么不同，但在小真过滤掉光学伪装的眼里，这个姑娘真实的样子是一团左右摇晃的凝胶。它的颜色呈现出鲜嫩的粉色，这正是蒲泥怪陷入亢奋的表现。

下一刻，小真大惊失色，因为这团凝胶身旁站着一个少女，她是小真的同学——魏晶靖。

魏晶靖正激动地挥舞着荧光棒，浑然不觉身旁的那团凝胶正处于临界状态。

“我……”不由得口吐亵渎之词的小真也跑下了楼梯，跟着安天行向他们冲了过去。

所有观众都在全神贯注欣赏舞台上的任安之。

从后台楼梯处跑下来的安天行并没有惹来多少人注意，他冲进第三排，直接抓住了那个蒲泥怪。但是在周围人眼里，就是一个男人粗暴地抓着一个姑娘往外拖。

魏晶靖叫道：“你干什么啊？！”她伸手扶住蒲泥怪，拦住了安天行的去路。

“快让开！”安天行急道，“它必须离开这里。”

魏晶靖看了一眼蒲泥怪，她眼中是一位楚楚可怜的姑娘正在努力挣脱男人粗暴的拉拽：“你干什么啊？我喊保安了啊！”

他们三人推搡成一团。

小真看见蒲泥怪核心的白光正在燃起，无数的星点在凝胶之内扩散。

“快离开它！”

他话音刚落，凝胶便如同被烛火侵蚀般融化，安天行与魏晶靖化为了液体。

几乎在同时，场内所有人的行动都静止了。大喇叭音响仍在播放着配乐，人们手里的灯牌变幻着色彩。任安之站在舞台上，他伸出手掌，微笑着面向观众，一动不动。

人们犹如雕像，只有音乐与灯光流动。小真站在原地，愣愣地看着地上流淌的液体。

他向前走了一步，无数细细的银色卷须自小真的身体延伸而出，似扭动的光线，又似枝蔓般将会场笼罩。

这是人类用肉眼无法看见的奇景。这是他的领域。

此刻，这里所有生物的意识都被他控制着暂时停滞。

这是他身为噬心魔最令人恐惧的力量。

他看着地上的液体，思考着用什么容器来回收。

“我们回来了。”

安媛打开房门，吃惊地看着小真抱着一个大号矿泉水桶，里面晃着颜色可疑的水。

“这是什么？你为什么要抱着这个水桶回家？”

“浇花。”她的儿子捧着水桶目不斜视地走了进去。

“妈，我已经劝过哥了，他就是不听。”颜珠跟在后面咕哝。

安媛觉得自己越来越不懂儿子了。

小真把水桶放下，斑船长和猫先生问他这是什么。

“这是，安·什么都搞砸·天行，一个该死的蒲泥怪，我不讨人喜欢的同学魏晶靖，组合在一起的混合溶液。”小真说，“现在，请来商讨一下，怎么让这三个家伙恢复原形？”

“告诉我，你是出于什么心理把这三位的溶液混在一起的？”

小真答道：“你得问该死的蒲泥怪。”

猫先生说：“别废话，你是出于什么心理把他们混在一起的？”

“因为他们跟该死的蒲泥怪拉拉扯扯，最后他们一起分解成了液体，在地上黏黏糊糊混在了一起。你倒是告诉我，你能从地上一摊恶心的溶液中精挑细选分出谁是谁吗？”

一个小时后。

猫先生在一台仪器前忙碌，这是刚从织夜星采购来的设备，他们方才把溶液统统倒入了这台仪器里。

猫先生看着屏幕说：“这台机子可以根据他们原本的构成，提取出各自的成分。但是！”它加重了语气，“分析取样是有误差的，我只能说现在分离提取大概有98.9%的准确度。”

“所以还是有1.1%的误差。”

“是，这没法避免。”

斑船长说：“这意味着什么？”

猫先生回答：“这只有星灵知道了。”

“这意味着大概蒲泥怪会混了一点儿安天行或者魏晶靖的细胞，安天行和魏晶靖也可能混了其他两位的成分。”小真说，“这会发生什么？”

“关于这个问题，你不如去问问星灵。”

小真想了想，决定先无视这个问题，赶紧把他们恢复成原形才是第一要务。

正常情况下，蒲泥怪分解的生物溶液数月后会自动重组恢复成原形（这也正是蒲泥怪没有被列为极度危险生物的原因之一）。猫先生已经将他们各自分离装瓶，虽然说提高了重组的正确率，但仍需要较长时间。

“需要多久才能复原？”

“一个月，或者更长。”猫先生说。

安天行和蒲泥怪在瓶子里放多久都无所谓，最大的问题是魏晶靖。

“我的同学魏晶靖等不了那么久。”小真说，“她的家长会陷入狂暴。”

“这也没办法。魏晶靖的组织重组就是需要这么长时间，我可没有办法加快这进程。”

“在这几天内，她的父母会为了找她而发疯，顺便上个社会新闻。”

小真强调道，“我们周边有这种引人注目的事可不是什么好事，她必须在今天内完整地回家。”

斑船长落在了桌上，这时三位的溶液已经分离完毕。两个黏土小人正将标签贴在瓶子上。

“罪魁祸首还是那个蒲泥怪，为什么蒲泥怪会追星？我以为它这种物种只会对黏菌感兴趣。”

“自从见到一堆螃蟹对着人类谈情说爱，我就已经什么都不奇怪了。”猫先生抬爪，眼睛发亮，“你说黏菌？我有办法了。”

“你们知不知道萨格黏菌的拟态？”

“我知道，莫非你是要……”

“对，就是那个。”

自从有了旋涡，能跨越星河前往织夜星，猫先生就置办了一堆设备带了回来，俨然成了一位无所不能的万事通。

猫先生给小真展示了一个培养容器，而后它从标有魏晶靖的瓶子里提取了一点儿溶液，将其和一个黏菌组织融合，放入了培养容器内进行培养。

上次从韩老板那里购买的植物生长液终于发挥了正确的作用。经过合理的配制，猫先生对着黏菌组织滴了一滴稀释后的植物生长液。

浅白色的黏菌团飞速蔓延，而后从中生长出囊基膜，子实体脱颖而出，抬头向上。丝膜状的细毛体开始脱落，从中生出了白嫩的顶着可爱菌盖的菌柄。

黏菌组织开始在摇曳中分裂成长，它逐渐分裂出手与脚，光滑的少女身躯逐渐显现。菌顶下显出了一张可爱光洁的少女脸庞，它闭着双眼，双手环绕着自己的膝盖。

猫先生一直盯着一旁的温控系统，只要温度稍微有一点儿偏差，这个菌物就会成长失败。最终，它成长得和普通少女一般大小。菌盖开始分裂，变成柔软的长发披散在它光洁的双肩后。

啪！

猫先生按下了按钮，培养容器的门砰地弹开。“少女”从容器内向外倒下，它睁开双眼，有些无助地用手撑住地面，抬头用天真好奇的目光注视着眼前的生物。

细毛体模拟而成的长发颜色像染墨般逐渐变得漆黑，巴掌大的小脸显得柔软而单纯，洁净光滑的肌肤就像是真正包裹了人类的血肉之躯。长长睫毛下的眼睛一动不动地凝视着小真，像是在观察与它相似的造物主，抑或只是无意识地凝望。

“萨格拟态黏菌，它分析了魏晶靖的组织液，模拟出了魏晶靖的外形。”

“它看起来真的很像一个人类。”

“真的和魏晶靖一模一样。”小真打量着它，“这几天应该能用它蒙混过去。”

少女从地上站起身，一丝不挂，却又如此地天然纯洁，傻傻地对小真微笑。

“我说，能给它穿件衣服吗？”小真转过身去，“我能感到我的肉体有些不自在。”

“我是不太懂人类的羞耻心理，你是觉得你的肉体能对一个黏菌团有羞耻心？”

“这不是羞耻心的问题。”小真抗议道，“你有没有想过，万一我妈进来，我就是个下流的罪犯了。”

斑船长忍不住大笑：“说实话，我很想看看这场面。”

“闭嘴！”

几分钟后，少女已经穿上了衣服。除了少女的脸上时时带着一种做梦般的神情，它看起来就是真正的魏晶靖。

“它能活多久？”

“当真正的魏晶靖重组醒来，它就会自动分解消失。”猫先生说，“它要做的就是在这些天扮演好魏晶靖。”

“我看一下你都给它输入了什么。”小真弹出了屏幕，一项项地查看，“这些人物关系和常识应该够用，学生的人际关系都很简单，对，还有一些考试用的知识。哦，对了，还要加上情绪变化。”

一切都操作完毕后，少女的眼中已有了神采。它像一个真正的人类少女那样在小真的房间内好奇地东张西望，还拿起了黏土小人在手里玩。

“小真！你过来一下。哎？”门被推开，安媛站在门口，她捂住嘴，吃惊地看着房间里的少女。

“阿姨好。”魏晶靖礼貌地向安媛打了个招呼。

“你好。”安媛瞪大眼睛道，“是魏晶靖啊，你是什么时候来的？我都不知道……”

“刚刚来的，阿姨。”黏菌魏晶靖乖巧地说，“不好意思呀，打扰你们了。”

“没有没有。”

房间内被沉默的尴尬气氛填满，安媛先用不可思议的目光盯着黏菌魏晶靖看，然后又用另一种目光盯着小真看。小真回想起来，昔日监督之眼的监察官思考要不要把犯人扔进热熔炉时就是这种眼神。

幸好，黏菌魏晶靖能随时接收他发出的命令。

“颜真，我走了。”黏菌魏晶靖对小真他们挥手道别。“阿姨，再见。”

“要不要留下来吃饭？”

黏菌魏晶靖笑着摇头，转身离开了。

当晚颜岸回来后，安媛对他说：“你猜今天谁来了？”

“谁啊？”

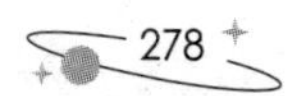

“魏晶靖，那个魏鸿卓的女儿。”安媛说。

颜岸说：“他的女儿？我知道她和小真是同班同学。”

“魏鸿卓的老婆很讨厌。”安媛说，“女儿倒不像妈妈。”

“你还真记仇。”

“魏夫人那副嘴脸只要是正常人都受不了。不过今天看魏晶靖的样子，又乖又有礼貌，真的讨人喜欢。”安媛顿了顿，突然换了语气，“老公啊，我们的儿子竟然带了女孩子回家！”

“哦。”

“他竟然带了女孩子回来，你就没一点儿反应吗？”

“……我们儿子的年龄还不足以让我联想那么多。”

“现在的孩子和我们那个时候早就不一样了。”安媛严肃地说道。

颜岸笑道：“他才多大。”

“不瞒你说，在我看到魏晶靖在小真房间里的那一刻，我脑海里甚至出现了十几年后我和魏家做亲家的场面，现在我已生无可恋。”

“……”

“好吧，我知道是我想多了。魏晶靖这孩子看起来还是挺可爱的，跟她爹妈都不像。”安媛坐到颜岸身边，将头靠在他的肩上，“魏总和你是高中同学吧。”

“那都是很久以前的事了。”

第二天上学，小真一直在观察魏晶靖。

确切地说，他在观察黏菌。黏菌魏晶靖笑着和班上的同学交谈，正常地上课记笔记，举手回答老师的问题，下课参与到课间活动。

目前来看，黏菌魏晶靖就像一个正常的女孩子，做着一切学生该做的事。

但是，小真总觉得有什么地方不对劲。

第13章 请求

徐可唯又看了眼坐在侧边的魏晶靖，她觉得今天的魏晶靖更加漂亮了。

魏晶靖一直都是美丽可爱的。她还记得刚上中学，魏晶靖第一次走入教室时，所有人都在看她。晶亮的眼睛，光洁的乌发，飞扬的眉毛，骄傲的神情，她就像是电视广告里的小明星。

很快徐可唯就确定了魏晶靖是真的和她们不一样。

有个女生带了一本杂志，当中最醒目的跨页是一个极为可爱的女孩侧着脸凝视手中一束小花的照片。

“就是魏晶靖。”女生说。

这个答案得到了魏晶靖本人的确认。她说她爸的朋友找她去拍了几张照，最后用了这一张。她说得轻松平常，就像是说今天中午吃了什么。

这在同学中引起了波澜，能够当广告模特并且登上实体杂志，对于这些孩子来说，是遥不可及的成就，是不下于考了全校第一的实绩。

但魏晶靖却说以后不太会拍这种广告了，她的父母不太乐意她抛头露面。这让同学们扼腕叹息，觉得魏晶靖失去了一个成为明星的机会。

后来他们知道了魏晶靖的家庭背景——她是魏氏实业的大小姐，从一开始她就是名副其实的公主。

徐可唯从最开始就对魏晶靖很好奇，她最先发现魏晶靖每天都会换一个发圈或者发夹。魏晶靖有一头乌黑的直发，她每周的上半周会用发圈扎起来，后半周则会将头发披散开来，从右侧夹上可爱的发夹，露出一点鬓角。

她的发圈和发夹每天都会换，有时是星星形状的，有时是三叶草形状的，有时是小雏菊形状的，都不大，也不花哨，但在徐可唯眼里，无论哪款都有一种别致的可爱。

她相信是她最先发现魏晶靖的装扮习惯的。当然会观察的人并不是只有她一个，坐在第四排的宋佳蕊在这学期开始后，也用上了相似的发夹，甚至连夹发的位置都和魏晶靖一模一样。徐可唯暗中嘲笑这八成是宋佳蕊在模仿魏晶靖。

班上的同学曾经半公开地讨论过谁才是班上的班花，最后的争论焦点总会落在宋佳蕊和魏晶靖身上。在徐可唯眼中，宋佳蕊是清丽的水仙或百合，魏晶靖则是艳丽的玫瑰与蔷薇。水仙、百合再清丽脱俗，总是比不上玫瑰抢眼。

而宋佳蕊自从模仿魏晶靖的装扮方式后，她的评分在徐可唯心中又低了一档。她听说班上的男生偷偷投票选出的班花是宋佳蕊，只因为魏晶靖对那群不知好歹的男生从来没有好脸色。徐可唯觉得这群男生真是一点儿审美都没有。

她一直想融入魏晶靖的小圈子，可魏晶靖身边早就挤了几个女生，或者说是她自己选择的好朋友。说来遗憾，当年开学没多久，徐可唯就染上了水痘，不得不回家隔离养病。等她返校后，魏晶靖的身边早就没了多余的位置，小圈子已经被填满了。

也因为错过了最初与同学们相处的机会，徐可唯不知不觉变成了班上的独行者。她本来就是生性内向、不善言辞的小姑娘，错过了机会，她只能成为各个小圈子之外的路人。每个班上都有这样的人，徐可唯很坦然地把自己称为边缘人。

她心安理得地继续暗中观察着魏晶靖。她知道魏晶靖的很多事情，例如魏晶靖是任安之的粉丝，她养了一只肥硕的蓝猫，她偶尔会在动态里发一些基本不会穿到学校的小裙子自拍照。那些漂亮的小裙子穿在魏晶靖身上，让她更像是一个公主。

有一条裙子让徐可唯印象深刻，那是一条酒红色的小裙子，上面印着精致的暗纹图案，裙摆是漂亮的荷叶边。穿着这条裙子的魏晶靖俏丽得就像动画里的女主角，活脱脱的凡间小精灵。

徐可唯把这张照片保存了下来，并很快就查到了这条裙子的牌子，她央求着父母买下了它。

当这条价值不菲的小裙子到货后，徐可唯迫不及待地穿上了它。在镜子前，她几乎是尖叫着把衣服脱了下来，随后忍不住失声痛哭。

魏晶靖穿上这条裙子如同真正的精灵，而镜子里的徐可唯却是一个笨拙的、微胖的丑八怪。

那场水痘给她留下了灾难性的痘疤，现在凹凸不平的坑点星星点点地散布在她的两颊和下巴上。此外，她还有严重的近视，一副厚厚的镜片压在鼻梁上。她的牙齿也长得歪歪扭扭。她对镜子里的自己的每一处都不满意。

别人都说十三四岁是最鲜艳的豆蔻年华，但徐可唯觉得这是她人生最灰暗的时刻，而她的人生也会继续黯淡下去。妈妈对她的痘疤不以为然，说年龄到了就会消退。徐可唯并不信她，最近她的脸上又冒出了其他可疑的红色痘痘，而且她的身体和脸都有变宽的趋势。

她将会变得越来越丑，这条小裙子就是最明确的证据，碾碎了她仅存的一点儿美好幻想。

她把这条酒红色小裙子塞进了箱底，她这辈子都不会穿上了。

人们都说十几岁的女孩就是最美的鲜花，是人间钟灵秀毓的景色，是倒映着彩虹如梦似幻的气泡。可那都不属于她。

所有的晴朗、阳光与欢笑只属于另外一些女孩，像魏晶靖那样的女孩。

徐可唯继续沉默地看着魏晶靖，看着她扎起马尾辫露出的白皙脖颈，看着照片里她华美裙子的皱褶，看着她姣好的身形，但在现实的交往中，她越发注意与魏晶靖保持距离，这是她的准则。

有着丰富精神世界的她，乐于将自己排除于现实世界之外。她总是把自己想象为一个超脱于凡世的冷静观察者。魏晶靖是现实世界的美丽公主，而徐可唯则是自我臆想的精神世界的女王。

这时她正狂热爱着一部动画片《侠盗洛萨》，她沉迷于将狐狸洛萨与星美组成一对情侣。动画片里的星美是一个黑发黑眼的忧郁鹿耳美少女，徐可唯将她的真人版脑补成了魏晶靖的脸。她经常会在脑海里演出各种洛萨和星美的冒险故事，星美总是由魏晶靖出演，而她是神，冷静地指挥着主角编织出一个个悲欢离合的故事。

她开始忍不住将她脑中的同人剧场写下来发在网上，一开始点击寥寥，随着她不断连载，她开始收获一群同好的赞美之词。最让人欣喜的就是，她认识了一个知心网友。对方的网络ID叫作“纯色枫”。

他们的交往源于一场掐架，争论星美的某个行为是否具有合理性，他们足足吵了三个网页，最后意犹未尽地交换了QQ。在QQ上又大战四小时后，纯色枫就成了她精神世界的好友，她贫乏生活的救济者。

纯色枫也是洛萨圈内粉丝众多的同人作者。一开始她和纯色枫还仅仅是聊洛萨与星美，后来他们开始聊其他动画，聊明星，聊身边的“极品”，聊生活中的方方面面。

纯色枫是个耐心而有趣的人，懂的很多，虽然总是装出一副大人的语气，但徐可唯很敏锐地感觉到对方只是自己的同龄人。在很多个夜晚，纯色枫一直陪在徐可唯身边，她们互相倾诉着自己的心事，互相用言语舔舐着属于这个年龄的心灵伤口，彼此都相信他们的友情永远不会消退。

认识一年后，纯色枫给她发来了一张自己的照片，照片上是个和她同龄的小姑娘，穿着汉服，梳着精致的发髻，就像是一个漂亮的瓷娃娃。

“我能看看你的照片吗?”纯色枫很自然地提出了要求。徐可唯畏缩了。

她一直认为她和纯色枫是精神世界里的同伴。在网上，她认识了许多《侠盗洛萨》的同好，但只有纯色枫与她最为契合。她们应该且只应该在幻想的海洋中一起遨游。但是纯色枫却突然主动掀开了幻想的面纱，将现实世界放在了她的眼前。

照片里那个可爱娇俏的女孩，让徐可唯感到畏惧。就像有一只无形之爪突然撕掉了所有的浪漫，直接将她拖入了冷酷灰暗的现实。

纯色枫发来了一个撒娇的表情：“给我看看啦！”

不，徐可唯想要拒绝。

“给我看看嘛！”

徐可唯感到焦灼万分。

她不想失去纯色枫。

但现实里那个平庸的她无疑会毁掉一切。

鬼使神差地，她打开了自己的收藏夹，选了一张魏晶靖的照片发了出去。“哇！你是大美人啊！”纯色枫发了数个表情来赞美她。

“原来你不仅文章写得好，更是个美人！我好爱啊！”

徐可唯并没有感到一丝喜悦，她回了一个表情表示害羞。她对自己说，她只是想留住她这个精神世界里的朋友，她只是不想毁了自己这一年来所有情感的寄托。

之后纯色枫并没有再请求看她的照片。她们之间似乎什么都没有变，她们仍旧是在幻想世界冲浪的一对挚友，仍旧在聊天框里“亲亲抱抱”，畅谈着文学、电影、动画等等一切艺术、娱乐相关的话题。

直到昨天，纯色枫给她发来一条信息，说她将会到这里来探亲，希望能与徐可唯见一面。

徐可唯茫然失措，如坠冰窟。

纯色枫这次是真的即将来到她的眼前。

现在在纯色枫的心中，她最亲密的网友应该是有着魏晶靖的脸蛋的美丽女孩儿，而不是平庸无奇的徐可唯。这是她那么久以来亲手打造的形象，无法挽回，也无法解释。

“我们一定要见面哦！说好了！”纯色枫快乐地对她说。

我该怎么办？

徐可唯茫然地注视着侧边的魏晶靖，她正在翻看着课本。今天的她比往日更加优雅，没有了经常浮现在脸上的不耐烦，取而代之的是一种让人觉得安静的稳重感。

她呆呆地看着魏晶靖，从她精致的下巴看到她姣好的眉毛，再看到她秀气的鼻梁。为什么会有魏晶靖这样美好的女孩呢？为什么她就不能生得像魏晶靖这样惹人喜爱呢？

她恍恍惚惚发了好久的呆，一直到当天第四节课下课，她终于下定决心，径直走到魏晶靖前面。

魏晶靖抬起头看着她。魏晶靖的肌肤比往日更加白皙，气质比往日更纯净，眼中闪着好奇的光。徐可唯又感觉到了魏晶靖似乎与往日有些不同，但现在不是想这些的时候。

徐可唯低声说：“魏晶靖，我想求你一件事。”